NÊ

CB064766

LUCY M. MONTGOMERY

ANNE
DE
WINDY POPLARS

ns

São Paulo, 2020

Anne de Windy Poplars

Copyright © 2020 by Novo Século Editora Ltda.

DIRETOR EDITORIAL: Luiz Vasconcelos
ASSISTÊNCIA EDITORIAL: Tamiris Sene
TRADUÇÃO: Deborah Stafucci
PREPARAÇÃO: Tamiris Sene
REVISÃO: Elisabete Franczak e Daniela Georgeto
ILUSTRAÇÃO DE CAPA: Paula Cruz
MONTAGEM DE CAPA: Luis Antonio Contin Junior
P. GRÁFICO E DIAGRAMAÇÃO: Bruna Casaroti
IMPRESSÃO: Maistype

Texto de acordo com as normas do Novo Acordo Ortográfico da Língua Portuguesa (1990), em vigor desde 1º de janeiro de 2009.

Dados Internacionais de Catalogação na Publicação (CIP)
Angélica Ilacqua CRB-8/7057

Montgomery, Lucy Maud
 Anne de Windy Poplars / Lucy Maud Montgomery; Tradução de Deborah Stafucci.
Barueri, SP: Novo Século Editora, 2020.

Título original: Anne of Windy Poplars

1. Literatura infantojuvenil I. Título II. Stafucci, Deborah

20-2956   CDD 028.5

Índice para catálogo sistemático:
1. Literatura infantojuvenil 028.5

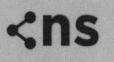

ns
uma marca do
Grupo Novo Século

GRUPO NOVO SÉCULO
Alameda Araguaia, 2190 – Bloco A – 11º andar – Conjunto 1111
CEP 06455-000 – Alphaville Industrial, Barueri – SP – Brasil
Tel.: (11) 3699-7107 | E-mail: atendimento@gruponovoseculo.com.br
www.gruponovoseculo.com.br

O PRIMEIRO ANO

1

(Carta de Anne Shirley, bacharel em Artes, diretora da Escola Summer Side, para Gilbert Blythe, estudante de medicina na Redmond College, Kingsport.)

Windy Poplars,
Spook's Lane,
S'side, Ilha do Príncipe Eduardo,
Segunda, 12 de setembro.

QUERIDO:

Veja só este endereço! Você já ouviu algo tão delicioso? Windy Poplars é o nome do meu novo lar, e eu o amo! Eu também amo Spook's Lane, mas não é reconhecido legalmente. Deveria ser Trent Street, mas nunca é chamada de Trent Street, a não ser nas raras ocasiões em que é mencionada pelo mensageiro semanal… e então as pessoas olham umas para as outras e dizem: "Onde é que fica esse lugar?". Trata-se, então, de Spook's Lane… embora eu não consiga dizer o motivo. Eu já perguntei para Rebecca Dew sobre o assunto, mas tudo que ela soube dizer é que sempre foi Spook's Lane e havia, há algum tempo, rumores de que é assombrada. Mas ela nunca viu nada mais terrível do que ela mesma aqui. No entanto, não devo me adiantar em minha história. Você ainda não conhece Rebecca Dew. Mas você vai, ah, sim! Você vai. Eu prevejo que Rebecca Dew aparecerá muito em minhas futuras correspondências.

Está anoitecendo, querido. (Só para constar, "anoitecer" não é uma palavra adorável? Eu gosto mais do que de "crepúsculo". Soa tão aveludado e sombrio e... e... obscuro.) Durante o dia, eu pertenço ao mundo... durante a noite, ao sono e à eternidade. Mas, ao anoitecer, eu fico livre dos dois e pertenço apenas a mim mesma... e a você. Então vou tornar essa hora sagrada ao escrever para você. Embora essa não seja uma carta de amor. Minha pena está arranhando, e não posso escrever uma carta de amor com a pena arranhando... ou com uma pena afiada... ou uma pena pequena demais. Então você só vai receber esse tipo de carta de mim quando eu tiver o tipo exato de pena. Enquanto isso, falarei sobre meu novo lar e seus moradores. Gilbert, eles são muito queridos.

Ontem, fui procurar uma pensão. A Sra. Rachel Lynde foi comigo, pretensamente para fazer compras, mas, na verdade, eu sei, para escolher uma pensão para mim. Apesar do meu curso de Artes e do bacharelado, a Sra. Lynde ainda pensa que sou uma mocinha inexperiente que deve ser guiada, direcionada e vigiada.

Nós viemos de trem e, ó, Gilbert, eu tive uma aventura muito divertida. Você sabe que, para mim, as aventuras sempre vinham sem que eu as buscasse. Pelo que parece, eu as atraio.

Aconteceu que o trem estava parando na estação. Eu me levantei e, ao inclinar-me para pegar a mala da Sra. Lynde (ela estava planejando passar o domingo com uma amiga em Summer Side), apoiei-me firmemente com a mão fechada no que pensei ser o braço brilhante do assento. Em um segundo, recebi um golpe que quase me fez gritar. Gilbert, o que eu achava ser o braço do assento era, na verdade, a cabeça calva de um homem. Ele estava me olhando ferozmente e, evidentemente, havia acabado de acordar. Eu pedi desculpas de um modo terrível e saí do trem o mais rápido possível. Quando o vi pela última vez, ele ainda estava me olhando. A Sra. Lynde ficou horrorizada, e meus dedos ainda estão doendo!

Eu não esperava ter muitos problemas para encontrar uma pensão, pois uma certa Sra. Tom Pringle tem hospedado vários diretores da escola nos últimos quinze anos. Mas, por alguma razão desconhecida, repentinamente decidiu que está cansada de "ser incomodada" e não me aceitar. Muitos outros lugares agradáveis tinham alguma desculpa educada. Muitos outros lugares não eram agradáveis. Nós andamos pela cidade a tarde inteira e ficamos com calor, cansadas, tristes e com dor de cabeça... pelo menos eu fiquei. Desesperada, eu estava quase desistindo... e então Spook's Lane aconteceu!

Nós entramos para ver a Sra. Braddock, uma velha camarada da Sra. Lynde, e ela disse que talvez as "viúvas" me aceitassem.

– Ouvi que elas querem uma pensionista para pagar o salário de Rebecca Dew. Elas não conseguirão manter Rebecca por mais tempo, a não ser que entre um pouquinho de dinheiro extra. E, se Rebecca for embora, quem ordenhará aquela velha vaca vermelha?

A Sra. Braddock me olhou com um olhar fixo e severo, como se pensasse que eu poderia ordenhar a vaca, mas não acreditaria em mim nem por juramento se eu dissesse que conseguiria.

— De quais viúvas você está falando? – perguntou a Sra. Lynde.

— Bem, de tia Kate e tia Chatty – respondeu a Sra. Braddock, como se todo mundo, até mesmo uma ignorante bacharel em artes, devesse saber isso. – Tia Kate é a Sra. Amasa MacComber (ela é a viúva do capitão) e tia Chatty é a Sra. Lincoln MacLean, apenas uma viúva qualquer. Mas todos as chamam de "tias". Elas vivem no final da Spook's Lane.

Spook's Lane! Isso decidiu tudo. Eu sabia que deveria me hospedar com as viúvas.

— Vamos encontrá-las logo! – implorei para a Sra. Lynde.

Parecia-me que, se perdêssemos um momento que fosse, Spook's Lane desapareceria de volta à terra da fantasia.

— Você pode encontrá-las, mas será Rebecca quem decidirá se elas a receberão ou não. Rebecca Dew comanda a pousada em Windy Poplars, isso eu posso assegurar.

Windy Poplars! Não podia ser verdade... não podia. Eu devia estar sonhando. E a Sra. Rachel Lynde estava dizendo que esse era um nome engraçado para um lugar.

— Ah, foi o capitão MacComber quem o chamou assim. Era a casa dele, sabe. Ele plantou todos os álamos ao redor da residência e tinha muito orgulho dela, embora raramente estivesse em casa e nunca ficasse por muito tempo. A tia Kate costumava dizer que isso era inconveniente, mas nunca descobrimos se ela estava falando sobre o fato de ele ficar tão pouco tempo ou de ele voltar para casa. Bem, Srta. Shirley, eu espero que você consiga. Rebecca Dew é uma boa cozinheira e uma mestre com a salada de batatas. Se ela gostar de você, você estará com sorte. Senão... bem, então ela não vai gostar e ponto. Eu ouvi que há um novo banqueiro na cidade procurando uma pensão, e ela pode preferir escolhê-lo. É um pouco engraçado o fato de a Sra. Tom Pringle não a ter aceitado. Summer Side é repleta de Pringles e "meio" Pringles. Eles são chamados de "A Família Real", e você deverá tocá-los em seu lado bom, Srta. Shirley, ou nunca se dará bem na Summer Side High. Eles sempre comandaram tudo aqui nas proximidades. Há uma rua que recebeu o nome do velho capitão Abraham Pringle. Há um clã comum deles, mas as duas senhoras em Maplehurst comandam a tribo. Eu ouvi que elas foram muito críticas a seu respeito.

– E por que elas seriam? – exclamei. – Eu sou uma total desconhecida para elas.

– Bem, um primo delas em terceiro grau tentou a vaga para a diretoria da escola, e todas elas acham que ele deveria ter conseguido. Quando sua solicitação foi aceita, o grupo inteiro reagiu muito mal. As pessoas são assim. Devemos aceitá-las como são, você sabe. Elas serão suaves como um creme com você, mas trabalharão contra você em cada oportunidade disponível. Eu não quero desencorajá-la, mas quem é avisado pode se preparar. Eu espero que você se saia bem apenas para irritá-las. Se as viúvas a aceitarem, você não se importará em comer com Rebecca Dew, não é? Ela não é uma empregada, e sim uma prima distante do capitão. Ela não vai à mesa se há visitas. Ela sabe o seu lugar. Mas, se você estiver hospedada lá, ela não vai considerá-la visita, com certeza.

Eu garanti para a ansiosa Sra. Braddock que amaria comer com Rebecca Dew e levei a Sra. Lynde embora. Eu precisava chegar antes do banqueiro.

A Sra. Braddock nos acompanhou até a porta.

– E não fira os sentimentos da tia Chatty! Ela se machuca tão facilmente. Ela é muito sensível, coitada. Veja só, ela não tem tanto dinheiro quanto a tia Kate... embora a tia Kate não tenha muito também. E a tia Kate gostava muito do marido dela... De seu próprio marido, quero dizer... mas a tia Chatty, não. Não gostava do próprio marido, quero dizer. É uma maravilha! Lincoln MacLean era um velho excêntrico... mas ela pensa que as pessoas usam isso contra ela. É uma sorte que hoje seja sábado. Se fosse sexta-feira, a tia Chatty nem consideraria recebê-la. E você poderia pensar que a tia Kate fosse supersticiosa, não é? Marinheiros são assim. Mas é a tia Chatty... embora seu marido fosse carpinteiro. Quando jovem, ela era muito bonita, coitada.

Eu garanti para a Sra. Braddock que os sentimentos da tia Chatty seriam sagrados para mim, mas ela nos seguiu até a calçada.

– Kate e Chatty não vão mexer em seus pertences quando você estiver fora. Elas são muito cuidadosas. Rebecca Dew talvez, mas ela não vai entregar você. E, se eu fosse você, não iria até a porta da frente. Elas a usam apenas para algo realmente importante. Não acho que essa porta tenha sido aberta desde o funeral de Amasa. Tente a porta lateral. Elas mantêm a chave debaixo do vaso de plantas no batente da janela, então, se ninguém estiver em casa, apenas destranque a porta, entre e espere. E, independentemente de qualquer coisa, não elogie o gato, porque Rebecca Dew não gosta dele.

Eu prometi que não elogiaria o gato e finalmente conseguimos sair. Logo chegamos a Spook's Lane. Trata-se de uma rua lateral pequena, que leva a um campo aberto, e, ao longe, uma colina azul forma um lindo plano de fundo. De um lado não há nenhuma casa e o terreno desce até o porto. Do outro lado, há apenas três casas. A primeira é apenas uma casa... nada mais a ser dito sobre ela. A próxima é uma mansão de tijolos vermelhos, grande, imponente e sombria, com um telhado verruguento de mansarda e janelas no sótão, com um parapeito de ferro circundando o topo achatado e tantos abetos vermelhos e pinheiros ao redor que quase não é possível ver a casa. Deve ser assustadoramente escuro lá dentro. E a terceira e última casa é Windy Poplars, logo na esquina, com a rua gramada à frente e um verdadeiro caminho do interior, belo com as sombras das árvores do outro lado.

Eu me apaixonei por ela logo de início. Algumas casas nos impressionam à primeira vista por alguma razão que não conseguimos explicar. Windy Poplars é assim. Eu posso descrevê-la como uma casa de moldura branca... muito branca... com janelas verdes... muito verdes... com uma "torre" na lateral e uma janela de sótão nos dois lados, um muro baixo de pedras separando-a da rua, com álamos crescendo ao longo dele, e um grande jardim ao fundo, onde há flores e vegetais crescendo, misturados de forma muito agradável... mas nada disso faz jus ao seu charme. Em resumo, é uma casa com uma personalidade maravilhosa e tem algo das características de Green Gables.

– Este é o lugar para mim... Já está predestinado – disse, arrebatadamente.

A Sra. Lynde olhou para mim como se não acreditasse muito em predestinação.

– Será uma longa caminhada até a escola – ponderou ela.

– Eu não me importo. Será um bom exercício. Ah, veja aquela madeira e o bosque de bordos do outro lado da estrada.

A Sra. Lynde olhou, mas tudo o que disse foi:

– Eu espero que você não seja incomodada pelos mosquitos.
Eu também esperava. Eu detesto mosquitos. Um mosquito pode me deixar mais desperta do que uma consciência pesada.

Fiquei feliz por não termos tido que entrar pela porta da frente. Parecia tão proibitiva... Um elemento grande, de duas folhas, de madeira granulada, ladeado por painéis de vidro vermelho e florido. Não parecia pertencer à casa de forma alguma. A pequena porta lateral verde, à qual se chegava por um agradável caminho de pedras finas e achatadas mergulhadas em intervalos de grama, era muito mais amigável e convidativa. O caminho era guarnecido por porções bem ordenadas e aparadas de capim-amarelo, coração-sangrento, lírios alaranjados, dianthus, abrótanos, jasmins e margaridas brancas e vermelhas, e o que a Sra. Lynde chama de "píneas". É claro que nem todas estavam floridas nessa estação, mas era possível ver que haviam florido no tempo certo, e feito isso muito bem. Havia um canteiro de rosas em um canto distante e, entre Windy Poplars e a casa sombria, havia um muro de tijolos todo coberto por hera-americana, com uma treliça sobre uma porta verde desgastada no meio do muro. Uma vinha atravessava a porta, tornando evidente que ela não era aberta havia algum tempo. Na verdade, tratava-se de apenas meia porta, pois a metade superior era meramente uma abertura retangular pela qual conseguíamos ver um relance do jardim do outro lado.

Assim que entramos pelo portão do jardim de Windy Poplars, eu notei uma pequena porção de trevos logo ao lado do caminho. Num impulso, abaixei-me para olhar para eles. Você acredita, Gilbert? Ali, diante dos meus olhos, estavam três trevos de quatro folhas! Pense em um bom presságio!

Até mesmo os Pringles não podiam contestar isso. Eu tive certeza de que o banqueiro não tinha a menor chance.

A porta lateral estava aberta, então era evidente que alguém estava em casa e não precisávamos olhar embaixo do vaso. Nós batemos, e Rebecca Dew veio até a porta. Sabíamos que era Rebecca Dew porque não poderia ser mais ninguém no mundo inteiro. E ela não poderia ter qualquer outro nome.

Rebecca Dew tem "cerca de 40 anos" e, se um tomate tivesse cabelos pretos caindo-lhe da testa, pequenos olhos pretos, um pequeno nariz com uma ponta nodosa e uma fenda como boca, seria exatamente igual a ela. Tudo nela é um pouco pequeno demais... braços, pernas, pescoço e nariz... tudo, exceto o sorriso. Ele é longo o bastante para chegar de orelha a orelha.

Mas não vimos de imediato o sorriso dela. Ela se mostrou muito severa quando perguntei se poderia ver a Sra. MacComber.

– Você quer dizer a Sra. capitão MacComber? – disse ela, rispidamente, como se houvesse pelo menos uma dúzia de Sras. MacCombers na casa.

– Sim – confirmei humildemente.

E então fomos conduzidas até a sala de estar e deixadas ali. Era uma sala agradável, um pouco abarrotada com panos e toalhinhas, mas com uma atmosfera quieta e amigável que me agradou. Cada peça de mobília tinha seu lugar específico, que já ocupava havia anos. Como aqueles móveis brilhavam! Nenhum polimento comprado poderia produzir aquele brilho parecido com um espelho. Eu sabia que era o trabalho árduo de Rebecca Dew. Havia também um barco completo dentro de uma garrafa no mantel da lareira que deixou a Sra. Lynde muito interessada. Ela não conseguia imaginar como ele havia entrado na garrafa... Mas considerou que dava à sala um "ar náutico".

As viúvas entraram na sala. Gostei delas logo de início. Tia Kate era alta, magra, grisalha e com um ar um pouco austero. Exatamente o tipo de Marilla. Tia Chatty era baixa, magra e grisalha, e um pouco melancólica. Ela deve ter sido muito bonita em algum momento, mas nada sobrara agora de sua beleza, a não ser os olhos. São belos... meigos, grandes e castanhos.

Eu expliquei minha busca e as viúvas se entreolharam.

– Precisamos consultar Rebecca Dew – disse tia Chatty.

– Sem dúvida – disse tia Kate.

Rebecca foi chamada da cozinha. O gato veio com ela... um maltês grande e peludo, com peito branco e colar branco. Eu teria gostado de fazer carinho nele, mas, lembrando do alerta da Sra. Braddock, ignorei-o.

Rebecca olhou para mim sem sequer um sorriso.

– Rebecca – disse tia Kate que, descobri depois, não desperdiça palavras. – A Srta. Shirley quer se hospedar aqui. Não acho que possamos recebê-la.

– Por que não? – perguntou Rebecca Dew.

– Temo que seja muito trabalho para você – explicou tia Chatty.

– Eu estou bem acostumada com o trabalho – disse Rebecca Dew.

Não tem como separar esses dois nomes, Gilbert. É impossível... embora as viúvas o façam. Elas a chamam de Rebecca quando falam com ela. Eu não sei como elas conseguem.

– Nós estamos muito velhas para ter jovens entrando e saindo da casa – insistiu tia Chatty.

– Fale de si mesma – respondeu Rebecca Dew. – Eu tenho apenas 45 anos e ainda estou em pleno uso de minhas faculdades mentais. E acho que seria bom ter uma jovem dormindo na casa. Uma moça será melhor do que um rapaz a qualquer momento. Ele iria fumar dia e noite... e nos queimar em nossas camas. Se for preciso receber um pensionista, meu conselho seria aceitar a jovem. Mas é claro que a casa é de vocês.

Ela disse isso e desapareceu... como Homero gostava tanto de observar. Eu sabia que estava tudo decidido, mas tia Chatty disse que eu deveria subir e ver se ficaria satisfeita com o quarto.

– Vamos lhe dar o quarto na torre, querida. Não é tão grande quanto o de hóspedes, mas tem uma chaminé para um aquecedor no inverno e uma vista muito melhor. De lá é possível ver o antigo cemitério.

Eu sabia que amaria o quarto... o próprio nome, "quarto da torre", já me deixava animada. Eu senti como se estivesse vivendo naquela velha canção que costumava cantar na Escola de Avonlea sobre a jovem que "habitava em uma torre ao lado de um mar cinzento". E o quarto provou ser um lugar muito agradável. Nós chegamos a ele por um pequeno lance de escadas. Era bem pequeno... mas não tão pequeno quanto aquele terrível quarto que tive em meu primeiro ano em Redmond. Ele tinha duas janelas, uma delas com vista para o oeste e a outra, de empena, para o norte, e no canto formado pela torre outra janela de três lados com as folhas abrindo para fora e prateleiras para os meus livros. O chão estava coberto por tapetes redondos e trançados, a cama grande tinha um dossel e uma colcha de "ganso selvagem", e parecia tão perfeitamente macia e arrumada que seria uma pena estragá-la ao dormir. E, Gilbert, a cama é tão alta que eu preciso subir nela usando dois degraus móveis que, durante a noite, são guardados embaixo dela. Parece que o capitão MacComber comprou a geringonça em algum lugar "estrangeiro" e a levou para casa.

Havia um lindo armário no canto, com prateleiras forradas com papel branco e buquês pintados na porta. No assento da janela havia uma almofada azul redonda... uma almofada com o botão bem ao centro, fazendo-a parecer um *donut* gordo e azul. Também havia um lavatório encantador com duas prateleiras... a de cima era grande o bastante para uma bacia e um jarro azul-esverdeado e a de baixo para uma saboneteira e um jarro para água quente. Havia também uma pequena gaveta com puxador de latão cheia de toalhas e, em uma prateleira acima dela, uma boneca de porcelana com sapatos cor-de-rosa, e uma faixa brilhante e uma rosa vermelha nos cabelos dourados.

O lugar todo estava dourado pela luz que brilhava através das cortinas amareladas, e havia uma tapeçaria nas paredes brancas, onde a sombra dos álamos caía... uma tapeçaria viva, sempre mudando e tremendo. De alguma forma, parecia um cômodo feliz. Eu me senti a garota mais rica do mundo.

– Você estará segura ali, com certeza – comentou a Sra. Lynde, enquanto íamos embora.

– Acho que vou considerar algumas coisas um pouco restritivas após a liberdade de Patty's Place – eu disse, só para provocá-la.

– Liberdade! – exclamou a Sra. Lynde. – Liberdade! Não fale como uma ianque, Anne.

Eu cheguei hoje, com bolsa e bagagem. É claro que detestei deixar Green Gables. Não importa quantas vezes eu me afaste ou quanto tempo fique longe, no momento em que chegam as férias eu sou parte daquele lugar novamente como se nunca tivesse saído, e meu coração fica partido ao deixá-lo. Mas eu sei que vou gostar daqui. E o lugar também gosta de mim. Eu sempre sei quando uma casa gosta ou não de mim.

    A vista das minhas janelas é encantadora... até mesmo o antigo cemitério, que é cercado por uma fileira de abetos escuros e com acesso por um caminho sinuoso, margeado por uma vala. Da minha janela a oeste, consigo ver do porto até as orlas distantes, enevoadas, com os pequenos barcos a vela que eu amo e os navios seguindo "para portos desconhecidos"... frase fascinante! Tanto "espaço para a imaginação" contido nela! Da janela ao norte eu consigo ver as árvores e os bordos pela estrada. Você sabe que sempre adorei árvores. Quando estudávamos Tennyson no curso de inglês em Redmond, sempre fiquei muito triste com a pobre Enone, lamentando seus queridos pinheiros.

    Além da plantação e do cemitério há um vale encantador com uma estrada de terra serpenteando por ele, e casas brancas espalhadas ao redor. Alguns vales são encantadores... e não sabemos por quê. Só o fato de olhar para eles nos dá alegria. E além dele está novamente minha colina azul. Vou chamá-la de Rei da Tempestade... a paixão governante etc.

    Eu posso ficar tão sozinha aqui quanto eu quiser estar. Você sabe que é bom ficar sozinho de vez em quando. Os ventos serão meus amigos. Eles vão chorar, suspirar e murmurar ao redor da torre... os ventos brancos de inverno... os ventos verdes da primavera... os ventos azuis do verão... os ventos carmesim do outono... e os ventos selvagens de todas as estações... "ventos tempestuosos que lhe executam a palavra"[1]. Eu sempre amei esse versículo bíblico... como

---

1. Salmo 148:8.

se cada um e todos os ventos tivessem uma mensagem para mim. Eu sempre invejei o menino que voou com o vento norte naquela encantadora história de George MacDonald. Em alguma noite, Gilbert, eu vou abrir a janela da torre e mergulhar nos braços do vento... e Rebecca Dew nunca vai saber por que não dormi na minha cama naquela noite.

Eu espero, meu querido, que, quando acharmos nossa "casa dos sonhos", os ventos soprem ao redor dela. Eu imagino onde será... essa casa desconhecida. Fico pensando se vou amá-la mais à luz da lua ou ao amanhecer? Essa casa do futuro onde teremos amor, amizade e trabalho... e algumas aventuras engraçadas que nos trarão riso em nossa velhice. Velhice! Será que ficaremos velhos, Gilbert? Parece impossível.

Da janela à esquerda da torre eu consigo ver os telhados da cidade... esse lugar onde viverei pelo menos durante um ano. As pessoas que moram nessas casas serão minhas amigas, embora eu ainda não as conheça. E talvez minhas inimigas. Pois as pessoas do tipo de Pye são encontradas em todos os lugares, sob todos os tipos de nomes, e eu acredito que os Pringles entrarão nesse grupo. As aulas começam amanhã. Eu terei que ensinar Geometria! Com certeza não será pior do que aprender. Eu oro aos céus para que não haja nenhum gênio matemático entre os Pringles.

Eu estou aqui há apenas meio dia, mas sinto como se conhecesse as viúvas e Rebecca Dew por toda a minha vida. Elas já me pediram que as chamasse de "tia" e eu lhe pedi que me chamassem de Anne. Eu chamei a Rebecca Dew de "Srta. Dew"... uma vez.

– Senhorita o quê? – perguntou ela.

– Dew – respondi, submissa. – Esse não é o seu nome?

– Bem, sim, mas não sou chamada de Srta. Dew há tanto tempo que fiquei espantada. Melhor não fazer isso novamente, Srta. Shirley. Não estou acostumada com isso.

– Vou me lembrar disso, Rebecca... Dew – eu disse, esforçando-me para deixar o Dew de fora, mas sem sucesso.

A Sra. Braddock estava correta ao dizer que a tia Chatty era sensível. Eu descobri isso na hora da ceia. A tia Kate havia dito algo sobre o aniversário de 66 anos de Chatty. Ao passar os olhos pela tia Chatty, vi que ela havia... não, não caído no choro. Isso é muito explosivo para o que aconteceu. Ela simplesmente transbordou. As lágrimas empoçavam em seus grandes olhos castanhos e escorriam, sem esforço e silenciosamente.

– Qual é o problema agora, Chatty? – perguntou tia Kate, de maneira um pouco séria.

– Foi meu aniversário de 65 anos – respondeu tia Chatty.

– Peço perdão, Charlotte – disse tia Kate.

E tudo ficou feliz novamente.

O gato é um animal adulto com olhos dourados, um elegante pelo de maltês e roupa irrepreensível. Tia Kate e tia Chatty o chamam de Dusty Miller, porque esse é o nome dele, e Rebecca Dew o chama de Aquele Gato porque ela não gosta dele e não gosta do fato de ter que lhe dar um centímetro quadrado de fígado pela manhã e à noite, limpar seus pelos do assento da poltrona da sala de estar com uma velha escova de dentes todas as vezes que ele entra lá e de ter que caçá-lo todas as vezes que ele sai tarde da noite.

– Rebecca Dew sempre odiou gatos – contou-me tia Chatty –, e ela odeia especialmente Dusty. O cachorro da velha Sra. Campbell... na época ela tinha um cachorro... o trouxe em sua boca dois anos atrás. Suponho que ele tenha achado que não adiantava levá-lo para a Sra. Campbell.

Um gatinho tão miserável, todo molhado e frio, com seus ossinhos quase atravessando a pele. Alguém com o coração de pedra não poderia ter recusado abrigo. Então Kate e eu o adotamos, mas Rebecca Dew nunca nos perdoou. Não sabíamos negociar naquela época. Nós deveríamos ter nos recusado a aceitá-lo. Eu não sei se você percebeu... – a tia Chatty olhou com cautela pela porta entre a sala de jantar e a cozinha... – como lidamos com Rebecca Dew.

Eu havia percebido... e era lindo de observar. Summerside e Rebecca Dew podem achar que ela comanda o território, mas as viúvas sabiam que era diferente.

– Não queríamos receber o banqueiro... um jovem aqui teria sido um incômodo, e teríamos que nos preocupar muito se ele não fosse regularmente para a igreja. Mas fingimos que queríamos o banqueiro e Rebecca Dew simplesmente não o aceitaria. Estou tão feliz que temos você, querida. Tenho certeza de que será muito agradável cozinhar para você. Eu espero que goste de todas nós. Rebecca Dew tem algumas qualidades muito boas. Ela não era tão organizada quando chegou aqui, quinze anos atrás. Certa vez, Kate teve que escrever o nome dela, Rebecca Dew, no espelho da sala de estar para mostrar a quantidade de pó. Mas ela nunca teve que fazer isso novamente. Rebecca Dew sabe perceber um toque. Eu espero que ache seu quarto confortável, querida. Você pode deixar sua janela aberta à noite. Kate não gosta do ar noturno, mas ela sabe que os pensionistas devem ter privilégios. Ela e eu dormimos juntas e combinamos que uma noite a janela fica fechada para ela e, na noite seguinte, fica aberta para mim. Sempre é possível resolver problemas assim, não é mesmo? Onde há vontade, há sempre um jeito. Não fique preocupada se ouvir Rebecca andando durante a noite. Ela está sempre ouvindo barulhos e se levantando para investigá-los. Eu acho que é por isso que ela não queria o banqueiro. Ela temia que pudesse se encontrar com ele quando estivesse com a roupa de dormir. Eu espero que você não se importe porque Kate não conversa muito. É apenas o jeito dela. E ela deve ter tantas coisas sobre o que falar... ela viajou o mundo todo com Amasa MacComber em sua juventude. Eu gostaria de ter os assuntos que ela tem para conversar, mas nunca saí da Ilha do Príncipe Eduardo. Eu sempre me perguntei por que as coisas se arranjam... eu amando conversar e sem assunto, e Kate com tanto assunto e odiando conversar. Mas suponho que a Providência saiba o que faz.

Embora a tia Chatty realmente goste de conversar, ela não falou tudo isso sem parar. Eu exclamei algumas interjeições em intervalos sutis, mas elas não eram importantes.

Elas têm uma vaca que pasta no Sr. James Hamilton, no alto da estrada, e Rebecca Dew vai até lá para ordenhá-la. Há muito creme e, todas as manhãs e tardes, Rebecca Dew passa um copo com leite fresco pela abertura do muro para a "Mulher" da Sra. Campbell. É para a "pequena Elizabeth", que deve tomá-lo seguindo recomendações médicas. Quem é a "Mulher" ou quem é a pequena Elizabeth eu ainda vou descobrir. A Sra. Campbell é a moradora e proprietária da fortaleza vizinha, que é chamada "The Evergreens".

Não acho que eu vá dormir esta noite... eu nunca durmo em minha primeira noite em uma cama estranha, e essa é a cama mais estranha que já vi. Mas eu não me importo. Eu sempre amei a noite e vou gostar de ficar acordada pensando sobre tudo na vida, passado, presente e futuro. Principalmente o futuro.

Esta é uma carta sem misericórdia, Gilbert. Eu não lhe infligirei uma carta tão longa assim novamente. Mas eu queria contar tudo, para que você pudesse imaginar as coisas ao meu redor. Preciso terminar agora, pois, lá no fim do porto, a Lua está "mergulhando na terra das sombras". Ainda preciso escrever uma carta para Marilla. Chegará a Green Gables depois de amanhã e Davy vai levá-la do correio para casa, e ele e Dora cercarão Marilla enquanto ela abre a carta, e a Sra. Lynde ficará de ouvidos atentos... ó... Isso me fez ficar com saudades de casa. Boa noite, meu querido, daquela que é e sempre será

Carinhosamente sua,
ANNE SHIRLEY.

2

(Trechos de diversas cartas com o mesmo remetente e mesmo destinatário.)

26 de setembro.

Você sabe aonde eu vou para ler suas cartas? Do outro lado da estrada, entre a fileira de árvores. Há uma pequena clareira onde o sol brilha sobre as samambaias. Um riacho serpenteia por ela; há um tronco torcido com musgo onde eu me sento, e a mais deliciosa fileira de bétulas jovens. Depois disso, quando eu tenho um sonho de um certo tipo... um sonho dourado-esverdeado, carmesim... um sonho dos sonhos... eu vou me convencer com a crença de que ele veio da minha clareira e nasceu de alguma união mística entre as bétulas mais finas e arejadas e o riacho sinuoso. Eu amo me sentar aqui e ouvir o silêncio do bosque. Você já percebeu quantos silêncios existem, Gilbert? O silêncio da floresta... da orla... dos prados... da noite... da tarde de verão. Todos são diferentes porque todos os tons que os formam são diferentes. Eu tenho certeza de que, se eu fosse completamente cega e insensível ao calor e ao frio, facilmente poderia dizer onde estava pelas características do silêncio ao meu redor.

As aulas já estão acontecendo há duas semanas e as coisas estão bem organizadas. Mas a Sra. Braddock estava certa... os Pringles são meu problema. E ainda não sei direito como vou resolvê-lo, apesar de meus trevos da sorte. Como a Sra. Braddock diz, eles são suaves como o creme... e escorregadios também.

Os Pringles são um tipo de clã que controla uns aos outros e briga consideravelmente entre si, mas eles são leais ao grupo quando se trata de qualquer pessoa de fora. Eu cheguei à conclusão de que existem apenas dois tipos de pessoas em Summerside: as que são Pringles e as que não são.

Minha sala de aula está repleta de Pringles, e uma boa parte dos estudantes que têm outro nome carregam sangue Pringle. A líder deles parece ser Jen Pringle, uma jovenzinha de olhos verdes que provavelmente se parece com Becky Sharp quando ela tinha 14 anos. Eu acredito que ela esteja deliberadamente organizando uma sutil campanha de insubordinação e desrespeito com a qual estou achando muito difícil ter de lidar. Ela tem a habilidade de fazer caretas irresistivelmente cômicas; e quando eu ouço uma onda de risadas sufocadas às minhas costas, sei muito bem que foi ela quem as causou, mas até agora não consegui pegá-la no flagra. Ela é inteligente também... aquela danadinha!... Escreve redações que são primas de quarto grau da literatura e é brilhante em matemática... Ai de mim! Há um certo brilho em tudo o que ela faz e diz, e ela tem um senso de situações bem-humoradas que poderia ser um elo de amizade entre nós, caso ela não tivesse me odiado desde o começo. Da forma como está, receio que passará um longo tempo antes que Jen e eu possamos rir juntas de qualquer coisa.

Myra Pringle, a prima de Jen, é a bela da escola... e aparentemente estúpida. Mas ela faz alguns comentários divertidos. Por exemplo, hoje, quando ela disse na aula de história que os indígenas pensaram que Champlain e seus homens eram deuses ou algo "inumano".

Socialmente, os Pringles são o que Rebecca Dew chama de "a luz" de Summerside. Eu já fui convidada para duas casas de Pringles para a ceia... porque convidar um novo professor para jantar é o certo a se fazer, e os Pringles não vão deixar de seguir os protocolos. Noite passada, fui à casa de James Pringle, o pai da já citada Jen. Ele parece um professor de universidade, mas é, na realidade, estúpido e ignorante. Ele falou muito sobre "disciplina", batendo de leve os dedos sobre a toalha da mesa, mas suas unhas não estavam impecáveis e, ocasionalmente, cometeu atos terríveis contra a gramática. A Escola Summerside sempre exigiu uma mão firme... um professor experiente, de preferência homem. Ele temia que eu fosse um pouco jovem demais... "um erro que o tempo corrigirá em breve", disse ele. Eu não falei muito porque, se tivesse dito qualquer coisa, talvez tivesse falado demais. Então fui suave como creme, como qualquer Pringle teria sido, e me contentei a olhar para ele de maneira transparente e dizer em pensamento "Sua velha criatura intratável e preconceituosa!".

Jen deve ter herdado a inteligência da mãe... de quem eu gostei. Jen, na presença dos pais, era um modelo de decoro. Mas, embora suas palavras fossem educadas, seu tom era insolente. Todas as vezes que ela dizia "Srta. Shirley", forçava para parecer um insulto. E todas as vezes que ela olhava para os meus cabelos, eu sentia que estavam totalmente vermelhos, cor de cenoura. Nenhum Pringle, tenho certeza, admitiria que são castanho-avermelhados.

Eu gostei mais dos Morton Pringles. Embora Morton Pringle nunca realmente ouça o que você diz. Ele fala algo e, enquanto você está respondendo, apenas se mantém ocupado pensando em seu próximo comentário.

A senhora Stephen Pringle, a viúva Pringle... Summerside tem muitas viúvas... escreveu-me uma carta ontem. Uma carta educada e venenosa. Millie tem muita lição de casa... Millie é uma criança delicada e não deve ser sobrecarregada. O Sr. Bell nunca lhe deu dever de casa. Ela é uma criança sensível que deve ser compreendida. O Sr. Bell a compreendia tão bem! E a Sra. Stephen tem certeza de que eu também vou, se eu tentar!

Eu não duvido de que a Sra. Stephen pense que o nariz de Adam Pringle sangrou na classe hoje por minha causa, razão pela qual ele teve que ir para casa. E eu acordei ontem à noite e não consegui voltar a dormir porque me lembrei de que não havia colocado o pingo no "i" em uma pergunta que escrevi no quadro. Tenho certeza de que Jen Pringle notou, e que um comentário a respeito disso vai correr o clã.

Rebecca Dew diz que todos os Pringles vão me convidar para o jantar, com exceção das senhoras em Maplehurst, e então vão me ignorar para sempre depois disso. Como eles são "a luz", isso pode significar que, socialmente, eu posso ser banida de Summerside. Bem, veremos. A batalha começou, mas ainda não foi vencida ou perdida. Mesmo assim, eu me sinto muito triste com tudo isso. Não é possível argumentar contra o preconceito. Eu ainda sou como era em minha infância. Não consigo suportar a ideia de as pessoas não gostarem de mim. Não é agradável pensar que as famílias da metade dos meus alunos me odeiam. E não tenho culpa alguma. É a injustiça que me dói. Lá vão mais ênfases! Mas um pouco de ênfase realmente alivia os sentimentos.

Sem considerar os Pringles, eu gosto muito dos meus alunos. Há alguns espertos, ambiciosos, esforçados, e realmente interessados em receber um ensino. Lewis Allen está pagando sua hospedagem fazendo trabalhos domésticos na pensão em que está e não tem nenhuma vergonha disso. E Sophy Sinclair monta na égua de seu pai por mais de 9 km para ir e mais de 9 km para voltar todos os dias. Que coragem! Se eu posso ajudar uma garota como ela, então devo me importar com os Pringles?

O problema é... se eu não conseguir conquistar os Pringles, não terei muita chance de ajudar ninguém.

Mas eu amo Windy Poplars. Não é uma pensão... é um lar! E elas gostam de mim... até mesmo Dusty Miller gosta de mim, embora às vezes ele me rejeite e demonstre isso ao sentar-se deliberadamente com as costas viradas para mim, ocasionalmente olhando para trás sobre o ombro, para ver como eu estou lidando com aquilo. Eu não faço muito carinho nele quando Rebecca Dew está por perto, porque isso realmente a deixa irritada. Durante o dia, ele é um animal caseiro, tranquilo, meditativo... mas é realmente uma criatura estranha durante a noite. Rebecca diz que é porque ele não pode ficar fora depois de escurecer. Ela odeia ter que ficar em pé no jardim chamando-o. Ela diz que os vizinhos ficam rindo dela. Ela chama o nome dele em tons tão fortes e retumbantes que realmente pode ser ouvida em toda a cidade em uma noite calma gritando "Gatinho... gatinho...

GATINHO!". As viúvas teriam um acesso de raiva se Dusty Miller não estivesse lá quando elas fossem dormir.

– Ninguém sabe o que eu já passei por causa desse gato... ninguém – garantiu-me Rebecca Dew.

As viúvas estão bem. Cada dia eu gosto mais delas. A tia Kate não acredita em ler romances, mas disse que não deseja censurar meu hábito de leitura. A tia Chatty ama romances. Ela tem um "buraco oculto" onde os esconde... ela os "contrabandeia" da biblioteca da cidade... junto com um maço de cartas de baralho para jogar solitária e qualquer outra coisa que ela não quer que mais ninguém veja. Fica tudo em um assento de cadeira que ninguém além da tia Chatty sabe que é mais do que isso. Ela compartilhou o segredo comigo porque, eu suspeito, quer minha ajuda e um incentivo para o "contrabando" já citado. Não deveria haver nenhuma necessidade de um esconderijo em Windy Poplars, pois eu nunca vi uma casa com tantos armários misteriosos. Embora, na verdade, Rebecca Dew não permita que nenhum deles permaneça um mistério. Ela sempre os limpa de maneira feroz. "Uma casa não se mantém limpa sozinha", diz ela, com pesar, quando qualquer uma das viúvas protesta. Tenho certeza de que ela não daria nenhuma chance para um romance ou um baralho se os encontrasse. Ambos são um terror para sua alma ortodoxa. Rebecca Dew diz que as cartas são os livros do diabo, e os romances, então... muito pior. As únicas coisas que Rebecca lê, além da Bíblia, são as colunas sociais do *Montreal Guardian*. Ela ama examinar as casas, os móveis e os acontecimentos dos bilionários.

– Simplesmente imergindo em uma banheira dourada, Srta. Shirley – disse ela melancolicamente.

Mas Rebecca é realmente muito esperta. Ela produziu de algum lugar uma poltrona confortável de brocado desbotado que se encaixa perfeitamente em mim e disse: "Esta é a sua cadeira. Vamos guardá-la para você". E não deixa Dusty Miller dormir nela, para que eu não tenha pelos na saia da escola e dê aos Pringles algo para comentar. As três estão muito interessadas em meu anel de pérolas... E no que ele significa. Tia Kate me mostrou seu anel de noivado (ela não consegue usá-lo porque ficou pequeno demais) cravejado de turquesas. Mas a pobre tia Chatty lamentou, com lágrimas nos olhos, que ela nunca tinha recebido um anel de noivado. Seu marido considerava "uma despesa desnecessária". Ela estava no meu quarto no momento em que disse isso, lavando o rosto com leitelho. Ela faz isso todas as noites, para preservar a aparência, e me fez jurar segredo, porque não quer que tia Kate saiba.

– Ela pensaria que é uma vaidade ridícula para uma mulher da minha idade. E tenho certeza de que Rebecca Dew acha que nenhuma mulher cristã deveria tentar ser bonita. Eu costumava ir até a cozinha para fazer isso depois que Kate dormia, mas sempre tive medo de que Rebecca Dew descesse. Ela tem orelhas como as de um gato mesmo quando está dormindo. Se eu pudesse entrar aqui todas as noites para fazer isso... oh, obrigada, minha querida.

Eu descobri um pouco sobre nossos vizinhos no The Evergreens. A Sra. Campbell (que era uma Pringle!) tem oitenta anos. Eu não a vi, mas, pelo que sei, ela é uma velhinha muito sombria. Ela tem uma empregada, Martha Monkman, quase tão idosa e sombria quanto ela, que geralmente é chamada de "Mulher da Sra. Campbell". E ela tem uma bisneta, a pequena Elizabeth Grayson, morando com ela. Elizabeth... a quem eu nunca vi, apesar da minha estadia de duas semanas... A menina tem oito anos e vai para a escola pública pelo "caminho dos fundos"... um atalho no quintal, então eu nunca a encontro, indo ou vindo. A mãe dela, que está morta, era neta da Sra. Campbell, que também a criou. Seus pais estavam mortos. Ela casou-se com um certo Pierce Grayson, um "ianque", como diria a Sra. Rachel Lynde. Ela morreu quando Elizabeth nasceu, e, como Pierce Grayson teve que deixar a América repentinamente para se encarregar de uma filial de sua empresa em Paris, a bebê foi enviada para a casa da Sra. Campbell. A história continua, dizendo que ele "não suportava vê-la" porque ela havia custado a vida de sua mãe e nunca quis saber dela. É claro que isso pode ser pura fofoca, porque nem a Sra. Campbell nem a Mulher falam sobre ele.

Rebecca Dew diz que elas são muito rígidas com a pequena Elizabeth e que ela não passa muito tempo com elas.

– Ela não é como as outras crianças... muito madura para oito anos. As coisas que ela diz às vezes! "Rebecca", ela me disse um dia, "e se, quando você já estivesse pronta para dormir, sentisse um beliscão no tornozelo?". Não é de se admirar que ela tenha medo de ir para a cama no escuro. E elas a obrigam a fazê-lo. A Sra. Campbell diz que não deve haver covardes em sua casa. Elas a observam como dois gatos observando um rato e mandam em cada canto da sua vida. Se ela faz um ruído, elas quase desmaiam. É "silêncio, silêncio" o tempo todo. Eu lhe digo que a criança está sendo silenciada até a morte. E o que deve ser feito sobre isso?

O quê, de fato?

Sinto que gostaria de vê-la. Ela me parece um pouco patética. A tia Kate diz que ela é bem cuidada do ponto de vista físico... o que a tia Kate realmente disse foi: "Elas a alimentam e a vestem bem"... mas uma criança não pode viver só de pão. Nunca me esquecerei de como era minha vida antes de chegar a Green Gables.

Vou para casa na próxima sexta-feira à noite para passar dois lindos dias em Avonlea. A única desvantagem será que todos que me encontrarem me perguntarão o que estou achando de ensinar em Summerside.

Mas pense em Green Gables agora, Gilbert... O Lago das Águas Brilhantes com uma névoa azul... Os bordos do outro lado do riacho começando a ficar escarlates... As samambaias douradas na Floresta Assombrada... E as sombras do pôr do sol em Lover's Lane, lugar encantador. Eu sinto no coração que desejaria estar lá agora com... com... adivinha com quem?

Você sabe, Gilbert, que há momentos que suspeito fortemente que te amo!

Windy Poplars,
Spook's Lane
S'side
10 de outubro.

HONRADO E RESPEITADO SENHOR: ...

É assim que começa uma carta de amor da avó da tia Chatty. Não é maravilhosa? Que sensação de superioridade deve ter provocado no avô! Você não prefere essa abertura ao invés de "Gilbert, querido" etc.? Mas, no geral, estou feliz por você não ser o avô... ou UM avô. É maravilhoso pensar que somos jovens e temos a nossa vida inteira diante de nós... juntos... não é?

(Diversas páginas foram omitidas. A pena de Anne evidentemente não estava afiada demais, curta demais ou desgastada.)

Estou sentada no assento da janela na torre, olhando para as árvores que acenam contra um céu âmbar e além delas para o porto. Ontem à noite eu fiz um passeio adorável comigo mesma. Eu realmente precisava ir a algum lugar, porque as coisas estavam um pouco tristes em Windy Poplars. A tia Chatty chorava na sala porque seus sentimentos haviam sido feridos, a tia Kate chorava em seu quarto porque era o aniversário da morte do capitão Amasa e Rebecca Dew chorava na cozinha por algum motivo que não consegui descobrir. Eu nunca tinha visto Rebecca Dew chorar antes, mas, quando tentei descobrir o que havia de errado, ela me perguntou se alguém não podia desfrutar de um bom choro quando quisesse. Então arrumei minhas coisas e saí, deixando-a desfrutar de seu prazer.

Eu saí e desci a estrada do porto. Havia um cheiro agradável e frio de outubro no ar, misturado ao cheiro delicioso dos campos recém-lavrados. Eu segui em frente até o crepúsculo se aprofundar em uma noite de luar de outono. Eu estava sozinha, mas não solitária. Tive uma série de conversas imaginárias com camaradas imaginários e pensei em tantos epigramas que fiquei agradavelmente surpresa comigo mesma. Eu não pude deixar de me divertir, apesar das minhas preocupações com os Pringles.

Meu espírito me move a proferir alguns lamentos a respeito dos Pringles. Detesto admitir, mas as coisas não estão indo muito bem na Summerside High. Não há dúvida de que uma conspiração foi organizada contra mim.

Por um lado, o dever de casa nunca é feito por nenhum dos Pringles ou meio Pringles. E não adianta apelar para os pais. Eles são gentis, educados, evasivos. Eu conheço todos os alunos que não são Pringles, como eu, mas o vírus Pringle da desobediência está minando o moral de toda a sala. Certa manhã, encontrei minha mesa virada do avesso e de cabeça para baixo. Ninguém sabia quem tinha feito aquilo, é claro. E ninguém poderia ou iria dizer quem deixara ali uma caixa, de onde saltou uma cobra de mentira quando abri. Mas todos os Pringles da escola gritavam, dando gargalhadas de mim. Suponho que eu tenha aparentado estar bem assustada.

    Jen Pringle chega atrasada para a escola na metade das vezes, sempre com alguma desculpa perfeitamente elaborada, entregue educadamente com um sorriso insolente nos lábios. Ela troca bilhetes na sala de aula debaixo do meu nariz. Encontrei uma cebola descascada dentro do bolso do meu casaco quando o vesti hoje. Eu amaria deixar aquela garota trancada a pão e água até que ela aprendesse a se comportar.

    A pior coisa até agora foi a caricatura que fizeram de mim que encontrei no quadro-negro certa manhã... Feita de giz branco com cabelos escarlates. Todos negaram ter feito o desenho, Jen entre os demais, mas eu sabia que Jen era a única aluna na sala que seria capaz de desenhar daquela forma... Foi benfeito. Meu nariz, que, como você sabe, sempre foi meu orgulho e alegria, ficou curvado e minha boca era a boca de uma solteirona azeda que estava ensinando em uma escola cheia de Pringles havia trinta anos. Mas era eu. Acordei às três horas da manhã e me contorci com a lembrança. Não é estranho que as coisas com as quais sofremos à noite raramente são más? Normalmente são apenas humilhantes.

    Está sendo dito todo tipo de coisa. Sou acusada de dar notas baixas nas provas de Hattie Pringle só porque ela é uma Pringle. Dizem que eu "rio quando as crianças cometem erros". (Bem, eu ri quando Fred Pringle definiu um centurião como "um homem que viveu cem anos". Eu não consegui evitar.)

James Pringle está dizendo: "Não há disciplina na escola... Nenhuma disciplina". E está sendo divulgado um relatório de que eu fui abandonada por meus pais.

Estou começando a encontrar o antagonismo dos Pringles em outros setores. Social e educacionalmente, Summerside parece estar sob o domínio dos Pringles. Não é de admirar que eles sejam chamados de Família Real. Não fui convidada para a festa de Alice Pringle na sexta-feira passada. E quando a Sra. Frank Pringle organizou um chá para ajudar em um projeto da igreja (Rebecca Dew me disse que as mulheres vão construir a nova torre!), eu era a única garota na igreja presbiteriana que não foi convidada a ocupar uma mesa. Ouvi dizer que a esposa do ministro, que é recém-chegada em Summerside, sugeriu convidar-me para cantar no coral e fui informada de que todos os Pringles sairiam se ela o fizesse. Isso deixaria um espaço tão grande que o coral simplesmente não poderia continuar.

É claro que não sou a única entre os professores que tem problemas com os alunos. Quando os outros professores me enviam seus pupilos para serem "disciplinados"... Como eu odeio essa palavra!... Metade deles é Pringles. Mas nunca há nenhuma queixa feita sobre eles.

Duas noites atrás, segurei Jen após o horário de aula para fazer um dever que ela tinha, deliberadamente, deixado de fazer. Dez minutos depois, a carruagem de Maplehurst parou na frente da escola e a Srta. Ellen estava na porta... Uma senhora lindamente vestida e com um doce sorriso, com elegantes luvas pretas de renda e um nariz fino de falcão, parecendo ter acabado de sair de uma chapeleira de 1840. Ela pediu desculpas, "será que poderia pegar Jen?". Ela estava indo visitar amigos em Lowvale e tinha prometido levar Jen. Jen saiu triunfante e eu percebi novamente as forças reunidas contra mim.

Em meu humor pessimista, considero que os Pringles são um conjunto de Sloanes e Pyes. Mas sei que não. Sinto que poderia gostar deles se não fossem meus inimigos. Eles são, na maioria das vezes, um grupo franco, alegre e leal. Eu até poderia gostar da Srta. Ellen. Eu nunca vi a Srta. Sarah. Ela não sai de Maplehurst há dez anos.

– Ela é muito delicada... ou pensa que é – diz Rebecca Dew, com um suspiro. – Mas não há nada de errado com seu orgulho. Todos os Pringles são orgulhosos, mas essas duas garotas ultrapassam tudo. Você devia ouvi-las falar sobre seus ancestrais. Bem, o velho pai delas, o capitão Abraham Pringle, era um bom homem. Seu irmão Myrom não era tão bom, mas você não ouve os Pringles falando muito sobre ele. Mas temo que você vá ter dificuldade com todos eles. Quando eles decidem sobre algo ou alguém, nunca mudam. Mas mantenha o queixo erguido, Srta. Shirley... mantenha o queixo erguido.

– Eu gostaria de conseguir a receita da Srta. Ellen para o bolo inglês – suspirou tia Chatty. – Ela me prometeu diversas vezes, mas nunca chega. É uma receita antiga de família. Eles são muito exclusivos com suas receitas.

Em meus sonhos fantásticos, vejo-me obrigando a Srta. Ellen a entregar a receita à tia Chatty de joelhos e fazendo Jen ser mais educada. O mais enlouquecedor é que eu mesma poderia ajudar Jen a fazer isso sozinha se todo o clã não estivesse apoiando-a em sua maldade.

(Duas páginas omitidas.)

Sua serva obediente,
ANNE SHIRLEY.

P.S. Era assim que a avó da tia Chatty assinava suas cartas de amor.

15 de outubro.

Ouvimos hoje que houve um assalto no outro lado da cidade ontem à noite. Uma casa foi invadida e dinheiro e uma dúzia de colheres de prata foram roubados. Então Rebecca Dew foi ao Sr. Hamilton para ver se ela podia pegar um cachorro emprestado. Ela queria amarrá-lo no quintal dos fundos e me aconselhou a guardar meu anel de noivado em um lugar trancado!

A propósito, eu descobri por que Rebecca Dew chorou. Parece que houve uma confusão doméstica. Dusty Miller "se comportou mal de novo" e Rebecca Dew disse à tia Kate que ela realmente teria que fazer algo sobre Aquele Gato. Ele a estava deixando por um fio. Era a terceira vez em um ano, e ela sabia que ele fazia aquilo de propósito. Tia Kate disse que, se Rebecca Dew deixasse o gato sair quando começava a miar, não haveria perigo de ele se comportar mal.

– Bem, esta é a gota d'água – disse Rebecca Dew.

Consequentemente, lágrimas!

A situação dos Pringles fica um pouco pior a cada semana. Algo muito impertinente foi escrito em um dos meus livros ontem e Homer Pringle deu saltos mortais por todo o corredor ao sair da escola. Além disso, recebi uma carta anônima recentemente cheia de insinuações desagradáveis. De alguma forma, eu não culpo Jen pelo livro ou pela carta. Por mais terrível que ela seja, há coisas que ela não faria. Rebecca Dew está furiosa e estremeço ao pensar no que ela faria com os Pringles se os tivesse em suas mãos. O desejo de Nero não se compara a isso. Realmente não a culpo, pois há momentos em que me sinto capaz de entregar alegremente a todo e qualquer Pringle uma dose envenenada de bebida Borgia.

Acho que não contei muito sobre os outros professores. Existem dois, você sabe... a vice-diretora, Katherine Brooke, dos primeiros anos, e George MacKay, da escola preparatória. De George, eu tenho pouco a dizer. Ele é um rapaz tímido, de boa índole, de vinte anos, com um leve e delicioso sotaque das montanhas, sugestivo de vales e ilhas enevoadas... seu avô era da "Ilha de Skye"... e ele se sai muito bem com os alunos. Até onde eu o conheço, gosto dele. Mas temo que vou ter dificuldades para gostar de Katherine Brooke.

Katherine é uma moça de 28 anos, acredito, embora pareça ter 35. Disseram que ela acalentava esperanças de ser promovida para a diretoria e suponho que se ressinta por eu ter conseguido a vaga, principalmente porque sou consideravelmente mais nova. Ela é uma boa professora... um pouco rigorosa... mas não é popular com ninguém. E não se preocupa com isso! Ela parece não ter amigos, parentes ou colegas, e vive sozinha em uma pensão sombria na pequena Temple Street. Ela se veste de forma muito desleixada, nunca sai socialmente e é considerada "má". Ela é muito sarcástica e seus alunos temem seus comentários mordazes. Disseram-me que sua forma de mexer as sobrancelhas grossas e negras as reduz a uma polpa. Eu gostaria de poder trabalhar isso nos Pringles. Mas eu realmente não gostaria de governar pelo medo como ela. Quero que meus alunos me amem.

Apesar de ela aparentemente não ter problemas em fazê-los seguir a linha, ela está constantemente enviando alguns deles para mim... Especialmente Pringles. Eu sei que ela faz isso de propósito e eu sinto miseravelmente que ela exulta em minhas dificuldades e ficaria feliz em me ver sofrer.

Rebecca Dew diz que ninguém consegue fazer amizade com ela. As viúvas a convidaram várias vezes para a ceia de domingo... Elas sempre fazem isso por pessoas solitárias, e sempre têm a mais deliciosa salada de frango para elas... mas ela nunca apareceu. Então elas desistiram porque, como tia Kate diz, há limites.

Há rumores de que ela é muito inteligente e sabe cantar e recitar... *Elocute, a la* Rebecca Dew... Mas também não fará isso. Tia Chatty certa vez pediu que ela recitasse em um jantar na igreja.

– Achamos que ela negou o convite de uma forma muito mal-educada – disse tia Kate.

– Apenas rosnou – disse Rebecca Dew.

Katherine tem uma voz rouca e profunda... quase a voz de um homem... e realmente soa como um rosnado quando ela não está de bom humor.

Ela não é bonita, mas pode melhorar. Ela é morena, com magníficos cabelos pretos sempre puxados para trás da testa alta e enrolados em um nó desajeitado na base do pescoço. Seus olhos não são da mesma cor dos cabelos, e sim claros, de cor âmbar sob as sobrancelhas negras. Ela tem orelhas que não deveria ter vergonha de mostrar e as mãos mais bonitas que eu já vi. Ela também tem a boca bem cortada. Parece ter uma genialidade positiva para escolher as cores e as linhas que não deve usar. Verde-escuros e cinzas sem brilho, quando ela é muito pálida para verdes e cinzas, e listras que a deixam ainda mais alta e mais magra. E suas roupas sempre estão com o aspecto de que ela dormiu com elas.

O jeito dela é muito repulsivo... Como diria Rebecca Dew, ela sempre tem uma atitude hostil. Toda vez que passo por ela nas escadas, sinto que ela está pensando coisas horríveis sobre mim. Toda vez que falo com ela, ela me faz sentir como se eu tivesse dito a coisa errada. E, no entanto, sinto muito por ela... embora eu saiba que ela se ressentirá furiosamente da minha compaixão. E eu não posso fazer nada para ajudá-la porque ela não quer e é muito odiosa comigo.

Um dia, quando todos nós, professores, estávamos reunidos em uma sala, fiz algo que, aparentemente, transgrediu uma das leis não escritas da escola, e Katherine disse, de forma cortante: "Talvez você pense que está acima das regras, Srta. Shirley". Em outro momento, quando sugeri algumas mudanças que achava que seriam para o bem da escola, ela disse com um sorriso desdenhoso: "Não estou interessada em contos de fadas". Certa vez, quando elogiei seu trabalho e seus métodos, ela disse: "E qual é o motivo de tudo isso?".

Mas o que mais me aborreceu... bem, um dia, quando eu peguei um livro dela na sala dos professores e olhei para a folha em branco, eu disse: "Estou feliz que seu nome se escreve com K. Katherine é muito mais atraente do que Catherine, assim como K é uma letra mais aventureira do que uma presunçosa C".

Ela não respondeu, mas no bilhete seguinte que me enviou estava assinado "Catherine Brooke"!

Eu espirrei durante todo o caminho para casa.

Eu realmente desistiria de tentar fazer amizade com ela se não tivesse uma sensação estranha e inexplicável de que, sob toda a grosseria e indiferença, ela está realmente faminta por companhia.

No geral, com o antagonismo de Katherine e a atitude dos Pringles, não sei exatamente o que faria se não fosse a querida Rebecca Dew e suas cartas... e a pequena Elizabeth.

Porque eu conheci a pequena Elizabeth. E ela é uma menina adorável.

Três noites atrás, levei o copo de leite na porta do muro e a pequena Elizabeth estava lá para pegá-lo, em vez da Mulher, sua cabeça aparecendo acima da parte sólida da porta, de modo que seu rosto estava emoldurado pela hera. Ela é pequena, pálida, dourada e melancólica. Seus olhos, olhando para mim através do crepúsculo do outono, eram grandes e cor de avelã. Seus cabelos dourados estavam separados ao meio, seguindo sobre a cabeça com um pente circular, e caíam em ondas sobre os ombros. Ela usava um vestido azul-claro e tinha a expressão de uma princesa da terra dos elfos. Ela tinha o que Rebecca Dew chama de "um ar delicado" e me passou a impressão de uma criança que era mais ou menos subnutrida... não no corpo, mas na alma... mais um raio de lua do que um raio de sol.

– Você é Elizabeth? – perguntei.

– Não hoje à noite – respondeu ela gravemente. – Esta é a minha noite de ser Betty, porque amo tudo no mundo hoje à noite. Eu era Elizabeth ontem à noite, e amanhã à noite provavelmente serei Beth. Tudo depende de como eu me sentir.

Havia ali um toque de espíritos-irmãos. Fiquei completamente emocionada com isso.

– Que bom ter um nome que você pode mudar com tanta facilidade e ainda sentir que é seu.

A pequena Elizabeth assentiu.

– Eu posso fazer muitos nomes a partir dele. Elsie, Betty, Bess, Elisa, Lisbeth e Beth... mas não Lizzie. Eu nunca me sinto como Lizzie.

– Quem poderia? – disse.

– Você acha que sou boba, Srta. Shirley? Minha avó e a Mulher acham que sou.

– Nem um pouco... é muito sábia e muito agradável – eu disse.

A pequena Elizabeth me olhou por cima da borda do copo. Senti que estava sendo pesada em alguma balança espiritual secreta e logo percebi, agradecida, que não estava devendo nada. Pois a pequena Elizabeth me pediu um favor... e a pequena Elizabeth não pede favores a pessoas de quem ela não gosta.

– Você se importaria de levantar o gato e me deixar acariciá-lo? – perguntou ela timidamente.

Dusty Miller estava se esfregando em minhas pernas. Eu o levantei e a pequena Elizabeth estendeu a mãozinha e acariciou a cabeça do felino com satisfação.

– Eu gosto mais de gatinhos do que de bebês – disse ela, olhando para mim com um ar de desafio, como se soubesse que eu ficaria chocada, mas que deveria dizer a verdade mesmo assim.

– Suponho que você nunca tenha tido muito contato com bebês, então não sabe como eles são doces – eu disse, sorrindo. – Você tem um gatinho?

Elizabeth balançou a cabeça.

– Oh, não; vovó não gosta de gatos. E a Mulher os odeia. A Mulher saiu esta noite, e é por isso que eu pude vir buscar o leite. Adoro vir buscar o leite porque Rebecca Dew é uma pessoa muito agradável!

– Você está triste por ela não ter vindo esta noite? – ri.

A pequena Elizabeth balançou a cabeça.

– Não. Você também é muito agradável. Eu queria conhecer você, mas tinha medo de que isso não acontecesse antes que o Amanhã chegasse.

Ficamos lá e conversamos enquanto Elizabeth bebia seu leite delicadamente, e ela me contou tudo sobre o Amanhã.

A Mulher havia lhe dito que o Amanhã nunca chegaria, mas ela sabia que não era assim. Ele chegará algum dia. Em uma bela manhã, ela acordará e descobrirá que é Amanhã. Não Hoje, mas Amanhã. E então as coisas acontecerão... coisas maravilhosas. Talvez ela tenha até um dia para fazer exatamente o que gosta, sem que ninguém a vigie... embora eu ache que Elizabeth pense que isso é bom demais até mesmo para o Amanhã. Ou ela poderá descobrir o que está no fim da estrada do porto... aquela estrada errante e sinuosa como uma bela cobra vermelha, que leva, segundo Elizabeth pensa, ao fim do mundo. Talvez a Ilha da Felicidade esteja lá. Elizabeth tem certeza de que existe uma Ilha da Felicidade em algum lugar onde todos os navios que nunca voltam estão ancorados, e ela a encontrará quando o Amanhã chegar.

– E quando o Amanhã chegar – disse Elizabeth –, vou ter um milhão de cães e 45 gatos. Disse isso para a minha avó quando ela não me deixou ter um gatinho, Srta. Shirley, e ela ficou com raiva e disse: "Não estou acostumada que falem comigo dessa forma, Srta. Impertinente". Fui mandada para a cama sem jantar... mas não pretendia ser impertinente. E não consegui dormir, Srta. Shirley, porque a Mulher me disse que conheceu uma criança que morreu durante o sono depois de ter sido impertinente.

Quando Elizabeth terminou o leite, ouviu-se uma batida forte em alguma janela invisível atrás dos abetos. Acho que estávamos sendo observadas o tempo todo. Minha donzela elfa correu, a cabeça dourada brilhando no corredor escuro de abetos até desaparecer.

– Ela é uma criaturinha fantasiosa – disse Rebecca Dew quando eu contei a ela sobre minha aventura...

Realmente, de alguma forma, teve a característica de uma aventura, Gilbert.

– Um dia ela me disse: "Você tem medo de leões, Rebecca Dew?". "Eu nunca conheci nenhum, então não posso lhe dizer", respondi. "Haverá uma boa quantidade de leões no Amanhã, mas eles serão bons leões amigáveis". "Criança, você só terá olhos se continuar me olhando assim", eu disse. Ela estava olhando através de mim, para algo que viu naquele Amanhã dela. "Estou pensando profundamente, Rebecca Dew", disse ela. O problema com aquela criança é que ela não ri o suficiente.

Lembrei que Elizabeth não riu nenhuma vez durante a nossa conversa. Sinto que ela não tenha aprendido a fazê-lo. A grande casa é muito quieta e solitária, e sem risos. Parece maçante e sombria mesmo agora, quando o mundo é uma profusão de cores de outono. A pequena Elizabeth está dando ouvidos demais a sussurros perdidos.

Acho que uma das minhas missões em Summerside será ensiná-la a rir.

Sua amiga mais fiel e mais terna,
ANNE SHIRLEY.

P.S. Mais da avó da tia Chatty!

3

Windy Poplars,
Spook's Lane,
S'side,
25 de outubro.

CARO GILBERT:

O que você acha? Fui jantar em Maplehurst!
A própria Srta. Ellen escreveu o convite. Rebecca Dew ficou realmente empolgada... ela nunca acreditou que eles me notariam. E tinha certeza de que o convite não foi feito por amizade.

– Eles têm algum motivo sinistro, tenho certeza! – exclamou ela.

Eu tinha esse sentimento em minha mente.

– Tenha o cuidado de se vestir da melhor forma – ordenou Rebecca Dew.

Então eu coloquei meu lindo vestido creme com violetas roxas e penteei os cabelos daquela nova maneira, deixando uma mecha na testa. Está muito na moda.

As senhoras de Maplehurst são agradáveis à sua maneira, Gilbert. Eu poderia amá-las, se elas permitissem. Maplehurst é uma casa orgulhosa e exclusiva com árvores ao redor e não se associa a casas comuns. Há no pomar uma mulher de madeira grande e branca que foi retirada da proa do famoso navio do velho capitão Abraham, o *Go and Ask Her*, e canteiros de artemísias nos degraus da frente, que foram trazidas do país nativo há mais de cem anos pelo primeiro imigrante Pringle. Eles têm outro ancestral que lutou na batalha de Minden e sua espada está pendurada na parede da sala ao lado do retrato do capitão Abraham. O capitão Abraham era o pai deles, e eles têm, evidentemente, muito orgulho dele.

Há espelhos imponentes sobre os velhos mantéis pretos e canelados, uma caixa de vidro com flores de cera, quadros que retratam a beleza dos navios de muito tempo atrás, uma grinalda de cabelos com mechas de cabelos de todos os Pringles, grandes conchas e uma colcha na cama do quarto de hóspedes, bordada com pontos infinitos.

Sentamo-nos na sala de estar em cadeiras Sheraton de mogno. O cômodo era decorado com papel de parede com listras prateadas. Havia cortinas pesadas de brocado nas janelas; mesas com tampo de mármore, uma delas com um belo modelo de navio com casco carmesim e velas brancas como neve – o *Go and Ask Her*; um enorme lustre, todo de vidro e pendentes, suspenso no teto; um espelho redondo com um relógio no centro... algo que o capitão Abraham trouxera para casa de lugares estrangeiros. Era maravilhoso. Gostaria de algo assim em nossa casa dos sonhos.

As próprias sombras eram eloquentes e tradicionais. A Srta. Ellen me mostrou milhões... mais ou menos... de fotografias de Pringles, muitas delas daguerreótipos em estojos de couro. Um grande gato escama de tartaruga entrou, pulou no meu joelho e logo foi espantado para a cozinha pela Srta. Ellen. Ela me pediu desculpas, mas acredito que primeiro tenha pedido desculpas para o gato lá na cozinha.

A Srta. Ellen falou a maior parte do tempo. A Srta. Sarah, uma pessoinha de vestido de seda preto e anágua engomada, com cabelos brancos como a neve e olhos tão negros quanto o vestido, as mãos finas e com veias aparentes cruzadas no colo em meio a finos babados de renda, triste, amável, gentil, parecia quase muito frágil para falar. No entanto, eu tive a impressão, Gilbert, de que todo o clã dos Pringles, incluindo a própria Srta. Ellen, dançava conforme a música dela.

Tivemos um delicioso jantar. A água estava fria; os tecidos, lindos; os pratos e os utensílios de vidro, finos. Fomos servidos por uma empregada, tão indiferente e aristocrática quanto eles. Mas a Srta. Sarah fingia ser um pouco surda sempre que eu falava com ela. Pensei que cada porção de comida me sufocaria. Toda a minha coragem fugia de mim. Eu me senti como uma pobre mosca apanhada em uma armadilha. Gilbert, eu nunca, nunca vou conquistar ou vencer a Família Real. Consigo me ver pedindo demissão no ano novo. Não tenho chance contra um clã como esse.

E, mesmo assim, não pude deixar de sentir um pouco de pena das velhinhas enquanto olhava para a casa delas. Uma vez, ela esteve viva... As pessoas nasceram lá... Morreram lá... Celebraram lá... Conheceram o sono, o desespero, o medo, a alegria, o amor, a esperança, o ódio. E agora não havia nada além de memórias pelas quais elas vivem... e seu orgulho por elas.

A tia Chatty está muito chateada porque, quando desdobrou lençóis limpos para minha cama hoje, encontrou um vinco em forma de diamante no centro. Ela tem certeza de que prediz uma morte na casa. A tia Kate tem aversão a essa superstição. Mas eu acredito que gosto de pessoas supersticiosas. Elas dão cor à vida. Não seria um mundo monótono se todos fossem sábios e sensíveis... e bons? Sobre o que falaríamos?

Tivemos uma catástrofe aqui duas noites atrás. Dusty Miller ficou fora a noite toda, apesar de Rebecca Dew ter ficado gritando "Gato" lá no quintal. E quando ele apareceu de manhã... oh, um gato tão bonito! Um dos olhos estava completamente fechado e havia um caroço do tamanho de um ovo em sua mandíbula. O pelo estava duro de lama e em uma das patas havia uma marca de mordida. Mas que olhar triunfante e impenitente ele tinha em seu único olho bom! As viúvas ficaram horrorizadas, mas Rebecca Dew disse, exultante:

– Aquele gato nunca teve uma boa luta em sua vida antes. E aposto que o outro gato ficou muito pior do que ele!

Uma névoa está subindo pelo porto hoje à noite, manchando a estrada vermelha que a pequena Elizabeth quer explorar. Ervas daninhas e folhas estão queimando em todos os jardins da cidade, e a combinação de fumaça e névoa está fazendo de Spook's Lane um lugar misterioso, fascinante e encantado. Está ficando tarde e minha cama diz: "Eu tenho sono para você". Eu me acostumei a subir um lance de degraus para alcançar a cama... e descer os degraus... Oh, Gilbert, eu nunca contei isso a ninguém, mas é engraçado demais para ficar guardado por mais tempo. Na primeira manhã em que acordei em Windy Poplars, eu me esqueci dos degraus e levantei da cama feliz por mais uma manhã. E caí como milhares de tijolos, como diria Rebecca Dew. Felizmente, não quebrei nenhum osso, mas fiquei com manchas escuras e azuladas por uma semana.

A pequena Elizabeth e eu estamos muito amigas agora. Ela vem todas as noites buscar seu leite porque a Mulher está deitada com o que Rebecca Dew chama de "bronquites". Eu sempre a encontro no portão do muro, esperando por mim, seus grandes olhos cheios de crepúsculo. Conversamos com o portão, que não é aberto há anos, entre nós. Elizabeth bebe o copo de leite o mais lentamente possível, a fim de prolongar nossa conversa. Sempre, quando a última gota é sorvida, vem a batida à janela.

Descobri que uma das coisas que acontecerá no Amanhã é que ela receberá uma carta do pai. Ela nunca recebeu uma carta dele. Gostaria de saber o que esse homem pode estar pensando.

– Sabe, Srta. Shirley, ele não conseguia olhar para mim – disse-me ela –, mas talvez ele não ligue de escrever.

– Quem disse que ele não conseguia olhar para você? – perguntei indignada.

– A mulher. (Sempre que Elizabeth diz "a Mulher", posso vê-la como um grande e proibitivo M, todos os seus ângulos e cantos.) – E deve ser verdade, ou ele viria me ver às vezes.

Ela era Beth naquela noite... E só quando ela é Beth fala sobre o pai. Quando ela é Betty, faz careta para a avó e a Mulher pelas costas; mas, quando se transforma em Elsie, arrepende-se e pensa em confessar o que fez, mas sente medo. Muito raramente ela é Elizabeth, quando tem o rosto de quem ouve música de fadas e sabe o que rosas e trevos conversam. Ela é uma pessoinha muito estranha, Gilbert... tão sensível quanto as folhas de Windy Poplars, e eu a amo. Enfurece-me saber que aquelas duas velhas terríveis a fazem ir para a cama no escuro.

– A Mulher disse que eu era grande o suficiente para dormir sem luz. Mas me sinto tão pequena, Srta. Shirley, porque a noite é tão grande e horrível. E há um corvo empalhado no meu quarto, e eu tenho medo dele. A Mulher me disse que ele arrancaria meus olhos se eu chorasse. Claro, Srta. Shirley, que eu não acredito nisso, mas ainda sinto medo. As coisas sussurram entre si à noite. Mas no Amanhã eu não terei medo de nada... nem mesmo de ser sequestrada!

– Mas não há perigo de você ser sequestrada, Elizabeth.

– A Mulher disse que sim, caso eu fosse a algum lugar sozinha ou conversasse com estranhos. Mas você não é uma estranha, é, Srta. Shirley?

– Não, querida. Nós nos conhecemos desde sempre no Amanhã – disse a ela.

4

Windy Poplars,
Spook's Lane,
S'side,
10 de novembro.

QUERIDO:

Antes, a pessoa que eu mais odiava no mundo era a pessoa que estragava a ponta da minha pena. Mas não consigo odiar Rebecca Dew, apesar de seu hábito de usar minha pena para copiar receitas quando estou na escola. Ela está fazendo isso de novo e, como resultado, desta vez você não receberá uma carta longa ou amorosa. (Meu mais amado!)

A última canção dos grilos foi cantada. As noites são tão frias agora que eu tenho um pequeno fogão a lenha oblongo no meu quarto. Rebecca Dew o colocou ali. Por isso que eu a perdoo quanto à caneta. Não há nada que aquela mulher não possa fazer; e ela sempre acende o fogo para mim quando eu chego da escola. É o menor dos fogões. Eu poderia pegá--lo nas mãos. Parece um cachorro preto atrevido em suas quatro patas de ferro. Mas, quando é suprido com pedaços de madeira, ele floresce em um tom rosado e lança um calor maravilhoso... e você nem imagina como é aconchegante. Estou diante dele agora, com os pés na pequena lareira, rabiscando para você apoiada nos joelhos.

Todas as outras pessoas de Summerside... ou quase todas... estão no baile dos Hardy Pringles. Eu não fui convidada. E Rebecca Dew está tão irritada com isso que eu odiaria ser Dusty Miller. Mas, quando penso na filha de Hardy, Myra, bonita e sem cérebro, tentando provar em um trabalho que os ângulos na base de um triângulo isósceles são iguais, perdoo todo o clã Pringle. E na semana passada ela incluiu uma "forca"[2] muito seriamente em uma lista de árvores! Mas, para ser justa, nem todos os problemas se originam com os Pringles. Blake Fenton recentemente definiu um jacaré como um "grande tipo de inseto". Esses são os pontos altos da vida de um professor!

Parece que vai nevar hoje à noite. Eu gosto quando está prestes a nevar. O vento está soprando "na torre e na árvore" e fazendo meu quarto aconchegante parecer ainda mais aconchegante. A última folha dourada será soprada dos álamos hoje à noite.

Acho que já fui convidada para jantar em todas as casas... quero dizer, nas casas de todos os meus alunos, tanto na cidade quanto no campo. E, oh, Gilbert querido, estou tão cansada de conservas de abóbora! Nunca, nunca nos deixe ter conservas de abóbora em nossa casa dos sonhos.

Em quase todos os lugares em que estive no último mês, tinha compota de abóbora para o jantar. Na primeira vez, adorei... estava tão dourada que senti que comia o sol em um pote... e fiquei falando sobre isso sem parar. Espalhou-se

---

2. No original: "gallows tree", o instrumento usado para execução por enforcamento (N.E.).

então um boato de que eu gostava muito de compota de abóbora, e as pessoas começaram a fazê-la de propósito para mim. Noite passada, eu estava saindo para ir até a casa do Sr. Hamilton e Rebecca Dew me garantiu que eu não teria de comer compota de abóbora lá porque nenhum dos Hamilton gostava. Mas, quando nos sentamos para jantar, observei no aparador a elegante e inevitável tigela de vidro trabalhado cheia de compota de abóbora.

– Eu não tinha nenhuma compota de abóbora em casa – comentou a Sra. Hamilton, entregando-me um prato generoso –, mas ouvi dizer que você era muito parcial em relação a isso, então, quando estive com minha prima em Lowvale, no domingo passado, disse a ela: "Vou receber a Srta. Shirley para jantar esta semana e ela é muito parcial sobre compota de abóbora. Eu gostaria que você fizesse uma porção para ela. Então ela fez e aqui está, e você pode levar para casa o que sobrar".

Você deveria ter visto o rosto de Rebecca Dew quando cheguei da casa dos Hamilton carregando uma jarra de vidro com dois terços de compota de abóbora! Ninguém gosta aqui em casa, então o enterramos sombriamente no jardim na calada da noite.

– Você não vai colocar isso em uma história, vai? – perguntou ela, ansiosa.

Desde que Rebecca Dew descobriu que às vezes escrevo ficção para as revistas, ela vive com medo... ou esperança, não sei exatamente... de que eu coloque tudo o que acontece em Windy Poplars em uma história. Ela quer que eu "escreva sobre os Pringles e lhes dê uma lição". Mas, infelizmente, são os Pringles que estão fazendo isso comigo e, entre eles e meu trabalho na escola, tenho pouco tempo para escrever ficção.

Agora só existem folhas murchas e caules congelados no jardim. Rebecca Dew protegeu as rosas envolvendo-as em palha e sacos de batata e, no crepúsculo, elas se parecem exatamente com um grupo de velhos curvados apoiando-se em cajados.

Recebi hoje um cartão postal de Davy com dez beijos cruzados e uma carta de Priscilla escrita em um papel que uma amiga dela no Japão enviou... Papel fino e sedoso com marcas d'água de flores de cerejeira. Estou começando a suspeitar dessa amiga. Mas sua grande carta foi o presente púrpura que o dia me deu. Eu a li quatro vezes, para extrair todo o seu sabor... como um cachorro lambendo um prato. Essa certamente não é uma comparação romântica, mas é o que me veio à cabeça. Ainda assim, cartas, mesmo as mais agradáveis, não são satisfatórias. Quero ver você. Fico feliz que faltem apenas cinco semanas para as férias de Natal.

5

Anne, sentada à janela da torre em uma tarde de novembro, com a caneta nos lábios e sonhos nos olhos, olhou para o mundo crepuscular e de repente pensou que gostaria de caminhar até o antigo cemitério. Ela não o havia visitado ainda, preferindo o bosque de vidoeiros e a clareira ou a estrada do porto para suas caminhadas noturnas. Mas sempre há um espaço de novembro depois que as folhas caem, quando ela sente que é quase indecente invadir a floresta, pois sua glória terrestre havia partido e sua glória celestial de espírito, pureza e brancura ainda não havia chegado sobre ela. Então,

Anne se dirigiu ao cemitério. Ela estava se sentindo tão desanimada e sem esperança que achou que um cemitério seria um lugar relativamente alegre. Além disso, estava cheio de Pringles, disse Rebecca Dew. Eles eram enterrados ali por gerações, preferindo-o ao novo cemitério, até que "nenhum deles pudesse caber mais ali". Anne achou que seria positivamente encorajador ver uma infinidade de Pringles em um lugar onde não podiam mais incomodar ninguém.

Em relação aos Pringles, Anne sentiu que estava no fim de sua vida. Cada vez mais, toda a situação parecia um pesadelo. A sutil campanha de insubordinação e desrespeito que Jen Pringle havia organizado finalmente chegara a um ponto crucial. Na semana anterior, ela havia pedido aos mais velhos que escrevessem uma redação sobre "Os acontecimentos mais importantes da semana". Jen Pringle havia escrito um texto brilhante... a danadinha era esperta... e inserido um insulto astuto para a professora... tão afiado que era impossível ignorá-lo. Anne a mandou para casa, dizendo que teria de se desculpar antes de poder voltar. A lenha fora colocada no fogo. Agora havia uma guerra aberta entre ela e os Pringles. E a pobre Anne não tinha dúvida de qual seria a bandeira vitoriosa. O conselho escolar apoiaria os Pringles e ela poderia escolher entre deixar Jen voltar ou ser solicitada a renunciar.

Ela se sentia muito entristecida. Havia feito o seu melhor e sabia que poderia ter conseguido, se tivesse tido uma chance de lutar.

"Não é minha culpa", pensou ela miseravelmente. "Quem poderia ter sucesso contra tal tropa e suas táticas?"

Ter de voltar para casa em Green Gables derrotada! Suportar a indignação da Sra. Lynde e a exultação dos Pyes! Até a simpatia dos amigos seria uma angústia. E, com seu fracasso em Summerside espalhado por todos os lugares, ela nunca conseguiria uma vaga em outra escola.

Mas pelo menos eles não a tinham superado na questão de pregar peças. Anne riu um pouco maliciosamente, e seus olhos se encheram de prazer ao recordar.

Ela havia organizado um Clube Dramático do Ensino Médio e o dirigiu em uma pequena peça, apressadamente levantada para fornecer fundos para um de seus planos... comprar algumas boas gravuras para as salas. Ela pediu ajuda a Katherine Brooke, porque Katherine sempre parecia excluída de tudo. E não pôde deixar de se arrepender muitas vezes por ter feito isso, pois Katherine mostrava-se ainda mais brusca e sarcástica do que o normal. Ela raramente deixava um momento passar sem algum comentário destrutivo, com um levantar de sobrancelhas. Pior ainda, foi Katherine quem insistiu que Jen Pringle ficasse com o papel de Maria da Escócia.

– Não há mais ninguém na escola que possa interpretar esse papel – argumentou ela, impaciente. – Ninguém que tenha a personalidade necessária.

Anne não tinha tanta certeza disso. Ela achava que Sophy Sinclair, alta, com olhos castanhos e lindíssimos cabelos castanhos, seria uma rainha muito melhor do que Jen. Mas Sophy nem ao menos era membro do clube e nunca havia participado de uma peça.

– Não queremos um novato absoluto nisso. Não vou me associar a nada que não seja bem-sucedido – havia dito Katherine de forma desagradável e Anne acabou cedendo.

Ela não podia negar que Jen era muito boa no papel. Ela tinha um talento natural para atuar e, aparentemente, lançou-se na tarefa de todo o coração. Eles ensaiavam quatro noites por semana e, na superfície, as coisas corriam muito bem. Jen parecia estar tão interessada em seu papel que se comportou muito bem quanto ao que era relacionado à peça. Anne não se intrometeu, e a deixou sob os cuidados de Katherine. Uma ou duas vezes, porém, ela captou um certo olhar de triunfo astuto no rosto de Jen que a deixou intrigada. Ela não conseguia adivinhar exatamente o que aquilo significava.

Uma tarde, logo após o início dos ensaios, Anne encontrou Sophy Sinclair chorando em um canto do vestiário das meninas. A princípio, ela piscou vigorosamente os olhos castanhos e negou... mas então cedeu.

– Eu queria muito fazer parte da peça... ser a rainha Mary – soluçou ela. – Eu nunca tive uma chance... Meu pai não me deixou entrar para o clube porque ele tem dívidas a pagar, e cada centavo conta. E é claro que eu não tenho nenhuma experiência. Eu sempre amei a rainha Mary... o próprio nome dela me emociona até as pontas dos dedos. Eu não acredito... Eu nunca vou acreditar que ela teve alguma coisa a ver com o assassinato de Darnley. Seria maravilhoso imaginar que eu era ela, nem que fosse por um curto período de tempo!

Posteriormente, Anne concluiu que havia sido seu anjo da guarda que a fez responder como respondeu.

– Vou escrever o papel para você, Sophy, e ensaiar com você. Será um bom treinamento. E, como planejamos apresentar a peça em outros lugares, se tudo correr bem aqui, será bom ter uma substituta, caso Jen, por algum motivo, não possa participar. Mas não diremos nada a ninguém.

Sophy já tinha memorizado o papel no dia seguinte. Ela ia para Windy Poplars com Anne todas as tardes após a escola e ensaiava na torre. Elas se divertiam muito juntas, pois Sophy era cheia de vivacidade. A peça seria apresentada na última sexta-feira de novembro, na prefeitura; foi amplamente divulgada e todos os assentos reservados foram vendidos. Anne e Katherine passaram duas noites decorando o salão, uma banda foi contratada e uma soprano notável vinha de Charlottetown para cantar entre os atos. O ensaio geral foi um sucesso. Jen estava excelente e todo o elenco se envolveu junto com ela. Na manhã de sexta-feira, Jen não estava na escola; e, à tarde, a mãe dela mandou avisar que Jen estava com dor de garganta... eles temiam que fosse amigdalite. Todos os envolvidos lamentavam muito, mas estava fora de questão que ela participasse da peça naquela noite.

Katherine e Anne se entreolharam, unidas pela primeira vez em seu desânimo comum.

– Vamos ter que adiar – disse Katherine lentamente. – E isso significa fracasso. Assim que entrarmos em dezembro, muita coisa acontece. Bem, eu sempre pensei que era tolice tentar começar uma peça nesta época do ano.

– Não vamos adiar – disse Anne, com os olhos tão verdes quanto os de Jen.

Ela não diria a Katherine Brooke, mas sabia tão bem quanto qualquer outra coisa em sua vida que Jen Pringle tinha tanta amigdalite quanto ela própria. Era um artifício deliberado, quer algum dos outros Pringles tivessem participado disso ou não, para arruinar a peça, só porque era ela, Anne Shirley, quem havia organizado.

– Oh, se você pensa assim! – disse Katherine com um dar de ombros desagradável. – Mas o que pretende fazer? Conseguir alguém que leia o papel? Isso estragaria tudo... Mary é a peça toda.

– Sophy Sinclair pode interpretar o papel tão bem quanto Jen. O figurino vai caber nela e, graças sejam dadas, ela vai fazer o papel, e não Jen.

A peça foi apresentada naquela noite diante de uma plateia lotada. Uma Sophy muito satisfeita interpretou Mary... e foi Mary, como Jen Pringle nunca poderia ter sido... Ficou parecida com Mary em suas vestes de veludo, cheia de babados e joias. Alunos da Summerside High, que nunca haviam visto Sophy usando nada além do que vestidos de sarja lisos, sombrios e escuros, um casaco sem graça e chapéus surrados, a olhavam com espanto. Ficou decidido no mesmo instante que ela se tornaria integrante permanente do Clube de Teatro – a própria Anne pagou a taxa de filiação – e, a partir de então, ela se tornou uma das alunas que "se destacam" em Summerside High. Mas ninguém sabia ou sonhava, Sophy menos ainda, que naquela noite ela havia dado o primeiro passo em um caminho que a levaria às estrelas. Vinte anos depois, Sophy Sinclair seria uma das principais atrizes da América. Mas provavelmente nenhum aplauso soou tão doce em seus ouvidos quanto os aplausos empolgados em meio aos quais a cortina caiu naquela noite na prefeitura de Summerside.

A Sra. James Pringle levou uma boa história naquela noite para sua filha Jen, que deixaria verdes os olhos daquela donzela (se eles já não o fossem). Pela primeira vez, como Rebecca Dew disse, Jen tinha recebido uma surpresa. E o eventual resultado foi o insulto inserido na redação sobre Acontecimentos Importantes.

Anne desceu até o antigo cemitério por uma pista de sulcos profundos entre diques altos e cobertos de musgo, com samambaias congeladas. Lombardias esguias e pontiagudas, das quais os ventos de novembro ainda não haviam arrancado todas as folhas, cresciam espaçadas sombriamente contra a cor ametista das colinas distantes; mas o antigo cemitério, com metade das lápides entortadas em uma inclinação ébria, estava cercado por uma fileira de altos e sombrios pinheiros. Anne não esperava encontrar ninguém lá, e ficou um pouco surpresa ao se deparar com a Srta. Valentine Courtaloe, com seu nariz longo e delicado, sua boca fina e delicada, seus ombros delicados e inclinados e seu ar geral de invencível feminilidade, logo depois do portão. Ela conhecia a Srta. Valentine, é claro, assim como todos em Summerside. Ela era "a" costureira local, e o que ela não sabia sobre as pessoas, vivas ou mortas, não valia a pena levar em consideração. Anne queria passear sozinha, ler os estranhos epitáfios antigos e decifrar os nomes de amantes esquecidos sob os líquenes que cresciam sobre eles. Mas ela não conseguiu escapar quando a Srta. Valentine passou o braço pelo seu e começou a fazer as honras do cemitério, onde evidentemente havia tantos Courtaloes enterrados quanto Pringles. A Srta. Valentine não tinha uma gota de sangue Pringle nas veias, e um dos alunos favoritos de Anne era seu sobrinho. Portanto, não era muito cansativo ser simpática com ela, exceto que era preciso ter o extremo cuidado de jamais sugerir que ela "costurava para viver". Dizem que a Srta. Valentine era muito sensível nesse ponto.

– Estou feliz por estar aqui esta noite – disse Miss Valentine. – Eu posso lhe contar tudo sobre todo mundo enterrado aqui. Eu sempre digo que você tem que conhecer os meandros dos cadáveres para achar um cemitério realmente agradável. Eu gosto mais de uma caminhada aqui do que no cemitério novo. São apenas as famílias antigas que estão enterradas aqui, mas todos os Tom, Dick e Harry estão sendo enterrados no lugar novo. Os Courtaloes estão enterrados neste canto. Nossa, tivemos muitos funerais em nossa família.

– Suponho que seja assim com toda família antiga – disse Anne, porque a Srta. Valentine evidentemente esperava que ela dissesse algo.

– Não me diga que nenhuma família já teve tantos quanto a nossa – disse a Srta. Valentine, com ciúmes. – Somos muito tuberculosos. Muitos de nós morreram de tosse. Este é o túmulo da minha tia Bessie. Ela era uma santa, se é que alguma vez existiu uma. Mas não há dúvida de que a irmã, tia Cecilia, era a mais interessante para conversar. A última vez que a vi, ela me disse: "Sente-se, minha querida, sente-se. Eu vou morrer hoje à noite às onze e dez, mas não é por isso que não devemos ter uma fofoca muito boa para terminarmos". O estranho, Srta. Shirley, é que ela morreu naquela noite às onze horas e dez minutos. Pode me dizer como ela sabia disso?

Anne não podia.

– Meu trisavô Courtaloe está enterrado aqui também. Ele nasceu em 1760 e fabricava rodas de fiar para viver. Ouvi dizer que ele fabricou mais de mil e quatrocentas no decorrer de sua vida. Quando ele morreu, o ministro pregou a partir do texto: "Suas obras os seguem", e o velho Myrom Pringle disse que, nesse caso, o caminho para o céu atrás do meu trisavô seria entulhado por rodas de fiar. Você acha que essa observação foi de bom gosto, Srta. Shirley?

Se alguém que não fosse um Pringle tivesse dito isso, Anne talvez não tivesse comentado tão decididamente: "Com certeza, não", olhando para uma lápide adornada com uma caveira e ossos cruzados, como se ela também questionasse o bom gosto daquilo.

– Minha prima Dora está enterrada aqui. Ela teve três maridos, mas todos morreram muito rapidamente. A pobre Dora parecia não ter sorte em escolher um homem saudável.

O último deles foi Benjamin Banning... Não está enterrado aqui... está enterrado em Lowvale, ao lado de sua primeira esposa... e ele não estava pronto para morrer. Dora tinha lhe dito que ele iria para um lugar melhor. "Talvez, talvez, mas estou mais acostumado com as imperfeições deste aqui", disse o pobre Ben. Ele tomou sessenta e um tipos diferentes de remédio, mas, apesar disso, continuou doente por um bom tempo. Toda a família do tio David Courtaloe está aqui. Há uma roseira plantada no pé de cada cova e, meu Deus, como elas florescem! Eu venho aqui todo verão e as recolho para o meu pote de rosas. Seria uma pena deixá-las morrer, você não acha?

– Eu... eu suponho que sim.

– Minha pobre jovem irmã Harriet está aqui – suspirou a Srta. Valentine. – Ela tinha cabelos magníficos... quase da cor dos seus... Talvez não tão vermelhos. Iam até os joelhos. Ela estava noiva quando morreu. Ouvi falar que você está noiva. Eu nunca quis muito me casar, mas acho que teria sido agradável estar noiva. Oh, eu tive algumas chances, é claro... talvez eu fosse muito exigente... mas um Courtaloe não pode se casar com qualquer um, não é?

Não parecia que ela podia.

– Frank Digby... Naquele canto embaixo do sumagre... Me queria. Eu me senti um pouco arrependida por tê-lo rejeitado... Mas um Digby, minha querida! Ele se casou com Georgina Troop. Ela sempre ia à igreja um pouco atrasada, só para mostrar suas roupas. Nossa, ela gostava de roupas. Ela foi enterrada em um vestido azul tão bonito... Eu o fiz para ela usar em um casamento, mas no fim ela usou no próprio funeral. Ela teve três filhinhos queridos. Eles costumavam sentar-se à minha frente na igreja e eu sempre lhes dava doces. Você acha errado dar doces às crianças na igreja,

Srta. Shirley? Não bala de hortelã... isso seria bom... há algo religioso sobre bala de hortelã, você não acha? Mas as coitadinhas não gostam de balas de hortelã.

Quando as conspirações dos Courtaloe se esgotaram, as reminiscências da Srta. Valentine ficaram um pouco mais picantes. Mas não fazia muita diferença se você não fosse um Courtaloe.

– A velha Sra. Russell Pringle está aqui. Muitas vezes me pergunto se ela está no céu ou não.

– Mas por quê? – engasgou-se Anne, bastante chocada.

– Bem, ela sempre odiou a irmã, Mary Ann, que havia morrido alguns meses antes. "Se Mary Ann estiver no céu, eu não ficarei lá", dizia ela. E ela era uma mulher que sempre mantinha sua palavra, minha querida... No estilo Pringle. Ela nasceu Pringle e casou-se com o primo Russell. Esta é a Sra. Dan Pringle... Janetta Bird. Ela morreu um dia antes de fazer 70 anos. As pessoas dizem que ela não aceitaria morrer com mais de 70 anos porque esse era o limite bíblico[3]. As pessoas dizem coisas tão engraçadas, não dizem? Ouvi dizer que morrer foi a única coisa que ela ousou fazer sem perguntar ao marido. Você sabe, minha querida, o que ele fez certa vez, quando ela comprou um chapéu de que ele não gostou?

– Eu não consigo imaginar.

– Ele o comeu – disse a Srta. Valentine solenemente.
– É claro que era apenas um pequeno chapéu... Rendas e flores... Sem penas. Ainda assim, deve ter sido bastante indigesto. Soube que ele teve dores de estômago por um bom tempo. É claro que não o vi comê-lo, mas sempre tive certeza de que a história era verdadeira. Você acha que era?

---

3. Com base no Salmo 90.

— Eu acreditaria em qualquer coisa sobre um Pringle – disse Anne amargamente. A Srta. Valentine pressionou o braço dela com simpatia.

— Eu sinto por você... De fato, eu sinto. É terrível a maneira como eles a estão tratando. Mas Summerside não é apenas Pringle, Srta. Shirley.

— Às vezes, penso que sim – disse Anne com um sorriso pesaroso.

— Não, não é. E há muitas pessoas que gostariam de vê-la dando uma lição neles. Não ceda a eles, não importa o que façam. É apenas o velho Satanás que os envolve. Mas eles caminham juntos, e a Srta. Sarah realmente queria que o primo deles tivesse conseguido a escola.

Os Nathan Pringles estão aqui. Nathan sempre acreditou que a esposa estava tentando envenená-lo, mas ele não parecia se importar. Ele disse que isso tornava a vida um pouco emocionante. Certa vez, ele meio que suspeitou de que ela havia colocado arsênico em seu mingau. Ele saiu e o deu a um porco. O porco morreu três semanas depois. Mas ele disse que talvez fosse apenas uma coincidência e, de qualquer forma, não podia ter certeza de que era o mesmo porco. No final, ela morreu antes dele, e ele disse que ela sempre foi uma boa esposa para ele, exceto por uma coisa. Acho que seria caridoso acreditar que ele estava enganado.

— "Sagrado para a memória da Srta. Kinsey" – leu Anne, espantada. – Que inscrição extraordinária! Ela não tinha outro nome?

— Se ela tinha, ninguém nunca soube – disse a Srta. Valentine. – Ela veio da Nova Escócia e trabalhou para os George Pringles por quarenta anos. Ela falou que chamava Srta. Kinsey e todos a chamavam assim. Ela morreu repentinamente e então descobriu-se que ninguém sabia seu primeiro nome e que não tinha ligações com ninguém. Então, eles colocaram isso na lápide dela... os George Pringles a enterraram muito bem e pagaram pelo túmulo. Era uma criatura fiel e trabalhadora, mas, se você a tivesse visto, pensaria que ela havia nascido como Srta. Kinsey. Os James Morleys estão aqui. Eu estava nas bodas de ouro deles. Um grande evento... presentes, discursos e flores... Os filhos todos em casa e eles sorrindo, chorando e apenas se odiando com tanta força quanto podiam.

– Odiando?

– Amargamente, minha querida. Todo mundo sabia disso. Por anos e anos... quase toda a vida de casados, na verdade. Eles brigaram no caminho da igreja para casa depois da cerimônia de casamento. Eu sempre me pergunto como eles conseguem ficar aqui, tão pacificamente lado a lado.

Mais uma vez, Anne estremeceu. Que terrível... sentados um em frente ao outro na mesa... deitados um ao lado do outro à noite... indo à igreja com seus bebês para serem batizados... e odiando um ao outro durante tudo isso! No entanto, eles devem ter se amado no início. Seria possível que ela e Gilbert pudessem?... Absurdo! Os Pringles estavam mexendo com os nervos dela.

– O belo John MacTabb está enterrado aqui. Sempre suspeitaram de que ele era a razão pela qual Annetta Kennedy se afogou. Os MacTabbs eram todos bonitos, mas você nunca podia acreditar em uma palavra que eles dissessem. Havia uma lápide aqui para o tio dele, Samuel, que foi declarado afogado no mar há cinquenta anos. Quando ele apareceu vivo, a família derrubou a lápide. O homem de quem eles a compraram não a quis de volta, então a Sra. Samuel a usou como uma tábua de cozinha. Aquela velha lápide de mármore estava ótima, disse ela. As crianças MacTabbs estavam sempre trazendo biscoitos para a escola com letras e figuras em relevo… fragmentos da lápide. Eles os distribuíam de forma muito generosa, mas eu nunca consegui comer um. Sou peculiar assim. O Sr. Harley Pringle está aqui. Ele teve de empurrar Peter MacTabb pela rua principal uma vez, em um carrinho de mão, usando um gorro, por causa de uma aposta nas eleições. Toda a Summerside foi vê-lo… exceto os Pringles, é claro, eles quase morreram de vergonha. Milly Pringle está aqui. Eu gostava muito de Milly, mesmo ela sendo uma Pringle. Ela era tão bonita e leve como uma fada. Às vezes, minha querida, penso que, em noites como esta, ela deve sair de seu túmulo e dançar como costumava fazer. Mas suponho que uma cristã não deva abrigar tais pensamentos. Este é o túmulo de Herb Pringle. Ele era um dos Pringles alegres. Sempre fazia as pessoas rirem. Ele riu na igreja uma vez… quando o rato caiu das flores no chapéu de Meta Pringle no momento em que ela se curvou para orar. Eu não estava com muita vontade de rir. Não sabia para onde o rato tinha ido. Puxei as saias até a altura dos tornozelos e as segurei até a reunião acabar, mas estragou o sermão para mim. Herb estava sentado atrás de mim e deu um grito. As pessoas que não podiam ver o rato pensaram que ele estivesse louco. Parecia-me que aquela risada dele não poderia morrer. Se ele estivesse vivo, ele estamparia o mais belo sorriso para você, com ou sem Sarah. E é claro que este é o túmulo do capitão Abraham Pringle.

O túmulo dominava todo o cemitério. Quatro plataformas de pedra recuadas formavam um pedestal quadrado, no qual erguia-se um enorme pilar de mármore com uma urna ridícula no topo, com um querubim gordo tocando uma trombeta.

– Que feio! – disse Anne com sinceridade.

– Oh, você acha? – A Srta. Valentine parecia um pouco chocada. – Foi considerado muito bonito quando foi erguido.

Era para ser Gabriel tocando sua trombeta. Acho que dá um toque de elegância ao cemitério. Custou novecentos dólares. O capitão Abraham era um homem muito bom. É uma pena que ele esteja morto. Se estivesse vivo, eles não estariam perseguindo você do jeito que estão. Não me admiro de que Sarah e Ellen tenham orgulho dele, embora eu ache que o levem longe demais.

No portão do cemitério, Anne se virou e olhou para trás. Um silêncio estranho e pacífico jazia sobre a terra sem vento. Dedos longos do luar começavam a perfurar os abetos escuros, tocando uma lápide aqui e ali, e criando sombras estranhas entre eles. Mas o cemitério não era um lugar triste, afinal. Realmente, as pessoas pareciam vivas após as histórias da Srta. Valentine.

– Ouvi dizer que você escreve – disse a Srta. Valentine ansiosamente, enquanto andavam pela estrada. – Você não vai mencionar as coisas que eu lhe contei em suas histórias, vai?

– Pode ter certeza de que não vou – prometeu Anne.

– Você acha que é errado... Ou perigoso... Falar mal dos mortos? – sussurrou a Srta. Valentine um pouco ansiosamente.

– Acho que não exatamente – disse Anne. – Apenas... bastante injusto... Como bater em quem não pode se defender. Mas você não disse nada muito terrível sobre ninguém, Srta. Courtaloe.

– Eu disse que Nathan Pringle pensava que a esposa estava tentando envená-lo...

– Mas você deu a ela o benefício da dúvida...

E a Srta. Valentine seguiu seu caminho, tranquilizada.

6

Eu segui meu caminho até o cemitério hoje à noite – escreveu Anne a Gilbert depois que voltou para casa. – Acho que "seguir o caminho" é uma frase adorável, e eu a uso sempre que posso. Parece engraçado dizer que gostei do meu passeio no cemitério, mas realmente gostei. As histórias da Srta. Courtaloe eram muito engraçadas. Comédia e tragédia estão tão misturadas na vida, Gilbert. A única coisa que me assombra é a história dos dois que viveram juntos cinquenta anos odiando-se o tempo todo. Eu não acredito que eles realmente tenham feito isso. Alguém disse que "o ódio é apenas o amor que perdeu o caminho". Tenho certeza de que, sob todo o ódio, eles realmente se amavam. Assim como eu realmente te amei todos esses anos em que pensei que te odiava. E acho que a morte mostraria a eles. Estou feliz por ter descoberto em vida. E também descobri que existem alguns Pringles decentes… mortos.

Ontem, quando desci tarde da noite para beber água, encontrei a tia Kate mergulhando o rosto em leitelho na dispensa. Ela me pediu que não contasse a Chatty. Ela diria que isso é muito bobo… Então prometi que não o faria.

Elizabeth ainda vem buscar o leite, embora a Mulher esteja muito melhor da bronquite. Imagino por que eles permitem isso, já que a Sra. Campbell é uma Pringle. No último sábado à noite, Elizabeth… ela era Betty naquela noite, eu acho… correu cantando quando me deixou e ouvi distintamente a Mulher dizer a ela na porta da varanda: "O *sabbath* está muito perto para você por estar cantando essa música". Tenho certeza de que a Mulher impediria que Elizabeth cantasse a qualquer dia, se pudesse!

Elizabeth estava com um vestido novo naquela noite, uma cor escura de vinho... Elas realmente a vestem muito bem... E ela disse melancolicamente: "Eu achei que estava um pouco bonita quando me vesti esta noite, Srta. Shirley, e queria que meu pai pudesse me ver. É claro que ele me verá no Amanhã, mas às vezes parece que está demorando tanto. Gostaria que pudéssemos apressar um pouco o tempo, Srta. Shirley".

Agora, meu querido, devo trabalhar em alguns exercícios de geometria. Os exercícios de geometria substituíram o que Rebecca chama de meus "esforços literários". O espectro que assombra meu caminho diário agora é o pavor de um exercício surgindo na sala de aula que eu não consiga resolver. E o que diriam os Pringles então, oh, então... o que diriam os Pringles!

Enquanto isso, como você me ama e ama a tribo dos gatos, ore por um pobre gato de coração partido e maltratado. Um rato passou por cima do pé de Rebecca Dew na despensa outro dia e ela ficou furiosa desde então. "Aquele gato não faz nada além de comer e dormir e deixar os ratos invadirem tudo. Esta é a gota d'água". Então ela o espanta de um lado para o outro, o tira de sua almofada favorita e... eu sei, porque a vi fazendo... o ajuda de uma forma não muito gentil, com o pé, quando o deixa sair.

7

Em uma noite de sexta-feira, no fim de um dia ensolarado e suave de dezembro, Anne foi a Lowvale para comparecer a um jantar. A casa de Wilfred Bryce ficava em Lowvale, onde ele morava com um tio. Ele havia perguntado timidamente se ela sairia com ele depois da escola para ir ao jantar na igreja e passaria o sábado em sua casa. Anne concordou, esperando poder influenciar o tio para deixar Wilfred continuar os estudos. Wilfred temia não poder voltar depois do ano-novo. Ele era um garoto inteligente e ambicioso, e Anne sentia um interesse especial por ele.

Não se pode dizer que ela tenha gostado muito da visita, exceto pela alegria que isso causou a Wilfred. O tio e a tia eram um casal bastante estranho e rude. A manhã de sábado estava tempestuosa e escura, com pancadas de neve, e no início Anne se perguntou como ela enfrentaria o dia. Sentiu-se cansada e sonolenta após as últimas horas do jantar; Wilfred teve de ajudá-la; e não havia sequer um livro à vista. Então ela pensou no baú do velho marinheiro que tinha visto no fim do corredor no andar de cima e lembrou-se do pedido da Sra. Stanton. A Sra. Stanton estava escrevendo uma história sobre o Condado do Príncipe e perguntou a Anne se ela sabia ou poderia encontrar algum diário ou documento antigo que pudessem ser úteis.

– Os Pringles, é claro, têm muitas coisas que eu poderia usar – disse ela a Anne. – Mas eu não posso perguntar a eles. Você sabe que Pringles e Stantons nunca foram amigos.

– Eu também não posso perguntar a eles – disse Anne.

– Oh, eu não espero que você faça isso. Tudo o que eu quero é que você mantenha os olhos abertos quando estiver visitando a casa de outras pessoas e, se encontrar algum diário ou mapa antigo, ou ouvir falar sobre eles, tente pegá-los emprestado para mim. Você não tem ideia das coisas interessantes que encontrei em velhos diários... pequenos pedaços da vida real que fazem os velhos pioneiros viverem novamente. Eu quero coisas assim para o meu livro e também para estatísticas e árvores genealógicas.

Anne perguntou à sra. Bryce se eles tinham algum registro antigo. A Sra. Bryce balançou a cabeça.

– Não que eu saiba. É claro... – recordando – há o baú do velho tio Andy lá em cima. Pode haver alguma coisa lá dentro. Ele costumava navegar com o velho capitão Abraham Pringle. Vou perguntar a Duncan se você pode mexer nele.

Duncan enviou a resposta de que ela poderia "mexer" em tudo o que quisesse e, se encontrasse algum docinho, poderia pegá-lo. Ele pretendia queimar aquele conteúdo, de qualquer forma, para usar o baú como caixa de ferramentas. Anne, portanto, mexeu em tudo, mas só encontrou um antigo diário ou livro de registro amarelado que Andy Bryce parecia ter mantido durante todos os seus anos no mar. Anne passou a tarde de tempestade lendo com interesse e diversão o que encontrara. Andy aprendeu as tradições do mar e fez muitas viagens com o capitão Abraham Pringle, a quem, evidentemente, admirava imensamente. O diário estava cheio de homenagens mal-escritas e cheias de erros gramaticais à coragem e desenvoltura do capitão, especialmente em um empreendimento selvagem de navegação ao redor do Cabo Horn. Mas parecia que sua admiração não se estendia ao irmão de Abraham, Myrom, que também era capitão, mas de outro navio.

"Com Myrom Pringle esta noite. Sua esposa o deixou louco e ele se levantou e jogou um copo de água na cara dela."

"Myrom está em casa. O navio dele foi queimado e eles foram para os barcos. Quase morreram de fome. No fim, comeram Jonas Selkirk, que havia se matado a tiros. Eles se alimentaram dele até que o Mary G. os encontrou. Myrom mesmo me contou. Parecia achar que era uma boa piada."

Anne estremeceu com essa última entrada do diário, que parecia ainda mais horrível com a narração indiferente de Andy dos fatos sombrios. Então ela caiu em um devaneio. Não havia nada no livro que pudesse ter alguma utilidade para a Sra. Stanton, mas será que a Srta. Sarah e a Srta. Ellen não se interessariam, uma vez que continha tanto sobre o velho e adorado pai? E se ela enviasse o diário para elas? Duncan Bryce disse que ela poderia fazer o que quisesse com ele.

Não, ela não faria isso. Por que ela deveria tentar agradá-los ou satisfazer a seu orgulho absurdo, que já era grande o suficiente sem mais alimento? Eles se propuseram a expulsá-la da escola e estavam conseguindo. Eles e seu clã a destruíram.

Wilfred a levou de volta a Windy Poplars naquela noite, ambos se sentindo felizes. Anne havia convencido Duncan Bryce a deixar Wilfred terminar seu ano no ensino médio.

– Então eu administrarei o Queens por um ano e depois disso estudarei e me educarei – disse Wilfred. – Como posso retribuir, Srta. Shirley? Meu tio não teria dado ouvidos a mais ninguém, mas ele gosta de você. Ele me disse no celeiro: "Mulheres ruivas sempre podiam fazer o que quisessem comigo". Mas não acho que tenham sido os seus cabelos, Srta. Shirley, embora sejam muito bonitos. Foi apenas... você.

Às duas horas da madrugada, Anne acordou e decidiu que mandaria o diário de Andy Bryce para Maplehurst. Afinal, ela gostava um pouco daquelas senhoras. E elas tinham tão pouco para aquecer a vida... apenas o orgulho pelo pai. Às três, ela acordou novamente e decidiu que não. A Srta. Sarah fingindo ser surda, de fato! Às quatro, ela estava decidida novamente. Finalmente, ela determinou que enviaria.

Ela não seria mesquinha. Anne tinha horror a ser mesquinha... como os Pyes.

Tendo resolvido isso, Anne foi dormir definitivamente, pensando em como havia sido adorável acordar à noite e ouvir a primeira tempestade de neve do inverno em torno da torre, aconchegar-se nos cobertores e voltar à terra dos sonhos.

Segunda de manhã, ela embrulhou cuidadosamente o velho diário e o enviou à Srta. Sarah com um pequeno bilhete.

CARA SENHORITA PRINGLE:
Gostaria de saber se você estaria interessada neste antigo diário. O Sr. Bryce me entregou, dizendo que poderia dá-lo à Sra. Stanton, que está escrevendo uma história do condado, mas não acho que seria útil para ela, e então pensei que a senhora gostaria de tê-lo.

Atenciosamente,
ANNE SHIRLEY

"É uma nota terrivelmente fria", pensou Anne, "mas não consigo escrever de forma natural para eles. E não ficaria surpresa se eles me mandassem de volta às pressas".

No fino azul da noite de inverno, Rebecca Dew teve o choque de sua vida. A carruagem de Maplehurst passou pela Spook's Lane, sobre a neve, e parou no portão da frente. A Srta. Ellen desceu e, em seguida, para a surpresa de todos, a Srta. Sarah, que não deixava Maplehurst havia dez anos.

— Elas estão vindo para a porta da frente — disse Rebecca Dew, em pânico.

— Para onde mais um Pringle iria? — comentou tia Kate.

— É claro... claro... mas está emperrada — disse Rebecca tragicamente. — Está emperrada... Você sabe disso. Aquela porta não foi aberta desde que limpamos a casa na primavera passada. Esta é a última gota.

A porta da frente estava lacrada pelo tempo... mas Rebecca Dew a abriu com uma violência desesperada e conduziu as damas de Maplehurst até a sala.

"Graças a Deus, temos fogo hoje" pensou ela, "e tudo e tudo o que espero é que Aquele Gato não tenha coberto o sofá de pelos. Se Sarah Pringle encontrar em seu vestido pelos de gato advindos da nossa sala de estar...".

Rebecca Dew não ousou imaginar as consequências. Ela chamou Anne do quarto da torre, depois que a Srta. Sarah perguntou se a Srta. Shirley estava em casa, e depois se dirigiu à cozinha, meio louca de curiosidade sobre o que diabos estaria trazendo as senhoras Pringle para ver a Srta. Shirley.

– Se houver mais perseguição a caminho... – disse Rebecca Dew sombriamente.

A própria Anne desceu as escadas com considerável apreensão. Será que elas estariam ali para devolver o diário com um desprezo terrível?

Foi a miúda Srta. Sarah, enrugada e inflexível, que se levantou e falou sem rodeios quando Anne entrou na sala.

– Viemos para nos render – disse ela amargamente. – Não podemos fazer mais nada... Claro que você sabia disso quando encontrou aquele escrito escandaloso sobre o pobre tio Myrom. Não era verdade... Não podia ser verdade. O tio Myrom estava apenas zombando de Andy Bryce... Andy era tão crédulo. Mas todos de fora de nossa família ficarão contentes em acreditar. Você sabia que isso nos tornaria motivo de chacota... e pior. Ah, você é muito inteligente. Admitimos isso. Jen vai pedir desculpas e se comportar a partir de agora. Eu, Sarah Pringle, asseguro-lhe isso. Se você prometer não contar à Sra. Stanton... não contar a ninguém... nós faremos qualquer coisa... qualquer coisa.

A Srta. Sarah torceu o lenço fino de renda nas mãozinhas de veias azuis. Ela estava literalmente tremendo. Anne a olhou com espanto... e horror. As pobres senhoras! Elas pensaram que ela as estava ameaçando!

– Oh, você me entendeu muito mal! – exclamou ela, segurando as mãos pobres e miseráveis da Srta. Sarah. – Eu... Eu nunca imaginei que vocês pensariam que eu tivesse a intenção de... ah, foi só porque pensei que vocês gostariam de ter todos esses detalhes interessantes sobre seu esplêndido pai. Eu nunca imaginei mostrar ou contar esse outro pequeno detalhe para ninguém. Não achei que fosse da menor importância. E eu nunca vou fazer isso.

Houve um momento de silêncio. Então a Srta. Sarah retirou suas mãos gentilmente, levou o lenço aos olhos e sentou-se, com um leve rubor no rosto enrugado.

– Nós... nós a entendemos mal, minha querida. E nós... nós fomos abomináveis com você. Você nos perdoa?

Meia hora depois... meia hora que quase foi a morte de Rebecca Dew, as senhoritas Pringle foram embora. Passou-se meia hora de conversa amigável e discussão sobre os detalhes não inflamáveis do diário de Andy. Na porta da frente, a Srta. Sarah, que não teve o menor problema com sua audição durante a conversa, voltou-se por um momento e retirou da bolsa um pedaço de papel, coberto com uma escrita muito fina e nítida.

– Eu quase esqueci... Prometemos à Sra. MacLean nossa receita do bolo inglês há algum tempo. Talvez você não se importe de entregá-la a ela? E dizer-lhe que o processo de transpiração é muito importante... Realmente indispensável. Ellen, seu chapéu está cobrindo um pouco uma de suas orelhas. É melhor ajustá-lo antes de sairmos. Nós... estávamos um pouco agitadas quando nos vestimos.

Anne disse às viúvas e a Rebecca Dew que ela havia entregado o antigo diário de Andy Bryce às damas de Maplehurst e que elas vieram agradecê-la por isso. Elas deveriam se contentar com essa explicação, embora Rebecca Dew sentisse que havia mais do que isso... muito mais. A gratidão por um velho diário desbotado e manchado de tabaco nunca levaria Sarah Pringle à porta da frente de Windy Poplars. A Srta. Shirley era misteriosa... muito misteriosa!

– Vou abrir a porta da frente uma vez por dia depois disso – prometeu Rebecca. – Somente para mantê-la em funcionamento. Eu quase desmaiei quando ela finalmente abriu. Bem, de qualquer maneira, nós temos a receita para o bolo inglês. Trinta e seis ovos! Se vocês abrirem mão d'Aquele Gato e me deixarem criar galinhas, poderemos fazer esse bolo uma vez por ano.

Depois disso, Rebecca Dew caminhou para a cozinha e equilibrou o destino dando leite para Aquele Gato quando soube que ele queria fígado.

A briga Shirley-Pringle havia acabado. Ninguém fora dos Pringles soube o porquê, mas as pessoas de Summerside entendiam que a Srta. Shirley havia, sozinha, e de alguma maneira misteriosa, derrotado todo o clã, que passou a comer em sua mão a partir de então. Jen voltou para a escola no dia seguinte e humildemente pediu desculpas a Anne diante de toda a sala. Ela foi uma aluna exemplar a partir de então, e todos os alunos Pringles seguiram sua liderança. Quanto aos Pringles adultos, sua oposição desapareceu como névoa diante do sol. Não houve mais reclamações sobre disciplina ou dever de casa. Chega de desprezos sutis e afiados, característicos do grupo. Eles quase caíam uns sobre os outros tentando ser legais com Anne. Nenhum baile ou patinação estava completo sem ela. Embora o diário fatal tenha sido lançado nas chamas pela própria Srta. Sarah, memória é memória, e a Srta. Shirley tinha uma história para contar, se ela quisesse. De forma alguma seria bom que aquela intrometida Sra. Stanton soubesse que o capitão Myrom Pringle havia sido um canibal!

8

(Extrato de carta para Gilbert)

— Estou na minha torre e Rebecca Dew está cantando *Could I but Climb?* na cozinha. O que me faz lembrar de que a esposa do ministro me pediu que cantasse no coral! É claro que os Pringles lhe disseram para fazê-lo. Talvez eu possa participar aos domingos, quando não estiver em Green Gables. Os Pringles estenderam a mão direita da irmandade com vingança... me aceitaram em todos os departamentos e grupos. Que clã!

— Eu já estive em três festas de famílias Pringles. Não vejo como maldade, mas acho que todas as garotas Pringle estão imitando meu estilo de penteado. Bem, imitação é o mais sincero elogio. E, Gilbert, estou realmente gostando deles... como eu sempre soube que seria se eles me dessem uma chance. Estou começando até a suspeitar de que, mais cedo ou mais tarde, vou ver que estou gostando de Jen. Ela pode ser encantadora quando quer e é muito evidente que é isso o que ela quer.

– Ontem à noite, enfrentei o leão em sua cova... Em outras palavras, subi com ousadia os degraus da frente do The Evergreens até a varanda quadrada com as quatro urnas de ferro brancas nos cantos e toquei a campainha. Quando a Srta. Monkman foi até a porta, perguntei se ela me emprestaria a pequena Elizabeth para caminhar comigo. Eu esperava uma recusa, mas a Mulher entrou e conversou com a Sra. Campbell, então voltou e disse de forma severa que Elizabeth poderia ir, mas que, por favor, não ficasse com ela até tarde. Gostaria de saber se até a Sra. Campbell recebera ordens da Srta. Sarah.

Elizabeth desceu a escada escura dançando, parecendo um duende de casaco vermelho e gorro verde, e quase sem palavras de alegria.

– Eu me sinto inquieta e animada, Srta. Shirley – sussurrou ela assim que saímos. – Eu sou Betty... eu sempre sou Betty quando me sinto assim.

Descemos a Estrada que Leva ao Fim do Mundo até onde tivemos coragem e depois retornamos. Hoje à noite, o porto, escuro sob um pôr do sol carmesim, parecia cheio de toques de "terras de fadas abandonadas" e ilhas misteriosas em mares desconhecidos. Estava emocionada, e a pequena que eu segurava pela mão também.

– Se corrermos muito, Srta. Shirley, conseguiremos entrar no pôr do sol? – ela queria saber.

Lembrei-me de Paul e de suas fantasias sobre "a terra do pôr do sol".

– Precisamos esperar o Amanhã antes que possamos fazer isso – disse a ela. – Olhe, Elizabeth, aquela ilha dourada de nuvens logo acima da foz do porto. Vamos fingir que é a sua ilha da felicidade.

– Há mesmo uma ilha lá em algum lugar – disse Elizabeth, sonhadora. – O nome dela é Nuvem Voadora. Não é um nome adorável? Um nome vindo do Amanhã? Eu consigo vê-la pelas janelas do sótão. Ela pertence a um cavalheiro de Boston e ele tem uma casa de veraneio lá. Mas eu finjo que é minha.

Na porta, eu me inclinei e beijei a bochecha de Elizabeth antes que ela entrasse. Nunca esquecerei os olhos dela. Gilbert, essa criança está faminta de amor.

Hoje à noite, quando ela veio buscar o leite, percebi que esteve chorando.

– Elas... Elas me fizeram lavar seu beijo, Srta. Shirley – soluçou a pobre criança. – Eu não queria lavar o rosto nunca mais. Jurei que não lavaria. Porque eu não queria lavar seu beijo. Fui à escola hoje de manhã sem lavar o rosto, mas hoje à noite a Mulher me segurou e o esfregou.

Eu mantive uma expressão séria.

– Você não poderia passar a vida toda sem lavar o rosto de vez em quando, querida. Mas não se preocupe com o beijo. Eu a beijarei todas as noites quando você vier buscar o leite e então não terá importância se ele for lavado na manhã seguinte.

– Você é a única pessoa que me ama no mundo inteiro – disse Elizabeth. – Quando você fala comigo, sinto o cheiro de violetas.

Alguém já fez um elogio mais bonito que esse? Mas eu não pude deixar a primeira parte da declaração passar despercebida.

– Sua avó ama você, Elizabeth.

– Não ama, não... Ela me odeia.

– Você só está sendo um pouco tola, querida. Sua avó e a Srta. Monkman são pessoas idosas, e os idosos são muito preocupados e se incomodam com qualquer coisa. É claro que você as irrita às vezes. E... é claro... quando elas eram jovens, as crianças eram criadas com muito mais rigor do que são agora. Elas se apegam à maneira antiga.

Mas eu senti que não estava convencendo Elizabeth. Afinal, elas não a amam e ela sabe disso. Ela olhou atentamente para a casa, para ver se a porta estava fechada. Então, disse cuidadosamente:

– A avó e a Mulher são apenas duas velhas tiranas e, quando o Amanhã chegar, vou fugir delas para sempre.

Acho que ela esperava que eu morresse de horror... Realmente suspeito de que Elizabeth tenha dito isso apenas para provocar uma tensão. Eu apenas ri e a beijei. Espero que Martha Monkman tenha visto isso da janela da cozinha.

Consigo ter uma vista superior de Summerside da janela esquerda da torre. Agora mesmo trata-se de um amontoado de simpáticos telhados brancos... finalmente amigáveis, já que os Pringles são meus amigos. Aqui e ali uma luz brilha nas empenas das casas. Aqui e ali há um sinal de fumaça cinza. Grandes estrelas estão baixas sobre tudo isso. É uma "cidade sonhadora". Não é uma frase adorável? Você se lembra? "Galaaz caminhou através de cidades sonhadoras"?

Sinto-me tão feliz, Gilbert. Não precisarei voltar para casa em Green Gables no Natal derrotada e desacreditada. A vida é boa... Boa!

E bom também é o bolo da Srta. Sarah. Rebecca Dew preparou um e o deixou "transpirar", de acordo com as instruções... O que significa simplesmente que ela o embrulhou em várias camadas de papel marrom e várias outras toalhas e o deixou ali por três dias. Posso dar minha recomendação.

(Como se escreve mesmo a palavra "recomendação"? Apesar de eu ser uma bacharel em artes, nunca tenho certeza. Imagine se os Pringles tivessem descoberto isso antes de eu encontrar o diário de Andy!)

9

Trix Taylor estava aconchegada na torre em uma certa noite de fevereiro, enquanto pequenas rajadas de neve sibilavam contra as janelas e o aquecedor absurdamente pequeno ronronava como um gato preto em brasa. Trix despejava suas angústias em Anne, e ela estava começando a se considerar um "recipiente" de confidências vindas de todos os lados. Sabiam que ela estava noiva, então nenhuma das garotas de Summerside a temia como uma possível rival, e havia algo nela que as fazia sentir que era seguro lhe contar seus segredos.

Trix foi convidar Anne para jantar na casa dela na noite seguinte. Ela era uma criatura alegre e gorducha, com olhos castanhos cintilantes e bochechas rosadas, e não parecia que a vida era pesada demais em seus vinte anos. Mas dava para perceber que ela tinha alguns problemas.

– O Dr. Lennox Carter virá para o jantar amanhã à noite. É principalmente por isso que queremos que você vá. Ele é o novo chefe do Departamento de Línguas Modernas de Redmond e é terrivelmente inteligente, então queremos alguém também inteligente para conversar com ele. Você sabe que eu não tenho nenhuma inteligência de que me vangloriar, nem Pringle... Quanto a Esme... bem, você sabe, Anne, Esme é muito doce e é realmente inteligente, mas é tão acanhada e tímida que não consegue usar a inteligência que tem quando o Dr. Carter está por perto. Ela está apaixonada por ele. É lamentável. Gosto muito de Johnny... mas não me derreto dessa forma por ele!

– Esme e o Dr. Carter estão noivos?

– Ainda não... – disse. – Mas, oh, Anne, ela espera que ele a peça em noivado dessa vez. Ele viria à ilha visitar o primo bem no meio do semestre se não pretendesse fazer-lhe a proposta? Espero que sim, pelo bem de Esme, porque, se ele não a pedir, ela morrerá. Mas, fica aqui entre você e eu e o balaústre da cama, não me agrada muito tê-lo como cunhado. Ele é muito exigente, diz Esme, e ela tem muito medo de que ele não goste de nós. Se ele não gostar, ela acha que ele nunca a pedirá em casamento. Então você pode imaginar como ela espera que tudo corra bem no jantar de amanhã à noite. Não vejo por que não correria... Mamãe é uma cozinheira maravilhosa e temos uma boa empregada, e eu subornei o pequeno Pringle com metade da minha mesada da semana para que ele se comporte. É claro que ele também não gosta do Dr. Carter. Diz que ele tem a cabeça inchada... mas ele gosta de Esme. Se ao menos o papai não se irritar!

– Você tem algum motivo para temer isso? – perguntou Anne.

Todos em Summerside sabiam dos ataques de mau humor de Cyrus Taylor.

– Não há como saber quando ele vai se irritar – disse Trix tristemente. – Ele estava terrivelmente chateado hoje à noite porque não conseguia encontrar seu novo camisolão de flanela. Esme o tinha colocado na gaveta errada. O humor dele pode melhorar até amanhã à noite, mas talvez não. Se não melhorar, ele desonrará a todos nós, e o Dr. Carter concluirá que não pode se casar com alguém de uma família assim. Pelo menos, é o que Esme diz, e eu tenho medo de que ela esteja certa. Eu acho, Anne, que Lennox Carter gosta muito de Esme... ele acha que Esme seria uma esposa "muito adequada" para ele... mas não quer fazer nada precipitado ou jogar fora sua maravilhosa vida. Alguém me contou que ele disse ao primo que um homem deve ter muito cuidado com o tipo de família à qual se associa. Ele está exatamente no ponto em que qualquer coisa pode fazê-lo tomar uma decisão. E, se for o caso, um dos ataques do papai não é "qualquer coisa".

– Ele não gosta do Dr. Carter?

– Oh, ele gosta. Ele acha que seria o par perfeito para Esme. Mas, quando o papai está sob um de seus feitiços, nada tem influência sobre ele. Essa é a parte Pringle dele, Anne. A vovó Taylor era uma Pringle, como você deve saber. Você não pode imaginar o que já passamos na família. Ele nunca se enfurece, sabe... como o tio George. A família do tio George não se importa com a raiva dele. Quando seu temperamento fica desequilibrado, ele explode... é possível ouvi-lo rugindo a três quarteirões de distância... e depois ele fica calmo como um cordeiro e traz um vestido novo para cada uma, como uma oferta de paz. Mas meu pai apenas fica de mau humor e nos olha fixamente, sem dizer nada. Esme diz que, pelo menos, é melhor do que o primo Richard Taylor, que está sempre dizendo coisas sarcásticas à mesa e insultando a esposa; mas me parece que nada poderia ser pior do que aqueles horríveis silêncios do papai. Eles nos abalam e ficamos com medo de abrir a boca. Não seria tão ruim, é claro, se fosse apenas quando estamos sozinhos. Mas acontece o mesmo quando temos visitas. Esme e eu estamos simplesmente cansadas de tentar explicar os silêncios insultantes de papai. Ela está com muito medo de que ele não tenha superado a questão do camisolão antes de amanhã à noite. E o que Lennox pensará? E ela quer que você use seu vestido azul. O novo vestido dela é azul, porque Lennox gosta de azul. Mas papai odeia. O seu vestido pode deixar papai mais calmo em relação ao dela.

– Não seria melhor ela usar outra coisa?

– Ela não tem mais nada apropriado para usar em um jantar com visitas, exceto o vestido de popelina verde que o papai lhe deu no Natal. É um vestido adorável... Papai gosta que nós tenhamos vestidos bonitos... Mas não há nada mais horrível do que Esme usando verde. Pringle diz que a faz parecer como se estivesse nos últimos estágios da tuberculose. E o primo de Lennox Carter disse a Esme que Carter nunca se casaria com uma pessoa frágil. Estou muito feliz por Johnny não ser tão difícil de agradar.

– Você já contou ao seu pai sobre o seu noivado com Johnny? – perguntou Anne, que sabia tudo sobre o caso de amor de Trix.

– Não – resmungou a pobre Trix. – Ainda não consegui ter coragem, Anne. Eu sei que ele fará uma cena terrível. Papai sempre desprezou Johnny porque ele é pobre. Papai esquece que era mais pobre que Johnny quando começou no negócio de ferragens. É claro que ele terá de ser avisado em breve... mas eu quero esperar até que o caso de Esme esteja resolvido. Sei que papai não falará com nenhuma de nós por semanas depois que eu contar a ele, e mamãe ficará muito preocupada... Ela não suporta os ataques do papai. Todos somos covardes diante do papai. É claro que mamãe e Esme são naturalmente tímidas com todos, mas Pringle e eu temos muita vivacidade. Só papai consegue nos acovardar. Às vezes, acho que, se tivéssemos alguém para nos apoiar... mas não temos, e apenas nos sentimos paralisadas. Você não tem ideia, Anne querida, como é um jantar com visitas em casa quando papai está de mau humor. Mas, se ele se comportar amanhã à noite, eu o perdoarei por tudo. Ele pode ser muito agradável quando quer... Papai é, na verdade, como a garotinha de Longfellow... quando ele é bom, ele é muito,

muito bom, e quando ele é ruim, é horrível. Eu já o vi sendo a alegria da festa.
– Ele foi muito agradável na noite em que jantei com vocês no mês passado.
– Oh, ele gosta de você, como eu disse. Essa é uma das razões pelas quais queremos tanto que você vá. Pode ter uma boa influência sobre ele. Não estamos descartando nada que possa agradá-lo. Mas, quando ele tem um de seus ataques de fúria, parece odiar tudo e todos. De qualquer forma, temos um jantar planejado, com uma elegante sobremesa de creme de laranja. Mamãe queria torta porque ela diz que todos os homens no mundo, exceto papai, gostam de torta para a sobremesa mais do que qualquer outra coisa... até mesmo professores de línguas modernas. Mas não o papai, então não arriscaríamos fazer torta para a sobremesa de amanhã à noite, quando tanta coisa depende disso. Creme de laranja é a sobremesa favorita do papai. Quanto ao pobre Johnny e eu, suponho que terei de fugir com ele algum dia, e papai nunca vai me perdoar.

– Acredito que, se você reunisse coragem o suficiente para contar a ele e suportasse os ataques que viriam, descobriria que ele cederia, e assim teria poupado meses de angústia.

– Você não conhece o papai – disse Trix sombriamente.

– Talvez eu o conheça melhor do que você. Você perdeu a sua perspectiva.

– Perdi a minha... o quê? Anne, querida, lembre-se de que eu não sou bacharel em artes. Eu apenas fiz o Ensino Médio. Eu adoraria ter ido para a faculdade, mas papai não acredita em Ensino Superior para as mulheres.

— Eu só quis dizer que você está perto demais dele para entendê-lo. Uma desconhecida poderia muito bem vê-lo com mais clareza... entendê-lo melhor.

— Entendo que nada pode influenciar papai a falar se ele tiver decidido não o fazer nada. Ele se orgulha disso.

— Então por que vocês não continuam falando como se não houvesse problema algum?

— Nós não conseguimos... Eu disse a você que ele nos paralisa. Você descobrirá por você mesma amanhã à noite se ele não tiver esquecido ainda o assunto do camisolão. Eu não sei como, mas ele consegue. Não acho que nos importaríamos tanto com o quão irritadiço ele é se ele apenas falasse. É o silêncio que nos despedaça. Nunca perdoarei papai se ele não agir bem amanhã à noite, quando tanta coisa está em jogo.

— Vamos torcer pelo melhor, querida.

— Estou tentando. E eu sei que vai ajudar o fato de você estar lá. Mamãe pensou que deveríamos convidar Katherine Brooke também, mas eu sei que não teria um efeito positivo em papai. Ele a odeia. Eu não o culpo por isso, devo dizer. Eu mesma não gosto dela. Não entendo como você pode ser tão agradável com ela como você é.

— Sinto pena dela, Trix.

— Pena dela! Mas a culpa é dela se não a apreciam. Oh, bem, o mundo tem todos os tipos de pessoas. Mas Summerside poderia não ter uma Katherine Brooke. Aquela mal-humorada!

— Ela é uma excelente professora, Trix!

— Ah, e eu não sei? Eu tive aulas com ela. Ela forçou muito a minha cabeça... e arrancou a carne dos meus ossos sarcasticamente. E a forma como ela se veste! Papai não suporta ver uma mulher malvestida. Ele diz que mulheres desleixadas não servem para nada e tem certeza de que Deus também pensa assim. Mamãe ficaria horrorizada se ela soubesse que eu contei isso a você, Anne. Ela perdoa isso no papai porque ele é homem. Se fosse apenas isso que precisamos perdoar nele! E o pobre Johnny agora evita ir até nossa casa porque papai é muito rude com ele! Eu saio às escondidas certas noites e caminhamos ao redor da praça até ficarmos quase congelados.

Anne expressou o que parecia quase um suspiro de alívio quando Trix foi embora, e desceu para pedir um lanche a Rebecca Dew.

– Vai jantar nos Taylors, não é? Bem, eu espero que Cyrus se comporte. Se a família não tivesse tanto medo dele e de seus ataques de fúria, ele não agiria dessa forma com tanta frequência, tenho certeza disso. Eu digo a você, Srta. Shirley, ele gosta de ficar furioso. E agora suponho que devo aquecer o leite d'Aquele Gato. Animal mimado!

10

Quando Anne chegou à casa de Cyrus Taylor na noite seguinte, sentiu a frieza na atmosfera assim que passou pela porta. Uma empregada elegante a conduziu até a sala de visitas, mas, assim que subiu a escada, Anne viu a Sra. Cyrus Taylor sair apressadamente da sala de jantar para a cozinha enxugando as lágrimas da face pálida e preocupada, mas ainda assim muito doce. Estava claro que Cyrus ainda não havia "superado" o assunto do camisolão:

Isso foi confirmado por uma Trix angustiada entrando na sala e sussurrando, nervosa:

– Oh, Anne, ele está com um humor terrível. Parecia bastante amável esta manhã, e nossas esperanças aumentaram. Mas Hugh Pringle o venceu em um jogo de damas esta tarde, e papai não suporta perder um jogo de damas. E isso tinha que acontecer logo hoje, é claro. Ele encontrou Esme "admirando-se ao espelho", como ele disse, e simplesmente a tirou do quarto e trancou a porta. A coitadinha estava apenas conferindo se estava arrumada o suficiente para agradar Lennox Carter, PhD. Ela nem teve a chance de colocar o colar de pérolas... E olhe só para mim. Eu não ousei enrolar os cabelos... Papai não gosta de cachos que não são naturais... e eu estou com um aspecto terrível. Não que tenha alguma importância a minha aparência... é só para você entender. Papai jogou fora as flores que mamãe tinha colocado sobre a mesa da sala de jantar e ela ficou triste... ela teve tanto trabalho com elas... e ele não permitiu que ela colocasse os brincos de granada. Ele não teve um dia tão ruim desde que voltou para casa do oeste, na primavera passada, e descobriu que mamãe havia colocado cortinas vermelhas na sala de estar, quando ele preferia cortinas cor de amora. Oh, Anne, fale o máximo que puder durante o jantar, se ele não quiser. Se você não falar, será terrível demais.

– Farei o meu melhor – prometeu Anne, que certamente nunca se viu sem nada para dizer. Mas também nunca havia estado em uma situação como a que se apresentava a ela naquele momento.

Estavam todos reunidos em volta da mesa... uma mesa muito bonita e bem decorada, apesar da ausência das flores. A tímida Sra. Cyrus, em um vestido cinza de seda, tinha um rosto mais cinza que o vestido. Esme, a bela da família, mostrava uma beleza muito pálida, cabelos dourados pálidos, lábios rosa pálidos, olhos pálidos de miosótis... e estava tão mais pálida que o normal que parecia prestes a desmaiar.

Pringle, normalmente um menino gordo e alegre de catorze anos, com olhos redondos atrás dos óculos e cabelos tão louros que eram quase brancos, parecia um cachorro amarrado, e Trix tinha o ar de uma menina de escola aterrorizada.

O Dr. Carter, inegavelmente bonito e de aparência distinta, com cabelos escuros encaracolados, olhos escuros brilhantes e óculos de armação prateada, mas que Anne, desde os tempos de seu cargo de professor assistente em Redmond, pensava ser um jovem enfadonho bastante pomposo, parecia pouco à vontade. Evidentemente, ele sentia que havia algo errado em algum lugar... uma conclusão razoável quando o anfitrião simplesmente caminha até a cabeceira da mesa e cai na cadeira sem dizer uma palavra a você ou a qualquer pessoa.

Cyrus evidentemente não faria a oração antes da refeição. A Sra. Cyrus então, ruborizada da cor da beterraba, murmurou, de maneira quase inaudível:

– Pelo que estamos prestes a receber, Senhor, faça-nos verdadeiramente gratos.

A refeição começou mal, com Esme nervosa, derrubando o garfo no chão. Todos, exceto Cyrus, sobressaltaram-se, porque seus nervos estavam do mesmo jeito, à flor da pele. Cyrus olhou para Esme com os olhos azuis esbugalhados em uma espécie de quietude enfurecida. Então olhou para todos e congelou-os com indiferença. Ele olhou para a pobre Sra. Cyrus, quando ela se serviu de uma porção de molho de raiz--forte, com um olhar que a lembrou de seu estômago fraco. Ela não conseguiu comer o molho depois disso... apesar de gostar muito. Ela não acreditava que aquilo lhe faria mal, mas não conseguiu comer mais nada, nem Esme. Elas apenas fingiram. A refeição prosseguiu sob um horrível silêncio, interrompido por discursos esparsos quanto ao clima entre Trix e Anne. Trix implorou com os olhos para que Anne falasse, mas, pela primeira vez na vida, Anne se viu sem ter o que dizer. Ela sentia desesperadamente que precisava falar, mas apenas as coisas mais idiotas lhe vinham à cabeça... coisas que seriam impossíveis de pronunciar em voz alta. Todos estavam enfeitiçados? Era curioso o efeito provocado por um único homem teimoso e irritadiço. Anne não teria acreditado que fosse possível. E não havia dúvidas de que ele estava realmente bem feliz por saber que havia deixado terrivelmente desconfortáveis todos os que estavam sentados à mesa. O que diabos se passaria pela mente daquele homem? Ele pularia se alguém o espetasse com um alfinete? Anne queria lhe dar um tapa... chamar-lhe a atenção... colocá-lo de castigo... tratá-lo como a criança mimada que ele realmente era, apesar dos cabelos grisalhos espetados e do bigode truculento.

Acima de tudo, ela queria fazê-lo falar. Ela sentiu instintivamente que nada no mundo o puniria tanto quanto ser enganado a falar quando ele estava determinado a não fazer isso.

Suponha que ela se levantasse e deliberadamente quebrasse em pedaços aquele vaso enorme, hediondo e antiquado na mesa no canto. Um ornamento coberto de grinaldas de rosas e folhas do qual era muito difícil tirar o pó, mas que devia ser mantido imaculadamente limpo. Anne sabia que toda a família odiava o vaso, mas Cyrus Taylor não queria ouvir nada sobre o objeto ser banido para o sótão, porque havia sido da mãe dele. Anne pensou que faria isso sem medo se realmente acreditasse que conseguiria que Cyrus explodisse em raiva vocal.

Por que Lennox Carter não falava? Se ele falasse, ela, Anne, também poderia conversar, e talvez Trix e Pringle escapassem do feitiço que os prendia, e algum tipo de conversa seria possível. Mas ele simplesmente ficou sentado, comendo. Talvez ele tenha pensado que era realmente a melhor coisa a fazer... talvez ele estivesse com medo de dizer algo que enfureceria ainda mais o evidentemente já enfurecido pai de sua dama.

– Você pode passar os picles, Srta. Shirley? – pediu a Sra. Taylor fracamente.

Algo perverso se agitou em Anne. Ela passou os picles... e não apenas isso. Sem se permitir parar para pensar, ela se inclinou para a frente, com os grandes olhos cinza-esverdeados brilhando límpidos, e disse gentilmente:

– Talvez você se surpreenda ao saber, Dr. Carter, que o Sr. Taylor ficou surdo de maneira repentina na semana passada.

Anne sentou-se novamente após ter lançado a bomba. Ela não sabia exatamente o que esperava. Se o Dr. Carter acreditasse que seu anfitrião era surdo, e não uma torre de silêncio e fúria, isso poderia afrouxar sua língua. Ela não havia dito uma mentira... ela não disse que Cyrus Taylor era surdo. Quanto a Cyrus Taylor, se ela esperava fazê-lo falar, não teve sucesso. Ele apenas olhou para ela, ainda em silêncio.

Mas o comentário de Anne teve um efeito sobre Trix e Pringle, com o qual ela jamais sonharia. Trix estava até então em um silêncio enfurecido. Ela tinha visto, um momento antes de Anne lançar sua pergunta retórica, Esme enxugar furtivamente uma lágrima que havia escapado de um de seus olhos azuis desesperados. Não havia esperança. Lennox Carter nunca pediria Esme em casamento agora... independentemente do que alguém dissesse ou fizesse. Trix foi subitamente invadida por um desejo ardente de atingir seu pai cruel. O discurso de Anne deu-lhe, então, uma inspiração estranha, e Pringle, um vulcão de impiedade reprimida, piscou os cílios brancos por um momento e logo seguiu Trix. Nunca, enquanto vivessem, Anne, Esme ou a Sra. Cyrus esqueceriam os terríveis quinze minutos seguintes.

– É uma aflição tão grande para meu pobre pai – disse Trix, dirigindo-se ao Dr. Carter do outro lado da mesa. – E ele tem apenas 68 anos.

As narinas de Cyrus Taylor se abriram levemente quando ouviu sua idade aumentada em seis anos. Mas ele permaneceu calado.

– É um prazer ter uma refeição decente – disse Pringle, clara e distintamente. – O que você acha, Dr. Carter, de um homem que faz a família viver apenas de frutas e ovos... nada além de frutas e ovos... apenas por um capricho?

– Seu pai...? – Carter começou a falar, perplexo.

– O que você pensaria de um marido que mordeu a esposa quando ela pendurou as cortinas de que ele não gostava... deliberadamente a mordeu? – indagou Trix.

– Até sair sangue – acrescentou Pringle solenemente.

– Você quer dizer que seu pai...?

– O que você pensaria de um homem que cortaria um vestido de seda da esposa só porque o talhe não o agradou? – continuou Trix.

– O que você acha – disse Pringle – de um homem que se recusa a deixar a esposa ter um cachorro?

– Quando ela adoraria ter um – suspirou Trix.

– O que você pensaria de um homem – continuou Pringle, que estava começando a se divertir muito – que daria à esposa um par de galochas como presente de Natal... Nada além de um par de galochas?

– Galochas realmente não aquecem o coração – admitiu o Dr. Carter.
Seus olhos encontraram os de Anne e ele sorriu. Anne pensou que nunca o tinha visto sorrir antes. Isso mudou seu rosto para melhor. O que Trix estava dizendo? Quem teria pensado que ela poderia ser tão diabólica?
– Você já se perguntou, Dr. Carter, o quão terrível deve ser viver com um homem que não vê problema algum... em pegar o assado e, se não estiver no ponto perfeito, jogá-lo na empregada?
O Dr. Carter olhou apreensivo para Cyrus Taylor, como se temesse que ele pudesse jogar os ossos das galinhas em alguém. Então ele pareceu se lembrar, com alívio, de que seu anfitrião era surdo.
– O que você pensaria de um homem que acreditava que a terra era plana? – perguntou Pringle.
Anne pensou que Cyrus falaria nesse momento. Um tremor parecia transpassar seu rosto corado, mas nenhuma palavra foi dita. Ainda assim, ela tinha certeza de que os bigodes dele estavam um pouco menos desafiadores.
– O que você pensaria de um homem que deixou sua tia... sua única tia... ir para um albergue? – perguntou Trix.
– E deixou sua vaca pastar no cemitério? – disse Pringle.
– Summerside ainda não superou esse acontecimento.
– O que você pensaria de um homem que escreve em seu diário todos os dias o que ele jantou? – perguntou Trix.
– O grande Samuel Pepys fazia isso – disse o Dr. Carter com outro sorriso.
A voz dele soou como se ele quisesse rir. "Talvez ele não seja tão pomposo assim, afinal", pensou Anne... "apenas jovem, tímido e sério demais." Mas ela estava se sentindo absolutamente horrorizada. Ela nunca quis que as

coisas chegassem tão longe. Ela estava descobrindo que é muito mais fácil começar as coisas do que terminá-las. Trix e Pringle estavam sendo diabolicamente espertos. Eles não disseram que o pai havia feito qualquer uma daquelas coisas. Anne podia imaginar Pringle dizendo, com seus olhos ainda mais redondos, com uma inocência fingida: "Só fiz aquelas perguntas para o Dr. Carter para obter informações".

– O que você acharia – continuou Trix – de um homem que abre e lê as cartas da esposa?

– O que você pensaria de um homem que vai a um funeral... o funeral do próprio pai... de macacão? – perguntou Pringle.

Em que eles pensariam a seguir? A Sra. Cyrus estava chorando abertamente e Esme estava bastante calma em seu desespero. Nada mais importava. Ela se virou e olhou diretamente para o Dr. Carter, o homem que ela havia perdido para sempre. Pela primeira vez na vida, ela foi levada a dizer algo realmente inteligente.

– O que – ela perguntou baixinho – você pensaria de um homem que passou o dia inteiro caçando os filhotes de um pobre gato que havia sido baleado, porque ele não suportava pensar neles morrendo de fome?

Um silêncio estranho desceu sobre a sala. Trix e Pringle pareciam subitamente envergonhados. E então a Sra. Cyrus ergueu-se, sentindo que era seu dever apoiar a inesperada defesa de Esme em relação ao pai.

– E ele faz crochê tão lindamente... Ele fez uma peça muito bonita para a mesa da sala de visitas no inverno passado, quando estava de cama, com dores na lombar.

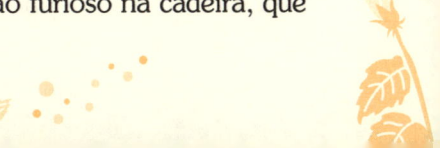

Todos têm um limite de resistência e Cyrus Taylor alcançou o dele. Ele deu um empurrão furioso na cadeira, que disparou instantaneamente pelo chão polido e atingiu a mesa em que o vaso estava. A mesa tombou e o vaso quebrou nos mil pedaços tradicionais. Cyrus, com as sobrancelhas brancas e espessas cheias de ira, levantou-se e finalmente explodiu.

— Eu não faço crochê, mulher! Será que um bordado desprezível vai destruir a reputação de um homem para sempre? Fiquei tão mal com aquela dor na lombar que não sabia o que estava fazendo. E eu sou surdo, Srta. Shirley, será? Eu sou surdo?

— Ela não disse que você era surdo, papai — exclamou Trix, que nunca teve medo da ira do pai quando ele a vocalizava.

— Ah, não, ela não disse. Nenhum de vocês disse nada! Você não disse que eu tenho 68 anos quando eu tenho apenas 62, não é? Você não disse que eu não deixo sua mãe ter um cachorro! Meu Deus, mulher, você pode ter quarenta mil cães, se quiser, e sabe disso! Quando eu te neguei o que você queria... quando?

— Nunca, querido, nunca — soluçou a Sra. Cyrus. — E eu nunca quis um cachorro. Eu nunca nem pensei em querer um cachorro, querido.

— Quando abri suas cartas? Quando guardei um diário? Um diário! Quando vesti macacão no funeral de alguém? Quando deixei uma vaca pastar no cemitério? Que tia minha está em um albergue? Alguma vez já joguei um assado em alguém? Eu já fiz vocês viverem à base de frutas e ovos?

— Nunca, querido, nunca — chorou a Sra. Cyrus. — Você sempre foi um bom provedor... o melhor.

— Você não me disse que queria galochas no último Natal?

— Sim, oh, sim; é claro que sim, querido. E meus pés estão muito confortáveis e aquecidos durante todo o inverno.

— Muito bem, então! — Cyrus lançou um olhar triunfante pela sala. Seus olhos encontraram os de Anne. De repente, o inesperado aconteceu. Cyrus riu. Suas bochechas formaram covinhas. Essas covinhas operaram um milagre em toda a sua face. Ele trouxe a cadeira de volta para a mesa e sentou-se.

– Eu tenho um péssimo hábito de ficar de mau humor, Dr. Carter. Todo mundo tem algum mau hábito. Esse é o meu. O único. Vamos, querida, pare de chorar. Admito que mereci tudo o que ouvi, exceto aquele seu comentário sobre crochê. Esme, minha garota, não vou esquecer que você foi a única que me apoiou. Diga a Maggie para vir e arrumar essa bagunça... Eu sei que vocês estão felizes que o maldito vaso tenha quebrado. E traga o pudim.

Anne nunca poderia acreditar que uma noite que começou de modo tão terrível pudesse terminar tão agradavelmente. Ninguém poderia ter sido uma companhia mais genial ou melhor do que Cyrus: e evidentemente não houve acerto de contas, pois, quando Trix visitou-a, algumas noites depois, foi para dizer a Anne que ela finalmente teve coragem para contar ao pai sobre Johnny.

– E foi muito terrível, Trix?

– Ele... ele não foi nada terrível – admitiu Trix timidamente. – Ele apenas bufou e disse que estava na hora de Johnny me assumir depois de ter ficado por perto durante dois anos e manter todos os outros afastados. Acho que ele sentiu que não poderia entrar em outro ataque de mau humor tão cedo após o último. E, você sabe, Anne, entre os ataques de mau humor, o papai é mesmo tranquilo.

– Acho que ele é um pai muito melhor para você do que você merece – disse Anne, à maneira de Rebecca Dew. – Você foi simplesmente ultrajante naquele jantar, Trix.

– Bem, foi você que começou – disse Trix. – E o bom e velho Pringle ajudou um pouco. Tudo está bem quando acaba bem e, graças a Deus, nunca mais vou precisar espanar aquele vaso novamente.

11

(Trecho da carta para Gilbert, duas semanas depois.)

O noivado de Esme Taylor com o Dr. Lennox Carter foi anunciado. Conforme tudo o que consegui reunir de vários trechos de fofoca local, acho que ele decidiu naquela fatal noite de sexta-feira que queria protegê-la e salvá-la de seu pai e sua família... e talvez de seus amigos! A situação dela evidentemente apelou para o seu senso de cavalheirismo. Trix insiste em pensar que eu fui o meio para que isso acontecesse. Talvez eu tenha mesmo ajudado, mas acho que nunca mais vou tentar um experimento como esse novamente. É como pegar um relâmpago pela cauda.

Eu realmente não sei o que aconteceu comigo, Gilbert. Deve ter sido uma ressaca da minha antiga abominação por qualquer coisa que parecesse uma atitude dos Pringles. Tudo parece agora coisa do passado. Eu já quase me esqueci. Mas as outras pessoas ainda estão se perguntando. Soube que a Srta. Valentine Courtaloe diz que não está nem um pouco surpresa por eu ter conquistado os Pringles, porque tenho "um certo jeito"; e a esposa do ministro acha que é uma resposta à oração que ela fez. Quem sabe foi?

Jen Pringle e eu caminhamos juntas parte do caminho da escola para casa ontem e conversamos sobre "navios, sapatos e selos de cera"... Sobre quase tudo, exceto geometria.

Evitamos esse assunto. Jen sabe que não entendo muito de geometria, mas meu pequeno conhecimento sobre o capitão Myrom equilibra isso. Emprestei a Jen meu *Livro dos Mártires*, de Foxe. Detesto emprestar um livro que amo... nunca parece o mesmo quando é devolvido... mas eu amo os *Mártires* de Foxe apenas porque a querida Sra. Allan o deu a mim como um prêmio na escola dominical anos atrás. Eu não gosto de ler sobre mártires porque eles sempre me fazem sentir mesquinha e envergonhada... envergonhada de admitir que odeio sair da cama nas manhãs geladas e evito uma visita ao dentista!

Bem, eu estou contente que Esme e Trix estejam felizes. Já que meu pequeno romance está florescendo, estou ainda mais interessada no de outras pessoas. Um bom interesse, você sabe. Não com curiosidade ou malícia, mas apenas contente por haver tanta felicidade espalhada por aí.

Ainda é fevereiro e "no telhado do convento a neve brilha com a lua"... Só que não é um convento... Apenas o telhado do celeiro do Sr. Hamilton. Mas estou começando a pensar: somente mais algumas semanas até a primavera... e mais algumas semanas até o verão... e festas de fim de ano... e Green Gables... e a luz dourada do sol nos prados de Avonlea... e a baía que estará prateada ao amanhecer, e safira ao meio-dia, e vermelha ao pôr do sol... e você".

A pequena Elizabeth e eu não temos planos para a primavera. Somos boas amigas. Levo o leite dela todas as noites e, de vez em quando, ela pode passear comigo. Descobrimos que nossos aniversários caem no mesmo dia e Elizabeth corou com um "vermelho rosado divino" de tanta emoção. Ela fica tão doce quando cora. Normalmente, ela é muito pálida e não fica mais rosada por causa do leite. Somente quando voltamos de nossos encontros crepusculares com ventos noturnos é que ela tem uma linda cor rosada nas pequenas bochechas. Certa vez, ela me perguntou, séria:

– Terei uma pele linda e macia como a sua quando crescer, Srta. Shirley, se eu passar leitelho no rosto todas as noites?

O soro de leite coalhado parece ser o cosmético preferido em Spook's Lane. Eu descobri que Rebecca Dew o usa. Ela me obrigou a manter o fato em segredo das viúvas, porque elas pensariam que isso é muito frívolo para a idade dela. O número de segredos que tenho que guardar em Windy Poplars está me envelhecendo antes do tempo. Gostaria de saber se, caso eu passasse leitelho no nariz, essas sete sardas desapareceriam. A propósito, já lhe ocorreu, senhor, que eu tenho uma "adorável pele macia"? Se já, você nunca me disse. E você já percebeu que eu sou "relativamente bonita"? Porque descobri que sou.

– Como é ser bonita, Srta. Shirley? – perguntou Rebecca Dew com seriedade outro dia, quando eu estava usando um novo tecido cor de biscoito.

– Eu sempre me pergunto isso – disse.

– Mas você é linda – disse Rebecca Dew.

– Nunca pensei que você pudesse ser sarcástica, Rebecca – eu disse, em tom repreensivo.

– Eu não quis ser sarcástica, Srta. Shirley. Você é linda... relativamente.

– Oh! Relativamente! – exclamei.

– Olhe no vidro do aparador – disse Rebecca Dew, apontando. – Comparada comigo, você é linda.

Bem, eu era!

Mas eu não tinha terminado de falar sobre Elizabeth. Em uma noite de tempestade, quando o vento soprava ao longo da Spook's Lane, não pudemos sair para um passeio, então fomos ao meu quarto e desenhamos um mapa da terra das fadas.

Elizabeth sentou-se em minha almofada azul de rosquinha para ficar mais alta e parecia um pequeno gnomo sério enquanto se curvava sobre o mapa (a propósito, nada de escrita fonética para mim! A palavra "gnomo" fica muito mais misteriosa e encantada quando pronunciamos bem a letra "g".).

Nosso mapa ainda não está completo... Todos os dias pensamos em algo mais para incluir. Ontem à noite, acrescentamos a casa da Bruxa da Neve e desenhamos uma colina tripla, coberta completamente com cerejeiras silvestres em flor, atrás dela. (A propósito, quero algumas cerejeiras silvestres em nossa casa dos sonhos, Gilbert.) É claro que temos um Amanhã no mapa... localizado a leste de Hoje e a oeste de Ontem... e temos todos os tipos de "tempos" no país das fadas. Tempo de primavera, muito tempo, pouco tempo, tempo de lua nova, tempo de boa noite, tempo da próxima vez... mas não há "tempo do fim", porque é triste demais para o país das fadas; tempo antigo, tempo novo... porque, se há um tempo antigo, também deve haver um tempo novo; tempo da montanha... porque tem um som fascinante; tempo da noite e tempo do dia... mas sem hora de dormir ou escola; tempo de Natal; sem "única vez", porque esse também é um tempo muito triste... mas tempo perdido, porque é muito bom encontrá-lo; algum tempo, tempo bom, tempo rápido, tempo lento, meio tempo depois do tempo de beijo, tempo de ir para casa e tempo imemorial... que é uma das expressões mais bonitas do mundo. E temos habilidosas flechas vermelhas em todos os lugares, apontando para os diferentes "tempos". Eu sei que Rebecca Dew pensa que sou bastante infantil. Mas, oh, Gilbert, não vamos envelhecer e ser sábios! Não, não velhos e bobos demais para o país das fadas.

Rebecca Dew, aposto, não está certa de que seja uma boa influência para Elizabeth. Ela pensa que eu a incentivo a ser "fantasiosa". Certa noite, quando eu estava fora, Rebecca Dew levou o leite para ela e a encontrou no portão, olhando o céu com tanta atenção que não ouviu os passos de Rebecca (nada mais que isso).

– Eu estava escutando, Rebecca – explicou ela.

– Você escuta demais – disse Rebecca, com reprovação.

Elizabeth sorriu leve e despretensiosamente. (Rebecca Dew não usou essas palavras, mas eu sei exatamente como Elizabeth sorriu.)

– Você ficaria surpresa, Rebecca, se soubesse o que eu ouço algumas vezes – disse ela, de uma maneira que fez a carne de Rebecca Dew se arrepiar... de acordo com o que ela disse.

Mas Elizabeth é sempre tocada com encantamento, e o que pode ser feito sobre isso?

Sua Anne muito ANNE.

P.S.1. Nunca, nunca, nunca esquecerei o rosto de Cyrus Taylor quando sua esposa o acusou de fazer crochê. Mas sempre vou gostar dele porque ele procurou aqueles gatinhos. E gosto de Esme por ter defendido o pai dela, mesmo sob os destroços de toda a sua esperança.

P.S.2. Estou usando uma pena nova. E eu amo você porque você não é pomposo como o Dr. Carter... E amo você porque você não tem orelhas como as de Johnny. E... a melhor razão de todas... eu amo você por ser apenas Gilbert!

Elizabeth sentou-se em minha almofada azul de rosquinha para ficar mais alta e parecia um pequeno gnomo sério enquanto se curvava sobre o mapa (a propósito, nada de escrita fonética para mim! A palavra "gnomo" fica muito mais misteriosa e encantada quando pronunciamos bem a letra "g".).

Nosso mapa ainda não está completo... Todos os dias pensamos em algo mais para incluir. Ontem à noite, acrescentamos a casa da Bruxa da Neve e desenhamos uma colina tripla, coberta completamente com cerejeiras silvestres em flor, atrás dela. (A propósito, quero algumas cerejeiras silvestres em nossa casa dos sonhos, Gilbert.) É claro que temos um Amanhã no mapa... localizado a leste de Hoje e a oeste de Ontem... e temos todos os tipos de "tempos" no país das fadas. Tempo de primavera, muito tempo, pouco tempo, tempo de lua nova, tempo de boa noite, tempo da próxima vez... mas não há "tempo do fim", porque é triste demais para o país das fadas; tempo antigo, tempo novo... porque, se há um tempo antigo, também deve haver um tempo novo; tempo da montanha... porque tem um som fascinante; tempo da noite e tempo do dia... mas sem hora de dormir ou escola; tempo de Natal; sem "única vez", porque esse também é um tempo muito triste... mas tempo perdido, porque é muito bom encontrá-lo; algum tempo, tempo bom, tempo rápido, tempo lento, meio tempo depois do tempo de beijo, tempo de ir para casa e tempo imemorial... que é uma das expressões mais bonitas do mundo. E temos habilidosas flechas vermelhas em todos os lugares, apontando para os diferentes "tempos". Eu sei que Rebecca Dew pensa que sou bastante infantil. Mas, oh, Gilbert, não vamos envelhecer e ser sábios! Não, não velhos e bobos demais para o país das fadas.

Rebecca Dew, aposto, não está certa de que seja uma boa influência para Elizabeth. Ela pensa que eu a incentivo a ser "fantasiosa". Certa noite, quando eu estava fora, Rebecca Dew levou o leite para ela e a encontrou no portão, olhando o céu com tanta atenção que não ouviu os passos de Rebecca (nada mais que isso).

– Eu estava escutando, Rebecca – explicou ela.

– Você escuta demais – disse Rebecca, com reprovação.

Elizabeth sorriu leve e despretensiosamente. (Rebecca Dew não usou essas palavras, mas eu sei exatamente como Elizabeth sorriu.)

– Você ficaria surpresa, Rebecca, se soubesse o que eu ouço algumas vezes – disse ela, de uma maneira que fez a carne de Rebecca Dew se arrepiar... de acordo com o que ela disse.

Mas Elizabeth é sempre tocada com encantamento, e o que pode ser feito sobre isso?

Sua Anne muito ANNE.

P.S.1. Nunca, nunca, nunca esquecerei o rosto de Cyrus Taylor quando sua esposa o acusou de fazer crochê. Mas sempre vou gostar dele porque ele procurou aqueles gatinhos. E gosto de Esme por ter defendido o pai dela, mesmo sob os destroços de toda a sua esperança.

P.S.2. Estou usando uma pena nova. E eu amo você porque você não é pomposo como o Dr. Carter... E amo você porque você não tem orelhas como as de Johnny. E... a melhor razão de todas... eu amo você por ser apenas Gilbert!

mãe, Pauline poderia ter uma vida muito agradável e fácil. Ela simplesmente adora o trabalho da igreja e ficaria perfeitamente feliz em participar das sociedades Missionárias e de Ajuda a mulheres, planejando jantares e recepções na igreja, sem falar no orgulho de ser usufrutuária dos melhores judeus da cidade. Mas ela dificilmente consegue sair de casa, mesmo para ir à igreja aos domingos. Não vejo saída para ela, pois a velha Sra. Gibson provavelmente viverá até os cem anos. E, embora ela não tenha como usar as pernas, certamente não tem problema com a língua. Sempre me enche de raiva ficar ali sentada, ouvindo-a fazer da pobre Pauline o alvo de seu sarcasmo. No entanto, Pauline me disse que sua mãe "pensa muito bem de mim" e é muito mais agradável com ela quando estou por perto. Se é assim, sinto um arrepio só de pensar em como ela deve ser quando não estou por perto.

Pauline não se atreve a fazer nada sem perguntar à mãe. Ela não pode nem comprar as próprias roupas... nem um par de meias. Tudo deve ser enviado para a aprovação da Sra. Gibson; tudo deve ser usado até ter sido virado do avesso duas vezes. Pauline usa o mesmo chapéu há quatro anos.

A Sra. Gibson não suporta nenhum barulho na casa ou mesmo uma brisa de ar fresco. Dizem que ela nunca sorriu na vida... Eu nunca a vi fazer isso, e quando olho para ela me pergunto o que aconteceria com o rosto dela se ela sorrisse. Pauline não pode nem ter um quarto para si mesma. Ela tem que dormir no mesmo quarto com a mãe e acordar a cada hora durante a noite para massagear as costas da Sra. Gibson, ou dar-lhe um remédio, ou pegar um copo de água quente. Quente, e não morna! Ou mudar os travesseiros, ou ver o que é aquele barulho misterioso no jardim. A Sra. Gibson dorme durante o dia e passa as noites dando tarefas para Pauline.

No entanto, nada disso deixou Pauline amarga. Ela é doce, altruísta e paciente, e fico feliz que ela tenha um cachorro para amar. A única coisa sobre a qual ela pode tomar decisões é ter esse cachorro... e só porque houve um roubo em algum lugar da cidade e a Sra. Gibson achou que seria uma proteção. Pauline nunca ousa deixar a mãe perceber o quanto ela ama o cachorro. A Sra. Gibson o odeia e reclama porque ele leva ossos para a casa, mas nunca diz que ele deve ir embora, por sua própria razão egoísta.

Mas, finalmente, tenho a chance de dar algo a Pauline e vou fazê-lo. Vou dar um dia a ela, embora signifique desistir do meu próximo fim de semana em Green Gables.

Hoje à noite, quando entrei, pude ver que Pauline esteve chorando. A Sra. Gibson não me deixou em dúvida por muito tempo.

– Pauline quer sair e me deixar, Srta. Shirley – disse ela.

– Que filha boa e agradecida eu tenho, não é?

– Só por um dia, mãe – disse Pauline, engolindo um soluço e tentando sorrir.

– Só por um dia, ela diz! Bem, você sabe como são os meus dias, Srta. Shirley. Todos sabem como são os meus dias. Mas você não sabe... ainda... Srta. Shirley, e espero que nunca o saiba, como um dia pode ser longo quando se está sofrendo.

Eu sabia que a Sra. Gibson não sofria nada naquele momento, então não tentei ser compreensiva.

– Eu arranjaria alguém para ficar com você, é claro, mãe – disse Pauline. – É que... – ela se voltou para mim – minha prima Louisa vai celebrar bodas de prata em White Sands no próximo sábado e ela quer que eu vá. Eu fui sua dama de honra quando ela se casou com Maurice Hilton. Eu gostaria muito de ir, caso a mamãe me desse permissão.

– Se eu devo morrer sozinha, então o farei – disse a Sra. Gibson. – Deixo isso para a sua consciência, Pauline.

Eu sabia que a batalha de Pauline havia sido perdida no momento em que a Sra. Gibson deixou que a consciência dela decidisse. A Sra. Gibson conseguiu satisfazer às suas vontades a vida toda ao deixar as decisões para a consciência das pessoas. Ouvi dizer que anos atrás alguém queria se casar com Pauline e a Sra. Gibson impediu, deixando a questão para a consciência da filha.

Pauline enxugou os olhos, esboçou um sorriso piedoso e pegou um vestido que estava reformando... um hediondo xadrez verde e preto.

– Mas não vá ficar de mau humor, Pauline – disse a Sra. Gibson. – Não tolero pessoas de mau humor. E lembre-se de colocar um colarinho nesse vestido. Você acredita, Srta. Shirley, que ela realmente queria fazer o vestido sem gola? Ela usaria um vestido de gola baixa, se eu deixasse.

Olhei para a pobre Pauline com seu pescoço fino e esbelto... bastante amplo e bonito ainda... encerrado em uma gola alta e rígida.

– Vestidos sem gola estão entrando na moda – eu disse.

– Vestidos sem gola – disse a Sra. Gibson – são indecentes. (Nota: Eu estava usando um vestido sem gola.)

– Além disso – continuou a Sra. Gibson, como se fosse o mesmo assunto –, eu nunca gostei de Maurice Hilton. A mãe dele era uma Crockett. Ele nunca teve nenhum senso de decoro... sempre beijando a esposa nos lugares mais inadequados!

(Tem certeza de que me beija em locais adequados, Gilbert? Receio que a Sra. Gibson ache a nuca, por exemplo, muito inadequada.

– Mas, mãe, você sabe que isso aconteceu no dia em que ela quase foi pisoteada pelo cavalo de Harvey Wither correndo no campo da igreja. Era natural que Maurice se sentisse um pouco agitado.

– Pauline, por favor, não me contradiga. Ainda acho que os degraus da igreja eram um local inadequado para alguém ser beijado. Mas é claro que minhas opiniões não importam mais para ninguém. É claro que todo mundo deseja que eu estivesse morta. Bem, haverá espaço para mim no túmulo. Eu sei o fardo que sou para você. Eu bem que poderia morrer. Ninguém me quer.

– Não diga isso, mãe – implorou Pauline.

– Eu direi. Aqui está você, determinada a ir às bodas de prata, embora saiba que isso seria contra a minha vontade.

– Mãe querida, eu não vou... Nunca pensaria em ir se você não quisesse. Não se exalte tanto...

– Oh, eu não posso nem ter um pouco de emoção, posso? Para alegrar minha vida monótona? Certamente você não pretende ir embora cedo, não é, Srta. Shirley?

Eu senti que, se ficasse mais tempo, ficaria louca ou esbofetearia a Sra. Gibson. Então eu disse que tinha provas para corrigir.

– Bem, suponho que duas velhas como nós sejam uma companhia muito insípida para uma jovem garota – suspirou a Sra. Gibson. – Pauline não está muito alegre... Está, Pauline? Não muito alegre. Não me admiro a Srta. Shirley não querer ficar muito tempo.

Pauline saiu para a varanda comigo. A lua brilhava em seu pequeno jardim e reluzia no porto. Um vento suave e delicioso conversava com uma macieira branca. Era primavera... Primavera... Primavera! Nem a Sra. Gibson pode impedir que as ameixeiras desabrochem. E os suaves olhos cinza-azulados de Pauline estavam cheios de lágrimas.

– Gostaria muito de ir às bodas de Louie – disse ela, com um longo suspiro de resignação desesperada.

– Você vai – garanti a ela.

– Oh, não, querida, eu não posso ir. A minha pobre mãe nunca permitirá. Vou esquecer isso. A lua não está linda esta noite? – acrescentou ela, em um tom alto e alegre.

– Eu nunca ouvi falar de nada de bom que pudesse acontecer por observar a lua – gritou a Sra. Gibson da sala de estar. – Pare de chilrear aí, Pauline, entre e pegue meus chinelos vermelhos de pele. Esses sapatos apertam muito meus pés. Mas ninguém se importa com o quanto eu sofro.

Decidi que não me importava com o quanto ela sofria. Pobre querida Pauline! Mas um dia de folga certamente está chegando para Pauline e ela vai à festa de bodas de prata. Eu, Anne Shirley, declarei.

Eu contei tudo a Rebecca Dew e às viúvas quando cheguei em casa e nos divertimos muito, pensando em todas as coisas adoráveis e insultuosas que eu poderia ter dito à Sra. Gibson. Tia Kate não acha que vou conseguir convencer a Sra. Gibson a deixar Pauline ir, mas Rebecca Dew tem fé em mim. "De qualquer forma, se você não puder, ninguém pode", disse ela.

Estive recentemente em um jantar com a Sra. Tom Pringle, que não me aceitou como pensionista. (Rebecca diz que sou a melhor pensionista de que ela já ouviu falar porque sou convidada para jantar diversas vezes.) Estou feliz por ela não ter me aceitado. Ela é simpática, alegre e suas tortas são muito elogiadas, mas sua casa não é Windy Poplars, ela não mora em Spook's Lane e não é tia Kate, tia Chatty e Rebecca Dew. Eu as amo, e vou me hospedar aqui no próximo ano e no ano seguinte. Minha cadeira é sempre chamada de "cadeira da Srta. Shirley" e a tia Chatty me diz que, mesmo quando não estou aqui, Rebecca Dew também coloca meu lugar à mesa, para que não pareça tão solitário. Às vezes, os sentimentos da tia Chatty complicam um pouco as coisas, mas ela diz que agora me entende e sabe que eu nunca a machucaria intencionalmente.

A pequena Elizabeth e eu saímos para passear duas vezes por semana agora. A Sra. Campbell concordou, mas não deve ser mais frequente do que isso e nunca aos domingos. As coisas estão melhores para a pequena Elizabeth na primavera. Um pouco de sol entra até mesmo naquela casa velha, que por fora chega até a ser bonita por causa das sombras dançantes das copas das árvores. No entanto, Elizabeth gosta de fugir de lá sempre que pode. De vez em quando, vamos até o centro da cidade para que ela possa ver as vitrines iluminadas. Mas, na maioria das vezes, chegamos até onde temos coragem na Estrada que Leva ao Fim do Mundo, contornando todas as esquinas com avidez e expectativa, como se fôssemos encontrar o Amanhã por trás dela, enquanto todas as pequenas colinas verdes à noite se aninham juntas na distância. Uma das coisas que Elizabeth fará no Amanhã é "ir à Filadélfia para ver o anjo na igreja". Eu não disse a ela... e nunca direi... que a Filadélfia sobre quem São João estava escrevendo não era a Filadélfia na Pensilvânia. Nós perdemos nossas ilusões muito cedo. E, de qualquer maneira, se pudéssemos entrar no Amanhã, quem sabe o que poderíamos encontrar lá? Anjos em toda parte, talvez.

Às vezes, observamos os navios subindo o porto antes de um vento bom, por um caminho cintilante, através do ar transparente da primavera, e Elizabeth se pergunta se o pai pode estar a bordo de um deles. Ela se apega à esperança de que ele pode chegar um dia. Não consigo imaginar por que ele não vem. Tenho certeza de que viria se soubesse a pequena e querida filha que ele tem por aqui esperando por ele. Suponho que não tenha se dado conta de que ela é uma garota agora. Suponho que ele ainda a imagine como o bebezinho que custou a vida de sua esposa.

Logo terminarei meu primeiro ano na Summerside High. O primeiro período foi um pesadelo, mas os dois últimos foram muito agradáveis. Os Pringles são pessoas encantadoras. Como eu poderia compará-los aos Pyes? Sid Pringle trouxe hoje um monte de trilliums. Jen vai liderar sua classe e a Srta. Ellen teria dito que eu sou a única professora que realmente entendeu a criança! A única coisa que estraga meu prazer é Katherine Brooke, que continua hostil e distante. Vou desistir de tentar fazer amizade com ela. Afinal, como Rebecca Dew diz, há limites.

Ah, quase me esqueci de lhe dizer... Sally Nelson me convidou para ser uma de suas damas de honra. Ela vai se casar no fim de junho em Bonnyview, a casa de veraneio do Dr. Nelson que fica num local bem remoto. Ela está se casando com Gordon Hill. Então Nora Nelson será a única das seis filhas do Dr. Nelson a não estar casada. Jim Wilcox está com ela há anos... "indo e voltando", como Rebecca Dew diz. Mas o relacionamento nunca deu em nada, e ninguém acha que vai acontecer agora. Eu gosto muito de Sally, mas nunca progredi muito em me familiarizar com Nora. Ela é muito mais velha do que eu, é claro, e bastante reservada e altiva. No entanto, eu gostaria de ser amiga dela. Ela não é bonita, inteligente ou charmosa, mas de alguma forma tem algo especial. Tenho uma sensação de que valeria a pena.

Por falar em casamentos, Esme Taylor casou-se com seu PhD no mês passado. Como a cerimônia foi realizada em uma quarta-feira à tarde, eu não pude ir à igreja para vê-la, mas todo mundo diz que ela estava muito bonita e feliz, e parecia que Lennox sabia que tinha feito a coisa certa e tinha a aprovação de sua consciência. Cyrus Taylor e eu somos grandes amigos. Muitas vezes se refere àquele jantar como uma grande peça que pregou em todos.

– Eu não ousei ter outro ataque desde então – ele me disse. – Minha esposa pode me acusar de costurar retalhos da próxima vez.

E então ele me diz para não esquecer de mandar lembranças às viúvas. Gilbert, as pessoas são deliciosas, e a vida é deliciosa, e eu sou

Para sempre
Sua!

P.S. Nossa velha vaca vermelha no Sr. Hamilton tem um bezerro malhado. Estamos comprando leite de Lew Hunt há três meses. Rebecca diz que vamos ter creme novamente agora… e que ela sempre ouviu que o poço de Hunt era inesgotável, e agora acredita nisso. Rebecca não queria que esse bezerro nascesse. Tia Kate teve que pedir ao Sr. Hamilton que lhe dissesse que a vaca seria realmente velha demais para ter um bezerro antes que ela permitisse.

13

– Ah, quando você estiver velha e presa a uma cama como eu, terá mais compaixão – lamentou-se a Sra. Gibson.

– Por favor, não pense que não tenho compaixão, Sra. Gibson – disse Anne, que, depois de meia hora de esforço vão, sentiu vontade de torcer o pescoço da Sra. Gibson. Nada além dos olhos suplicantes da pobre Pauline a impedia de desistir em desespero e voltar para casa. – Garanto-lhe que você não ficará sozinha e abandonada. Ficarei aqui o dia todo e garantirei que não lhe falte nada.

– Oh, eu sei que não tenho utilidade para ninguém – disse a Sra. Gibson, apesar de nada ter sido falado. – Você não precisa se preocupar, Srta. Shirley. Estou pronta para ir a qualquer momento... a qualquer momento. Pauline então poderá fazer tudo o que quiser. Não vou estar aqui para me sentir abandonada. Os jovens de hoje não têm noção. Levianos... muito levianos.

Anne não sabia se era Pauline ou ela mesma a jovem leviana e sem noção, mas tentou um último tiro.

– Bem, Sra. Gibson, você sabe, as pessoas falarão coisas terríveis se Pauline não for às bodas de prata de sua prima.

– Falar! – exclamou a Sra. Gibson bruscamente. – Sobre o que vão falar?

– Cara Sra. Gibson... (Que me perdoem o adjetivo!, pensou Anne), em sua longa vida, você aprendeu, eu sei, o que línguas ociosas podem dizer.

– Você não precisa me lembrar de minha idade – retrucou a Sra. Gibson. – E não preciso que me digam que é um mundo de censura. Sei muito bem disso... muito bem. E não preciso ser lembrada de que essa cidade está repleta de pessoas detestáveis. Mas não sei se gosto que eles falem sobre mim... dizendo, suponho, que sou uma velha tirana. Não estou impedindo Pauline de ir. Não deixei a decisão para a consciência dela?

— Poucas pessoas vão acreditar nisso — disse Anne, com pesar.

A Sra. Gibson chupou ferozmente uma pastilha de hortelã por um minuto ou dois. Então disse:

— Ouvi dizer que há caxumba em White Sands.

— Mamãe querida, você sabe que eu já tive caxumba.

— Há pessoas que têm caxumba duas vezes. Você seria uma delas, Pauline. Você sempre pegou tudo o que aparecia. Ah, as noites que eu passei com você, pensando que você não veria a luz do dia seguinte! Ah, os sacrifícios de uma mãe não são lembrados por muito tempo. Além disso, como você chegaria a White Sands? Você não entra em um trem há anos. E não há nenhum trem de volta no sábado à noite.

— Ela poderia ir no trem da manhã de sábado — disse Anne. — E tenho certeza de que o Sr. James Gregor a traria de volta.

— Eu nunca gostei de Jim Gregor. A mãe dele era uma Tarbush.

— Ele vai descer na sexta-feira, ou também a levaria. Mas ela estará bem segura no trem, Sra. Gibson. Basta apenas embarcar em Summerside e desembarcar em White Sands... sem transferência.

— Há algo por trás de tudo isso — disse a Sra. Gibson, desconfiada. — Por que você quer tanto que ela vá, Srta. Shirley? Apenas me diga isso.

Anne sorriu para o rosto de olhos redondos.

— Porque eu acho que Pauline é uma filha boa e gentil para você, Sra. Gibson, e precisa de um dia de folga de vez em quando, assim como todo mundo.

A maioria das pessoas achava difícil resistir ao sorriso de Anne. Ou isso, ou o medo de fofocas venceu a Sra. Gibson.

– Suponho que nunca ocorra a alguém que eu gostaria de ter um dia de folga desta cadeira de rodas, se eu conseguisse. Mas eu não posso... Tenho apenas que suportar minha aflição pacientemente. Bem, se ela deve ir, então vá. Ela sempre conseguiu tudo do jeito dela. Se ela pegar caxumba ou for envenenada por mosquitos estranhos, não me culpe por isso. Vou ter que continuar como puder. Ah, e eu suponho que você ficará aqui, mas você não está acostumada com o meu jeito como Pauline. Acho que aguento um dia. Se não puder... bem, tenho vivido com um tempo emprestado há muitos anos; então, qual é a diferença?

Não foi um consentimento gracioso, de forma alguma, mas ainda assim foi um consentimento. Anne, em seu alívio e gratidão, fez algo que nunca imaginou... Ela inclinou-se e beijou a bochecha da Sra. Gibson.

– Obrigada – agradeceu ela.

– Não se preocupe com o seu jeito lisonjeiro – disse a Sra. Gibson. – Pegue uma bala de hortelã.

– Como posso agradecer, Srta. Shirley? – perguntou Pauline enquanto descia a rua com Anne.

– Indo para White Sands com o coração leve e aproveitando cada minuto do tempo.

– Oh, eu vou fazer isso. Você não sabe o que isso significa para mim, Srta. Shirley. Não é apenas Louisa que eu quero ver. O antigo local de Luckley ao lado da casa dela será vendido, e eu queria vê-lo mais uma vez antes que passasse para as mãos de estranhos. Mary Luckley... ela é a Sra. Howard Flemming agora e mora no Oeste... era minha amiga mais querida quando eu era menina. Éramos como irmãs. Eu costumava ir muito à casa dos Luckleys, e amava. Sempre sonhei em voltar. Mamãe diz que estou ficando velha demais para sonhar. Você acha que sou velha demais, Srta. Shirley?

– Ninguém é velho demais para sonhar. E os sonhos nunca envelhecem.
– Estou tão feliz em ouvi-la dizer isso. Oh, Srta. Shirley, estremeço só de pensar em ver a baía novamente. Eu não a vejo há quinze anos. O porto é bonito, mas não é a baía. Sinto-me como se estivesse flutuando. E devo tudo a você. Mamãe só me deixou ir porque gosta de você. Você me fez feliz... você está sempre fazendo as pessoas felizes. Porque, sempre que você entra em um lugar, Srta. Shirley, as pessoas se sentem mais felizes.
– Esse é o elogio mais agradável que já me fizeram, Pauline.
– Há apenas uma coisa, Srta. Shirley... Não tenho nada para vestir, além do meu velho tafetá preto. É muito sombrio para um evento de bodas, não é? E está muito grande para mim desde que emagreci. São seis anos desde que o adquiri.
– Precisamos persuadir sua mãe a deixar você ter um vestido novo – disse Anne, esperançosa.

Mas isso se mostrou além de seus poderes. A Sra. Gibson foi inflexível. O tafetá preto de Pauline era muito bom para as bodas de Louisa Hilton.

– Paguei dois dólares o metro do tecido, há seis anos, mais três dólares para que Jane Sharp o fizesse. Jane era uma boa costureira. Sua mãe era uma Smiley. Que ideia a sua de querer algo "mais leve", Pauline Gibson! Essa aí iria vestida de escarlate da cabeça aos pés, se tivesse permissão, Srta. Shirley. Ela só está esperando que eu morra para fazer isso. Ah, bem, em breve você ficará livre de todo o problema que eu sou para você, Pauline. Então poderá se vestir tão alegre e leviana quanto quiser, mas, enquanto eu estiver viva, você será decente. E qual é o problema com seu chapéu? É hora de você usar um gorro, de qualquer maneira.

A pobre Pauline tinha horror intenso de ter que usar gorro. Ela usaria o chapéu velho pelo resto da vida, se fosse preciso.

– Vou ficar feliz por dentro e esquecer todas as minhas roupas – disse ela a Anne, quando elas foram ao jardim colher flores para as viúvas.

– Eu tenho um plano – disse Anne, olhando cautelosamente na direção da casa, para ter certeza de que a Sra. Gibson não pudesse ouvi-la, embora ela as estivesse observando pela janela da sala de estar. – Você sabe aquela minha popelina cinza-prateada? Vou lhe emprestar.

Pauline deixou cair a cesta de flores em sua agitação, formando um delicado emaranhado rosa e branco aos pés de Anne.

– Oh, minha querida, eu não poderia... Mamãe não permitiria.

– Ela não vai ficar sabendo. Ouça. Sábado de manhã você vai vesti-lo embaixo de seu tafetá preto. Eu sei que vai lhe servir. É um pouco longo, mas amanhã vou fazer algumas pregas nele... pregas estão na moda agora. É sem gola e com mangas até o cotovelo, então ninguém suspeitará. Assim que você chegar a Gull Cove, tire o tafetá. Quando o dia terminar, você pode deixar a popeline em Gull Cove e eu vou buscá-la no próximo fim de semana, quando estiver em casa.

– Mas não é uma roupa jovial demais para mim?

– Nem um pouco. Mulheres de qualquer idade podem usar cinza.

– Você acha que seria... certo... enganar a mamãe? – vacilou Pauline.

– Neste caso, totalmente certo – disse Anne descaradamente. – Você sabe, Pauline, não é bom usar um vestido preto em um casamento. Isso pode trazer azar à noiva.

– Oh, eu não faria isso por nada. E é claro que não vai machucar a mamãe. Espero que ela termine o sábado bem. Receio que ela não vá comer nada enquanto eu estiver fora... ela fez isso no dia em que fui ao funeral da prima Matilda. A Srta. Prouty me disse que ela não comeu... a Srta. Prouty ficou com ela. Ela estava muito brava com a prima Matilda por ela ter morrido... quero dizer, a mamãe estava.

– Ela vai comer... Vou cuidar disso.

– Eu sei que você tem um ótimo jeito de lidar com ela – admitiu Pauline. – E você não vai se esquecer de dar o remédio a ela regularmente, querida? Oh, talvez eu não deva mesmo ir.

– Vocês já estão aí fora tempo suficiente para colher 40 buquês – gritou a Sra. Gibson, irada. – Eu não sei o que as viúvas querem com essas flores. Elas já têm muitas. Eu passaria muito tempo sem flores se fosse esperar Rebecca Dew me enviar alguma. Estou quase morrendo de sede. Mas não tem importância.

Na sexta-feira, Pauline ligou para Anne terrivelmente agitada. Ela estava com dor na garganta e queria saber se a Srta. Shirley achava possível que fosse caxumba. Anne correu para tranquilizá-la, levando a popelina cinza em um embrulho de papel marrom. Ela o escondeu em um arbusto de flores e, mais tarde naquela noite, Pauline, suando frio, conseguiu levá-la para cima, até seu pequeno quarto, que usava apenas para guardar suas roupas e se vestir, pois não lhe era permitido dormir ali. Pauline não estava tranquila quanto ao vestido. Talvez a dor de garganta fosse uma punição por ter enganado a mãe. Mas ela não poderia ir às bodas de prata de Louisa usando aquele terrível tafetá negro... Ela simplesmente não poderia.

Na manhã de sábado, Anne chegou à casa dos Gibsons bem cedo. Anne sempre ficava de bom humor em manhãs de verão como aquela. Ela parecia brilhar e se movia pelo ar dourado como uma figura esbelta em uma urna grega. O cômodo mais monótono também brilhava... revivia... assim que ela entrava nele.

– Andando como se fosse a dona do planeta – comentou a Sra. Gibson, com sarcasmo.

– E eu sou – disse Anne alegremente.

– Ah, você é muito jovem – declarou a Sra. Gibson.

– Eu não privo o meu coração de alegria alguma[4] – disse Anne. – Essa é a autoridade da Bíblia para você, Sra. Gibson.

– O homem nasceu para as dificuldades assim como as fagulhas voam para cima. Isso está na Bíblia também – retrucou a Sra. Gibson. O fato de ela ter respondido a Srta. Shirley, bacharel em artes, de forma tão afiada a deixou de bom humor. – Nunca fui de elogiar ninguém, Srta. Shirley, mas esse seu chapéu com uma flor azul cai bem em você. Seu cabelo não fica tão vermelho embaixo dele, parece-me. Você não admira uma jovem como essa, Pauline? Você não gostaria de ser jovem, Pauline?

Pauline estava feliz e animada demais para ser qualquer pessoa além dela mesma naquele momento. Anne subiu até o quarto para ajudá-la a se vestir.

– É tão bom pensar em todas as coisas agradáveis que podem acontecer hoje, Srta. Shirley. Minha garganta está bem e a mamãe está de tão bom humor. Você pode não pensar assim, mas eu sei que ela está, porque está conversando, mesmo sendo sarcástica. Se ela estivesse brava ou irritada, estaria de mau humor. Eu já descasquei as batatas e deixei

---
4. Eclesiastes 2:10.

o bife na caixa de gelo, e a sobremesa da mamãe está no porão. Há frango enlatado para o jantar e um pão de ló na despensa. Eu estou apenas na expectativa de mamãe mudar de ideia. Eu não suportaria se ela o fizesse. Oh, Srta. Shirley, você realmente acha melhor eu usar aquele vestido cinza? Realmente?

– Coloque-o – disse Anne, da forma mais cautelosa possível.

Pauline a obedeceu, e logo emergiu uma Pauline transformada. O vestido cinza lhe servia maravilhosamente. Era sem gola e tinha babados delicados de renda nas mangas, até o cotovelo. Quando Anne arrumou seus cabelos, Pauline mal se reconhecia.

– Eu odeio ter que encobrir este maravilhoso vestido com aquele velho e horrível tafetá preto, Srta. Shirley.

Mas tinha que ser assim. O tafetá o cobriu tranquilamente. O chapéu velho permaneceu, mas também seria retirado quando Pauline chegasse à casa de Louisa. E ela tinha um novo par de sapatos. A Sra. Gibson havia permitido que ela adquirisse um novo par de sapatos, embora achasse os saltos "escandalosamente altos".

– Vou provocar uma sensação ao entrar sozinha no trem. Espero que as pessoas não pensem que estou indo a algum velório. Eu não gostaria que as bodas de prata de Louisa estivessem conectadas de alguma forma com o pensamento de morte. Oh, perfume, Srta. Shirley! Flor de maçã! Não é adorável? Só uma borrifada... tão feminino, eu sempre achei. Mamãe não me deixa comprar perfumes. Oh, Srta. Shirley, você não vai se esquecer de alimentar meu cachorro, não é? Deixei os ossos na despensa, no prato coberto. Espero – continuou ela, baixando a voz para um sussurro envergonhado – que ele não se comporte mal enquanto você estiver aqui.

    Pauline teve que passar pela inspeção da mãe antes de sair. A animação por poder sair e a culpa em relação à popelina escondida lhe conferiram um rubor muito incomum à face. A Sra. Gibson olhou para ela descontente.

    – Oh, eu, oh, meu Deus! Indo para Londres para ver a rainha, não é? Você está muito corada. As pessoas vão pensar que você está maquiada. Tem certeza de que não está?

    – Oh, não, mãe... não – respondeu ela em tom chocado.

    – Cuide de seus modos agora e, quando se sentar, cruze os tornozelos com decência. Lembre-se de não ficar muda nem de falar demais.

    – Não vou fazer isso, mãe – prometeu Pauline sinceramente, com um olhar nervoso para o relógio.

    – Estou enviando uma garrafa de vinho salsaparrilha para que Louisa faça os brindes. Eu nunca me importei com Louisa, mas sua mãe era uma Tackaberry. Traga a garrafa de volta e não deixe que ela lhe dê um gatinho. Louisa está sempre dando gatinhos para as pessoas.

    – Eu não vou deixar, mãe.

    – Tem certeza de que não deixou o sabão na água?

    – Não deixei, mãe – respondeu, com outro olhar angustiado para o relógio.

    – Seus cadarços estão amarrados?

    – Sim, mãe.

    – Você não está com um cheiro respeitável... está encharcada de perfume.

    – Oh, não, mãe querida... Apenas um pouco... Um pouquinho...

– Eu disse que está encharcada e quero dizer encharcada. Tudo certo com o vestido? Sem nenhum rasgo embaixo do braço?
– Oh, não, mãe.
– Deixe-me ver – pediu ela implacavelmente.
Pauline tremeu. Imagine se a saia do vestido cinza aparecesse quando ela levantasse os braços!
– Bem, vá, então – com um longo suspiro. – Se eu não estiver aqui quando você voltar, lembre-se de que quero ser enterrada com meu xale de renda e meus chinelos de cetim preto. E veja se meus cabelos vão estar enrolados.
– Você está pior, mãe? – O vestido de popelina tornara a consciência de Pauline muito sensível. – Se você estiver... Eu não irei...
– E desperdiçar o dinheiro dos sapatos novos? Claro que você vai. E lembre-se de não deslizar pelo corrimão.
Isso fez Pauline reagir.
– Mamãe! Você acha que eu faria isso?
– Você fez isso no casamento de Nancy Parker.
– Há trinta e cinco anos! Você acha que eu faria isso agora?
– Está na hora de você ir embora. Por que você está tagarelando aqui? Quer perder o trem?
Pauline se apressou e Anne suspirou de alívio. Ela temia que a velha Sra. Gibson tivesse sido tomada no último momento por um impulso diabólico de deter Pauline até que o trem partisse.
– Agora, um pouco de paz – disse a Sra. Gibson. – Esta casa está em péssimas condições de desordem, Srta. Shirley. Espero que você perceba que nem sempre é assim. Pauline não estava em seu juízo perfeito nos últimos dias. Por favor, pode colocar esse vaso uma polegada para a esquerda? Não,

mova-o novamente. A cúpula do abajur está torta. Bem, isso é um pouco mais reto. E aquela persiana está uma polegada mais baixa que a outra. Gostaria que você arrumasse.

Anne, infelizmente, puxou a persiana com muita força; ela escapou de seus dedos e foi zunindo até o topo.

– Ah, veja só – disse a Sra. Gibson.

Anne não viu, mas ajustou a persiana meticulosamente.

– E agora você não gostaria que eu lhe preparasse uma boa xícara de chá, Sra. Gibson?

– Eu realmente preciso de algo... Estou muito exausta com toda essa preocupação e confusão. Meu estômago está se revirando tanto que parece que vai sair de dentro de mim – disse a Sra. Gibson pateticamente. – Você é capaz de fazer uma xícara decente de chá? Eu preferiria beber lama ao chá que algumas pessoas fazem.

– Marilla Cuthbert me ensinou a fazer chá. Você verá. Mas primeiro vou levá-la para a varanda, para que você possa aproveitar o sol.

– Não vou à varanda há anos – protestou a Sra. Gibson.

– Oh, o dia está tão adorável hoje, não vai fazer mal. Quero que veja as árvores em flor. Você não pode vê-las, a menos que saia. E o vento está para o sul hoje, então você poderá sentir o perfume de trevos do campo de Norman Johnson. Vou lhe trazer seu chá e tomaremos juntas, depois pegarei meu bordado e nos sentaremos lá fora e criticaremos todos os que passarem.

– Não sou capaz de criticar as pessoas – disse a Sra. Gibson virtuosamente. – Não é cristão. Você se importaria de me dizer se esse é o seu próprio cabelo?

– Cada pedacinho – riu Anne.

– Pena que é ruivo. Embora o cabelo ruivo pareça popular agora. Eu meio que gosto da sua risada. Aquela risada nervosa da pobre Pauline sempre me dá nos nervos. Bem, se eu tenho que sair, então vou. Provavelmente vou morrer com um resfriado, mas a responsabilidade é sua, Srta. Shirley. Lembre-se de que tenho oitenta anos... completos. Sei que o velho Davy Ackham tem espalhado por toda a Summerside que tenho apenas setenta e nove anos. A mãe dele era uma Watt. Os Watts sempre foram invejosos.

Anne moveu habilmente a cadeira de rodas para fora e provou que tinha um talento especial para organizar travesseiros. Logo em seguida ela trouxe o chá e a Sra. Gibson concedeu sua aprovação.

– Sim, isso é tolerável, Srta. Shirley. Ah, eu tive que viver um ano inteiro com líquidos. Ninguém nunca imaginou que eu superaria. Muitas vezes acho que teria sido melhor se eu não tivesse superado. É aquela a macieira de que você estava falando?

– Sim... Não é adorável? Tão branca contra aquele céu azul profundo?

– Não é poético – foi o único comentário da Sra. Gibson. Mas ela ficou um pouco mais suave depois de duas xícaras de chá e a manhã acabou, até que chegou a hora de pensar no almoço.

– Vou preparar o almoço e depois o trago aqui em uma mesinha.

– Não, você não vai, senhorita. Nada de frescuras assim para mim! As pessoas achariam muito esquisito, nós comendo aqui em público. Eu não estou negando que é um pouco agradável aqui fora... embora o cheiro de trevo sempre me deixe meio enjoada... e o tempo passou rapidamente, mas não vou almoçar ao ar livre por ninguém. Eu não sou cigana. Lave as mãos antes de preparar a comida. Olhe, a Sra. Storey deve estar esperando visitas. Ela colocou todas as roupas de cama reservas no varal. Não é hospitalidade real... apenas um desejo de emoção. A mãe dela era uma Carey. O almoço que Anne preparou agradou até a Sra. Gibson.

– Não achei que alguém que escrevesse para os jornais pudesse cozinhar. Mas é claro que Marilla Cuthbert a criou. A mãe dela era uma Johnson. Suponho que Pauline vá passar mal com a comida naquela festa. Ela não sabe quando já comeu o suficiente, assim como o pai dela. Eu o vi devorar morangos mesmo sabendo que teria dores uma hora depois. Já lhe mostrei a foto dele, Srta. Shirley? Bem, vá ao quarto de hóspedes e traga-a aqui. Você a encontrará debaixo da cama. Lembre-se de que não deve mexer nas gavetas enquanto estiver lá em cima. Mas dê uma espiada e veja se há poeira sob o gabinete. Eu não confio em Pauline... Ah, sim, é ele. A mãe dele era uma Walker. Não há homens assim hoje em dia. Esta é uma época degenerada, Srta. Shirley.

– Homero disse a mesma coisa 800 anos a.C. – sorriu Anne.

– Alguns escritores do Antigo Testamento estavam sempre coaxando – disse a Sra. Gibson. – Acho que você está chocada ao me ouvir dizer isso, Srta. Shirley, mas meu marido tinha uma visão muito aberta. Ouvi dizer que você está noiva... de um estudante de medicina. Estudantes de medicina bebem muito, acredito. É preciso, para conseguir ficar na sala de dissecação. Nunca se case com um homem que bebe, Srta. Shirley. Ou com um que não seja um bom provedor. Flores e luz do luar não são suficientes para a sobrevivência, posso lhe garantir. Lembre-se de limpar a pia e lavar os panos de prato. Não suporto panos de prato gordurosos. Suponho que você tenha que alimentar o cachorro. Ele está muito gordo agora, mas Pauline o enche de comida. Às vezes, acho que vou ter que me livrar dele.

– Oh, eu não faria isso, Sra. Gibson. Sempre há roubos, você sabe... e sua casa é afastada das outras. Você realmente precisa de proteção.

– Oh, bem, como você quiser. Prefiro fazer qualquer coisa a discutir com as pessoas, especialmente quando sinto uma pulsação estranha na parte de trás do pescoço. Acho que isso é um indício de derrame.

– Você precisa tirar seu cochilo. Então vai se sentir melhor. Vou ajeitá-la e abaixar sua cadeira. Gostaria de sair na varanda para dormir?

– Dormir em público? Isso seria pior do que comer. Você tem as ideias mais esquisitas. Ajeite-me aqui mesmo na sala de estar, abaixe as persianas e feche a porta, e mantenha as moscas do lado de fora. Arrisco dizer que você também precisa de um pouco de silêncio. Sua língua está trabalhando muito.

A Sra. Gibson cochilou por um bom tempo, mas acordou de mau humor. Ela não deixou Anne levá-la para a varanda novamente.

– Você quer que eu morra com o ar da noite, suponho – resmungou ela, embora fossem apenas cinco horas.

Nada lhe agradava. A bebida que Anne levou para ela estava muito fria. A seguinte não estava fria o suficiente... Mas é claro que nada seria bom para ela. Onde estava o cachorro? Com certeza se comportando mal. Suas costas doíam... seus joelhos doíam... sua cabeça doía... suas costelas doíam. Ninguém tinha compaixão dela. Ninguém sabia pelo que ela estava passando. Sua cadeira estava alta demais... sua cadeira estava baixa demais... queria um xale para os ombros, e um manto para os joelhos, e uma almofada para os pés. E será que a Srta. Shirley poderia ver de onde estaria vindo aquela terrível corrente de ar? Ela gostaria de tomar uma xícara de chá, mas não queria dar trabalho para ninguém, e logo estaria descansando em seu túmulo. Talvez a fossem apreciar quando ela partisse.

"Quer o dia seja curto ou longo, pelo menos ele termina com a canção da noite". Houve momentos em que Anne pensou que nunca terminaria, mas terminou. O pôr do sol veio, e a Sra. Gibson começou a se perguntar por que Pauline não chegava. O crepúsculo chegou... e nada de Pauline. Noite e luar, e nada de Pauline.

– Eu sabia – disse a Sra. Gibson enigmaticamente.

– Você sabe que ela não pode vir embora até que o Sr. Gregor venha, e ele geralmente é o último a sair – Anne tentou acalmá-la. – Você quer me deixar colocá-la na cama, Sra. Gibson? Você está cansada... Eu sei que é um pouco tenso ter uma estranha por perto em vez de alguém com quem você está acostumada.

As pequenas linhas de expressão sobre os lábios da Sra. Gibson se aprofundaram obstinadamente.

– Eu não vou para a cama até essa garota chegar em casa. Mas se você está tão ansiosa para ir embora, vá. Eu posso ficar sozinha... ou morrer sozinha.

Às nove e meia, a Sra. Gibson decidiu que Jim Gregor não voltaria para casa até segunda-feira.

– Ninguém poderia depender de Jim Gregor para manter uma decisão por 24 horas. E ele considera errado viajar no domingo, até mesmo para voltar para casa. Ele está no seu conselho escolar, não é? O que você realmente pensa dele e de suas opiniões sobre educação?

Anne ficou malvada. Afinal, ela já havia suportado o bastante nas mãos da Sra. Gibson naquele dia.

– Eu acho que ele é um anacronismo psicológico – respondeu gravemente.
A Sra. Gibson não pestanejou.
– Eu concordo com você – disse ela. Mas fingiu dormir depois disso.

14

Eram dez horas quando Pauline finalmente chegou. Uma Pauline corada e de olhos estrelados, parecendo dez anos mais jovem, apesar do tafetá retomado e do chapéu velho, e carregando um lindo buquê que ela apressadamente apresentou à sombria senhora na cadeira de rodas.

– A noiva lhe enviou seu buquê, mãe. Não é adorável? Vinte e cinco rosas brancas.

– Que porcaria! Suponho que ninguém tenha pensado em me enviar uma migalha de bolo de casamento. Hoje em dia, as pessoas não parecem ter nenhum sentimento de família. Ah, bem, eu vivi para ver esse dia...

– Mas eles enviaram. Trouxe um pedaço bem grande, está aqui na minha bolsa. E todo mundo perguntou sobre você e mandou lembranças, mãe.

– Você se divertiu? – perguntou Anne.

Pauline sentou-se em uma cadeira dura, porque sabia que a mãe se ressentiria se ela se sentasse em uma cadeira macia.

– Muito – disse ela cautelosamente. – Tivemos um adorável jantar de casamento e o Sr. Freeman, o ministro de Gull Cove, casou Louisa e Maurice novamente...

– Eu chamo isso de sacrilégio...

— E então o fotógrafo tirou nossas fotos. As flores eram simplesmente maravilhosas. O salão era uma casa de jardim...

— Como em um funeral, eu suponho...

— E, oh, mamãe, Mary Luckley estava lá do oeste. A Sra. Flemming, você sabe. Você lembra como eu e ela sempre fomos amigas. Costumávamos nos chamar de Polly e Molly...

— Nomes muito bobos...

— E foi tão bom vê-la novamente... e conversar muito sobre os velhos tempos. A irmã dela, Em, estava lá também, com um bebê tão delicioso.

— Você fala como se fosse algo para comer — resmungou a Sra. Gibson. — Os bebês são muito comuns.

— Oh, não, bebês nunca são comuns — disse Anne, trazendo um vaso com água para as rosas da Sra. Gibson. — Todo mundo é um milagre.

— Bem, eu tive dez deles e nunca vi muita coisa milagrosa em nenhum. Pauline, fique quieta. Você está me incomodando. Você nem perguntou como eu passei o dia. Mas acho que eu não deveria esperar por isso.

— Eu posso dizer como você passou o dia sem precisar lhe perguntar, mãe... você parece muito radiante e alegre. — Pauline estava ainda tão animada pelo dia que tinha tido que conseguia ser um pouco astuta, mesmo com a mãe. — Tenho certeza de que você e a Srta. Shirley se divertiram juntas.

— Nós nos demos bem o bastante. Eu apenas a deixei fazer as coisas do seu próprio jeito. Admito que é a primeira vez em anos que ouço uma conversa interessante. Não estou tão perto do túmulo como algumas pessoas gostariam. Graças aos céus, porque nunca fiquei surda ou infantil. Bem, suponho que a próxima atitude que você vá ter é ir para a lua. E suponho que eles não tenham se importado com o meu vinho salsaparrilha por acaso?

– Oh, sim. Eles acharam delicioso.
– Você não se apressou em me dizer isso. Trouxe de volta a garrafa... ou seria demais esperar que se lembrasse disso?
– A... a garrafa quebrou – vacilou Pauline. – Alguém a derrubou na despensa. Mas Louisa nos deu outra no mesmo instante, mamãe, então você não precisa se preocupar.
– Eu tinha aquela garrafa desde que comecei a cuidar da casa. A da Louisa não pode ser exatamente igual. Eles não fabricam essas garrafas hoje em dia. Eu gostaria que você me trouxesse outro xale. Estou espirrando... Acho que estou com um resfriado terrível. Parece que nenhuma de vocês se lembrou de me proteger do ar noturno. Provavelmente trará minha neurite de volta.

Um velho vizinho da rua apareceu naquele momento e Pauline aproveitou a chance para ir até uma parte do caminho com Anne.

– Boa noite, Srta. Shirley – despediu-se a Sra. Gibson, graciosamente. – Sou-lhe muito grata. Se houvesse mais pessoas como você nesta cidade, ela estaria melhor. – A velha senhora sorriu sem dentes e puxou Anne para perto. – Eu não ligo para o que as pessoas dizem... acho você realmente bonita – sussurrou ela.

Pauline e Anne caminharam pela rua, pela noite fria e esverdeada, e Pauline se soltou, como jamais ousaria fazer diante da mãe.

– Oh, Srta. Shirley, foi divino. Como posso retribuí-la? Nunca passei um dia tão maravilhoso... Vou revivê-lo por anos. Foi tão divertido ser dama de honra novamente. E o capitão Isaac Kent foi o padrinho... Ele... ele foi um antigo pretendente... bem, não exatamente pretendente... acho que ele nunca teve nenhuma intenção real, mas nós caminhamos juntos... e ele me fez dois elogios: "Lembro-me de como você

estava bonita no casamento de Louisa com aquele vestido vinho". Não foi maravilhoso ele se lembrar do vestido? E disse: "Seus cabelos ainda têm a cor do caramelo, como antes". Não há nada de impróprio em dizer isso, não é, Srta. Shirley?
– Nada mesmo.
– Lou, Molly e eu jantamos tão bem juntas depois que todo mundo se foi. Eu estava com muita fome... Não sentia tanta fome há anos. Foi tão bom comer exatamente o que eu queria, sem ter ninguém para me avisar sobre coisas que não cairiam bem em meu estômago. Depois do jantar, Mary e eu fomos até sua antiga casa e caminhamos pelo jardim, conversando sobre os velhos tempos. Vimos os arbustos que plantamos anos atrás. Tivemos lindos verões juntas quando éramos meninas. Então, quando chegou o pôr do sol, descemos para a velha e querida costa e nos sentamos em uma pedra em silêncio. Havia um sino tocando no porto e foi adorável sentir o vento do mar novamente e ver as estrelas tremendo na água. Eu tinha esquecido que a noite na costa podia ser tão bonita. Voltamos assim que escureceu, e o Sr. Gregor estava pronto para partir... e assim – concluiu Pauline com uma risada – "a velha mulher chegou em casa naquela noite".
– Eu gostaria... gostaria que você não tivesse tantas dificuldades em casa, Pauline...
– Oh, querida Srta. Shirley, não vou me importar agora – Pauline precipitou-se em dizer. – Afinal, a pobre mamãe precisa de mim. E é bom ser necessária, minha querida.

Sim, era bom ser necessária. Anne pensou nisso em seu quarto na torre, onde Dusty Miller, depois de fugir de Rebecca Dew e das viúvas, se enrolou em sua cama. Ela pensou em Pauline voltando à sua escravidão, mas acompanhada pelo "espírito imortal de um dia feliz".

– Espero que alguém sempre precise de mim – disse Anne a Dusty Miller. – E é maravilhoso, Dusty Miller, poder dar felicidade a alguém. Dar esse dia a Pauline me fez sentir tão rica. Mas, oh, Dusty Miller, você não acha que eu vou ser como a Sra. Adoniram Gibson, mesmo que eu tenha oitenta anos? Acha, Dusty Miller?

Dusty Miller, ronronando tranquilo, garantiu que não.

15

Anne foi a Bonnyview na sexta-feira à noite antes do casamento. Os Nelsons estavam oferecendo um jantar para alguns amigos da família e convidados do casamento que chegavam no trem. A casa grande e desmedida, que era a casa de veraneio do Dr. Nelson, foi construída entre abetos vermelhos em um longo ponto, com a baía dos dois lados e um trecho de dunas de peito dourado que sabiam tudo o que se tem para saber sobre os ventos.

Anne gostou da casa no momento em que a viu. Uma antiga casa de pedra sempre parece digna e tranquila. Não teme o que a chuva, o vento ou a mudança de moda podem fazer. E naquela noite de junho transbordava juventude e empolgação, risos de garotas, saudações de velhos amigos, veículos indo e vindo, crianças correndo por toda parte, presentes chegando, todos no tumulto delicioso de um casamento, enquanto os dois gatos pretos do Dr. Nelson, que respondiam alegremente pelos nomes de Barnabé e Saulo, sentavam-se no parapeito da varanda e observavam tudo como duas imperturbáveis esfinges negras.

Sally se separou da multidão e levou Anne para o andar de cima.

– Nós guardamos o quarto do norte para você. É claro que você terá de dividi-lo com pelo menos três outras convidadas. Está um completo tumulto aqui. O papai está montando uma tenda para os meninos no meio dos abetos e mais tarde nós teremos um abrigo na varanda envidraçada na parte de trás. E podemos colocar a maioria das crianças no palheiro, é claro. Oh, Anne, estou tão animada. É muito divertido casar. Meu vestido acabou de chegar de Montreal. É um sonho... seda em tom pérola com um laço de renda e bordados com pérolas. Os presentes mais bonitos chegaram. Esta é a sua cama. Mamie Gray, Dot Fraser e Sis Palmer ocuparão as outras. Mamãe queria colocar Amy Stewart aqui, mas não deixei. Amy odeia você porque ela queria ser minha dama de honra, mas eu não poderia ter alguém tão gorda e atarracada, poderia? Além disso, ela parece alguém enjoada de maresia. Oh, Anne, tia Mouser está aqui. Ela chegou há alguns minutos e estamos simplesmente horrorizados. É claro que tivemos de convidá-la, mas nunca pensamos que ela chegaria antes de amanhã.

– Quem é tia Mouser?

– Tia do meu pai, a Sra. James Kennedy. Ah, na verdade, ela é tia Grace, mas Tommy a apelidou de tia Mouser porque ela está sempre xeretando, atacando coisas que não queremos que ela descubra, como um ratinho. Não há como escapar dela. Ela acorda bem cedo de manhã, com medo de perder alguma coisa, e é a última a ir para a cama à noite. Mas isso não é o pior. Se há uma coisa errada a dizer, ela certamente dirá, e nunca aprendeu que há perguntas que não devem ser feitas. Papai chama seus discursos de "observações adequadas da tia Mouser". Eu sei que ela estragará o jantar. Aí vem ela.

A porta se abriu e tia Mouser entrou... Uma mulher gorda, morena, de olhos arregalados, movendo-se em uma atmosfera de naftalina e usando uma expressão cronicamente preocupada. Exceto pela expressão, ela realmente se parecia muito com uma gatinha de caça.

– Então você é a Srta. Shirley de quem sempre ouvi falar. Você não é nem um pouco como a Srta. Shirley que conheci. Ela tinha olhos tão lindos. Bem, Sally, então você finalmente se casará. A pobre Nora é a única que resta. Bem, sua mãe tem sorte de se livrar de cinco de vocês. Oito anos atrás, eu disse a ela: "Jane, você acha que algum dia conseguirá casar todas essas meninas?" Bem, em minha opinião, um homem significa apenas problemas, e, de todas as coisas incertas, o casamento é o mais incerto, mas o que mais existe para uma mulher neste mundo? É o que acabei de dizer à pobre Nora. "Guarde minhas palavras, Nora", eu disse. "Não há muita graça em ser uma solteirona. O que Jim Wilcox está pensando?" Eu disse isso para ela.

– Oh, tia Grace, eu gostaria que você não tivesse dito isso! Jim e Nora tiveram uma espécie de briga em janeiro passado e ele nunca mais voltou.

– Acredito em dizer o que penso. É melhor dizer as coisas. Ouvi falar dessa briga. Foi por isso que perguntei a ela sobre ele. "Você deveria saber", eu disse a ela, "o que estão dizendo por aí sobre ele estar andando com Eleanor Pringle". Ela ficou vermelha e irritada e fugiu. O que Vera Johnson está fazendo aqui? Ela não tem nenhuma relação comigo.

– Vera sempre foi uma grande amiga minha, tia Grace. Ela vai tocar a marcha nupcial.

– Oh, ela vai, não é? Bem, tudo o que espero é que não cometa um erro e toque a marcha fúnebre, como a Sra. Tom Scott fez no casamento de Dora Best. Um mau presságio. Não sei onde você vai colocar a multidão que está aqui para passar a noite. Alguns de nós terão de dormir no varal, eu acho.

– Oh, vamos encontrar um lugar para todos, tia Grace.

– Bem, Sally, realmente espero que você não mude de ideia no último momento, como Helen Summers fez. Isso atrapalha as coisas. Seu pai está animado demais. Eu nunca fui de procurar problemas, mas tudo o que espero é que isso não seja o precursor de um derrame. Já vi isso acontecer antes.

– Oh, o papai está bem, tia Mouser. Ele está um pouco empolgado.

– Ah, você é muito jovem, Sally, para saber tudo o que pode acontecer. Sua mãe me disse que a cerimônia será amanhã ao meio-dia. As modas de casamento estão mudando, como tudo o mais, e não para melhor. Eu me casei à noite, e meu pai preparou vinte litros de bebida para a festa. Ah, meu Deus, os tempos não são mais como costumavam ser. O que há com Mercy Daniels? Eu a encontrei nas escadas, e vi que sua pele está terrível.

– A qualidade da misericórdia não é forçada[5] – riu Sally, ajeitando o vestido.

– Não cite a Bíblia com desdém – repreendeu tia Mouser.

– Você deve desculpá-la, Srta. Shirley. Ela não está acostumada a se casar. Bem, tudo o que espero é que o noivo não esteja com a aparência de quem foi caçado, como muitos deles têm. Acho que eles se sentem assim, mas não deveriam

---

5. *O mercador de Veneza*, de William Shakespeare. A autora faz uma brincadeira com a palavra "mercy", "misericórdia", em inglês (N.E.).

mostrar tão claramente. E eu espero que ele não esqueça o anel. Upton Hardy fez isso. Ele e Flora tiveram que se casar com um anel feito com cortina. Bem, vou dar outra olhada nos presentes de casamento. Você ganhou muitas coisas legais, Sally. Só espero que não seja tão difícil manter o polimento dos cabos dessas colheres, como eu acho provável.

O jantar naquela noite na grande varanda envidraçada foi muito alegre. Havia lanternas chinesas penduradas em tudo, iluminando os vestidos bonitos, os cabelos brilhantes e as expressões das moças. Barnabé e Saulo estavam sentados como estátuas de ébano nos braços largos da cadeira do Doutor, onde ele lhes dava petiscos alternadamente.

– Tão ruim quanto Parker Pringle – disse tia Mouser. – Seu cachorro senta-se à mesa com uma cadeira e um guardanapo. Bem, mais cedo ou mais tarde, haverá um julgamento.

Foi uma grande festa, pois todas as jovens Nelson casadas e seus respectivos maridos estavam lá, além de arrumadeiras e damas de honra; e foi alegre, apesar das observações de tia Mouser... ou talvez por causa delas. Ninguém levava tia Mouser muito a sério; ela era evidentemente uma piada entre os jovens. Quando ela disse, ao ser apresentada a Gordon Hill: "Bem, bem, você não é nem um pouco como eu esperava; sempre pensei que Sally escolheria um homem alto e bonito", gargalhadas atravessaram a varanda. Gordon Hill, que pendia mais para o lado dos baixinhos e tinha nada além daquilo que os amigos chamavam de "rosto agradável", sabia que ele nunca veria o fim disso. Quando ela disse a Dot Fraser: "Ora, ora, com um vestido novo toda vez que a vejo! Tudo o que espero é que o bolso de seu pai possa aguentá-la por mais alguns anos", Dot poderia, é claro, ter se irritado muito, mas algumas das outras jovens acharam divertido. E quando tia Mouser observou com tristeza, a propósito dos preparativos do jantar: "Tudo o que espero é que depois todos devolvam suas colheres de chá. Cinco colheres sumiram após o casamento de Gertie Paul. E nunca foram encontradas", a Sra. Nelson, que havia emprestado três dúzias de colheres, e as cunhadas de quem ela as havia pegado emprestadas pareceram ficar atormentadas. Mas o Dr. Nelson sorriu alegremente.

– Vamos fazer todos mostrarem os bolsos antes de ir, tia Grace.

– Ah, você pode rir, Samuel. Não é brincadeira ter algo assim acontecendo na família. Alguém deve estar com essas colheres de chá. Eu nunca vou a lugar algum, mas mantenho os olhos abertos para elas. Eu as reconheceria, onde quer que as visse, apesar de ter sido vinte e oito anos atrás. A pobre Nora era apenas um bebê. Você se lembra de que a levou lá, Jane, usando um pequeno vestido branco bordado? Vinte e oito anos! Ah, Nora, você está envelhecendo, embora, sob esta luz, não demostre tanto a idade que tem.

Nora não se juntou à risada que se seguiu. Ela parecia prestes a soltar um relâmpago. Apesar do vestido de narciso e das pérolas nos cabelos escuros, ela fez Anne pensar em uma mariposa negra. Em contraste com Sally, que tinha cabelos loiros platinados, Nora Nelson tinha cabelos pretos magníficos, olhos sombrios, sobrancelhas negras pesadas e bochechas vermelhas aveludadas. O nariz começava a parecer um pouco como o de um falcão e ela nunca havia sido considerada bonita, mas Anne sentia uma estranha atração por ela, apesar de sua expressão introspectiva e ardente. Ela sentiu que preferia Nora como amiga à popular Sally.

Houve dança depois do jantar, e a música e as risadas fluíram das amplas janelas baixas da velha casa de pedra em meio a uma inundação. Às dez, Nora desapareceu. Anne estava um pouco cansada do barulho e da alegria. Ela passou pelo corredor até uma porta dos fundos que se abriu quase na baía e desceu rapidamente um lance de degraus rochosos até a costa, passando por um pequeno bosque de abetos pontudos. Quão divino era o ar fresco de sal depois da noite abafada! Quão requintados são os padrões prateados do luar na baía! Que sonho aquele navio que navegara no nascer da lua e agora se aproximava do porto! Era uma noite em que seria possível se perder em uma dança de sereias.

Nora estava encurvada na sombra negra e sombria de uma rocha na beira da água, parecendo mais tempestuosa do que nunca.

– Posso me sentar com você por um tempo? – perguntou Anne. – Estou um pouco cansada de dançar e é uma pena perder esta noite maravilhosa. Invejo você por ter um porto como este lhe servindo de quintal.

– Como você se sentiria em um momento como este se não tivesse namorado? – perguntou Nora abruptamente e de mau humor. – Ou qualquer probabilidade de um – acrescentou, ainda mais sombria.

– Eu acho que, se você não tem um namorado, a culpa é sua – disse Anne, sentando-se ao lado dela.

Nora começou a contar seus problemas para Anne. Havia algo em Anne que fazia as pessoas lhe contarem seus problemas.

– Você está dizendo isso para ser educada, é claro. Não precisa. Você sabe tão bem quanto eu que não sou o tipo de garota pela qual os homens se apaixonam... Eu sou a "Srta. Nelson mais comum". Não é minha culpa eu não ter ninguém. Eu não aguentava mais ficar lá. Eu tive que descer aqui e me permitir ficar infeliz. Estou cansada de sorrir e de ser agradável com todos, fingindo que não me importo quando fazem comentários sobre eu não ser casada. Eu não vou mais fingir. Eu me importo... eu me importo muito. Eu sou a única das filhas que resta. Cinco filhas já estão casadas, considerando minha irmã que se casa amanhã. Você ouviu tia Mouser declarar minha idade na mesa do jantar e eu a ouvi dizer à mamãe antes do jantar que eu tinha envelhecido um pouco desde o verão passado. Claro que sim. Eu tenho 28 anos. Em mais doze anos, terei 40. Como vou suportar a vida aos 40 anos, Anne, se não tiver raízes próprias?

– Eu não me importaria com o que diz uma velha tola como aquela.

– Oh, não? Você não tem um nariz como o meu. Eu ficarei tão nariguda quanto o papai em mais dez anos. E suponho que você também não se importaria em ficar esperando anos um homem a pedir em casamento... e ele simplesmente não o faz?

– Oh, sim, acho que me importaria com isso.

– Bem, essa é exatamente a minha situação. Ah, eu sei que você já ouviu falar de Jim Wilcox e de mim. É uma história antiga. Ele está comigo há anos, como que passando o tempo... mas nunca falou nada sobre nos casarmos.

– Você gosta dele?

– É claro que gosto. Eu sempre fingi que não, mas, como já disse, cansei de fingir. E ele não veio mais me ver desde janeiro passado. Tivemos uma briga... Já tivemos centenas de brigas, e ele sempre voltava. Mas não desta vez... Ele não vai mais voltar. Ele não quer. Olhe para a casa dele do outro lado da baía, brilhando ao luar. Suponho que ele esteja lá... e eu estou aqui... e há todo este porto entre nós. É assim que sempre será. Isso... é terrível! E eu não posso fazer nada.

– E se você o procurasse, ele não voltaria?

– Procurá-lo! Você acha que eu faria isso? Preferiria morrer. Se ele quiser vir, não há nada que o impeça. Se ele não quiser, também não quero. Sim, eu quero! Eu amo Jim... e quero me casar. Quero ter uma casa própria e ser uma "Sra.", e assim fechar a boca da tia Mouser. Oh, eu gostaria de poder ser Barnabé ou Saulo por alguns momentos apenas para xingá-la! Se ela me chamar de "pobre Nora" de novo, jogarei um cesto nela. Mas, afinal, ela só diz o que todo mundo pensa. Minha mãe perdeu há muito tempo as esperanças de que eu me case, então ela me deixa em paz, mas o restante das pessoas me irrita. Eu odeio Sally... é claro que sou horrível por isso... mas eu a odeio. Ela conseguiu um bom marido e uma casa adorável. Não é justo que ela tenha tudo e eu, nada. Ela não é melhor, nem mais inteligente, nem muito mais bonita do que eu... apenas mais sortuda. Suponho que você me ache terrível... não que eu me importe com o que você pensa.

– Eu acho que você está muito, muito cansada depois de todas essas semanas de preparação e esforço, e que coisas que sempre foram difíceis se tornaram muito mais difíceis ao mesmo tempo.

– Você entende... Oh, sim, eu sempre soube que você entenderia. Eu queria ser sua amiga, Anne Shirley. Eu gosto do jeito que você ri. Eu sempre desejei poder rir assim. Eu não sou tão mal-humorada quanto pareço... são essas sobrancelhas. Eu realmente acho que são elas que assustam os homens. Eu nunca tive uma melhor amiga de verdade. Mas é claro que eu sempre tive Jim. Éramos... amigos... desde crianças... Eu costumava acender uma luz naquela janelinha no sótão sempre que queria vê-lo em particular e ele navegava para cá imediatamente. Nós íamos a todos os lugares juntos. Nenhum outro garoto teve chance... não que algum quisesse, suponho. E agora está tudo acabado. Ele se cansou de mim e ficou contente com a desculpa de uma briga para se libertar. Oh, eu não quero odiá-la amanhã por ter lhe contado isso!

– Por quê?

– Nós sempre odiamos as pessoas que conhecem nossos segredos, suponho – disse Nora tristemente. – Mas ocorre algo dentro de nós quando participamos de um casamento... E eu simplesmente não me importo... Eu não me importo com nada. Oh, Anne Shirley, estou tão infeliz! Apenas me permita chorar em seu ombro. Preciso sorrir e parecer feliz o dia todo amanhã. Sally acha que é porque sou supersticiosa que não quis ser sua dama de honra... "Três vezes dama de honra, mas nunca noiva", você sabe. Mas não foi por isso! Eu simplesmente não conseguiria suportar ficar lá e ouvi-la dizer "Sim", sabendo que nunca terei a chance de dizer isso para Jim. Eu teria dado um grito. Quero ser noiva... e ter um enxoval... e roupas de cama com monograma... e receber presentes encantadores. Até a manteigueira de prata da tia Mouser. Ela sempre dá uma manteigueira de presente para todas as noivas... Coisas horríveis com tampas, como a cúpula da igreja de São Pedro. Poderíamos colocá-la na mesa do café da manhã apenas para Jim fazer piadas sobre ela. Anne, acho que estou ficando louca.

    A dança havia terminado quando as garotas voltaram para casa, de mãos dadas. Tinham sido iniciados os preparativos para acomodar todos os convidados durante a noite. Tommy Nelson estava levando Barnabé e Saulo ao celeiro. Tia Mouser ainda estava sentada em um sofá, pensando em todas as coisas terríveis que esperava que não acontecessem no dia seguinte.

– Espero que ninguém se levante e diga uma razão pela qual eles não deveriam se casar. Isso aconteceu no casamento de Tillie Hatfield.

– Gordon não tem tanta sorte assim – disse o padrinho.

Tia Mouser o encarou com os olhos castanhos, duros como pedra.

– Meu jovem, casamento não é exatamente uma piada.

– Você pode apostar que não – disse o jovem. – Olá, Nora, quando vamos ter a chance de dançar no seu casamento?

Nora não respondeu com palavras. Ela se aproximou e deliberadamente o esbofeteou, primeiro de um lado do rosto e depois do outro. Os tapas não eram de faz de conta. Então ela subiu as escadas sem olhar para trás.

– Aquela garota – disse tia Mouser – está exausta.

16

A manhã de sábado passou num turbilhão de coisas de última hora. Anne, envolta em um dos aventais da Sra. Nelson, passou a manhã na cozinha ajudando Nora com as saladas. Nora estava toda arrepiada, evidentemente se arrependendo, como havia predito, de suas confidências da noite anterior.

– Vamos ficar cansados por um mês – disse ela –, e o pai não pode se dar ao luxo de toda essa ostentação. Mas Sally estava decidida a ter o que chama de "lindo casamento" e o papai cedeu. Ele sempre a mimou.

– Maldade e ciúme – disse tia Mouser, surgindo subitamente da despensa, onde estivera deixando a Sra. Nelson frenética com seus desejos e "esperanças".

– Ela está certa – Nora disse amargamente a Anne. – Muito certa. Eu sou maldosa e ciumenta. Eu odeio até mesmo o olhar das pessoas felizes. Mas, mesmo assim, não estou arrependida de ter dado um tapa no rosto de Jud Taylor ontem. Só lamento não ter acertado o nariz dele também. Bem, terminamos as saladas. Os pratos ficaram bonitos. Adoro mexer nas coisas quando estou normal. Oh, afinal, espero que dê tudo certo, pelo bem de Sally. Suponho que a amo, apesar de tudo, mas agora sinto como se odiasse todos, e Jim Wilcox muito mais.

– Bem, espero mesmo que o noivo não desapareça pouco antes da cerimônia – flutuou da despensa o tom lúgubre da tia Mouser. – Austin Creed fez isso. Ele simplesmente esqueceu que se casaria naquele dia. Os Creeds sempre foram esquecidos, mas eu chamo isso de levar as coisas longe demais.

As duas garotas se entreolharam e riram. O rosto de Nora mudou quando ela riu. Iluminou-se... brilhou... agitou-se. E então alguém apareceu para lhe dizer que Barnabé estava passando mal nas escadas... provavelmente por causa dos muitos fígados de galinha. Nora correu para consertar o estrago e tia Mouser saiu da despensa, esperando fortemente que o bolo de casamento não desaparecesse, como acontecera no casamento de Alma Clark, dez anos atrás.

Ao meio-dia, tudo estava imaculadamente pronto. A mesa posta, as camas benfeitas, cestos de flores por toda parte; e no grande quarto ao norte, no andar de cima, Sally e suas três damas de honra estavam agitadas em esplendor. Anne, usando seu vestido e chapéu verdes, olhou-se no espelho e desejou que Gilbert pudesse vê-la.

– Você está maravilhosa – elogiou Nora, em tom um pouco invejoso.

– Você também está maravilhosa, Nora. O chiffon cinza-azulado com o chapéu realçam o brilho dos seus cabelos e o azul dos seus olhos.

– Ninguém se importa com a minha aparência – disse Nora amargamente. – Bem, observe-me sorrir, Anne. Eu não vou ser a desmancha-prazeres da festa. Eu tenho que tocar a marcha nupcial, afinal... Vera está com enxaqueca. Estou mais é com vontade de interpretar a marcha fúnebre, como tia Mouser pressentiu.

Tia Mouser, que ficara circulando a manhã toda, atrapalhando todo mundo, usando um quimono velho não muito limpo e um "chapéu de boudoir", apareceu agora resplandecente em gorgorão marrom, e disse a Sally que uma das mangas de seu vestido não estava assentando bem, e esperava que a anágua de ninguém aparecesse por baixo do vestido, como acontecera no casamento de Annie Crewson. A Sra. Nelson entrou e chorou porque Sally estava linda em seu vestido de noiva.

– Vamos, pare de ser sentimental, Jane – acalmava tia Mouser. – Você ainda tem uma filha... E provavelmente a terá para sempre. Lágrimas não dão sorte em casamentos. Bem, tudo o que espero é que ninguém caia morto durante a celebração, como o velho tio Cromwell no casamento de Roberta Pringle, bem no meio da cerimônia. A noiva passou duas semanas na cama, em choque.

Com essa inspiradora despedida, as acompanhantes da noiva desceram as escadas, ao som da marcha nupcial tocada por Nora um tanto tempestuosamente, e Sally e Gordon se casaram sem que ninguém caísse morto ou esquecesse o anel. Era um grupo bonito e até tia Mouser desistiu de se preocupar com o universo por alguns momentos. "Afinal", disse ela esperançosamente a Sally, mais tarde, "mesmo que você não seja muito feliz em seu casamento, é provável que seria mais infeliz se não se casasse". Sozinha na banqueta do piano, Nora continuava olhando furiosa para tudo, mas foi até Sally e deu-lhe um abraço feroz, envolvendo-a com o véu de noiva e tudo o mais.

– Então terminou – disse Nora tristemente, quando o jantar estava encerrado e as amigas da noiva e a maioria dos convidados tinham ido embora.

Ela olhou ao redor, para a sala que parecia agora tão desolada e desarrumada, como os cômodos sempre ficam no fim de uma recepção... um *corsage* desbotado e pisoteado, caído no chão... cadeiras tortas... um pedaço rasgado de renda... dois lenços caídos... migalhas que as crianças haviam espalhado... uma mancha escura no teto, onde a água de um jarro que tia Mouser derrubara no chão do quarto de hóspedes havia penetrado.

– Tenho que arrumar esta bagunça – continuou Nora. – Há muitos jovens esperando o trem que leva até o porto, e alguns vão ficar até domingo. Eles vão fazer um luau na praia, em volta da fogueira. Você pode imaginar o quanto eu sinto vontade de dançar ao luar. Quero ir para a cama e chorar.

– Uma casa após uma cerimônia de casamento parece um lugar bastante abandonado – disse Anne. – Mas eu vou ajudá-la a arrumar tudo, e depois tomaremos uma xícara de chá.

– Anne Shirley, você acha que uma xícara de chá é uma resposta para tudo? Você é que deveria ser a solteirona, e não eu. Não importa. Não quero ser repugnante, mas suponho que seja minha disposição natural. Eu odeio a ideia dessa festa na praia mais do que o casamento. Jim sempre participava de nossas festas na praia. Anne, eu decidi sair de casa e fazer um curso de enfermagem. Eu sei que vou odiar... e que

Deus ajude meus futuros pacientes... mas eu não vou mais ficar em Summerside aguentando provocações por estar solteira. Bem, vamos enfrentar essa pilha de pratos gordurosos e agir como se gostássemos de fazer isso.

– Eu gosto... sempre gostei de lavar a louça. É divertido deixar a louça suja bem limpinha e brilhando.

– Oh, você deveria estar em um museu – comentou Nora.

Ao anoitecer, tudo estava pronto para a festa na praia. Os rapazes tinham feito uma enorme fogueira de madeira que ardia em chamas flutuantes, e a maré no porto estava cheia, com águas brilhantes ao luar. Anne estava na expectativa de se divertir imensamente, mas um vislumbre do rosto de Nora, quando ela desceu os degraus carregando uma cesta de sanduíches, a fez refletir.

"Ela está tão infeliz. Se houvesse algo que eu pudesse fazer!"

Uma ideia então surgiu na cabeça de Anne. Ela sempre fora vítima do impulso. Disparando até a cozinha, ela pegou um pequeno lampião aceso, subiu as escadas dos fundos e depois outro lance até o sótão. Ela colocou a luz na janela do sótão que dava para o porto. As árvores a escondiam dos dançarinos.

"Talvez ele veja a luz e venha. Suponho que Nora ficará furiosa comigo, mas isso não terá importância se ele vier. E agora vou embrulhar um pedaço do bolo de casamento para Rebecca Dew."

Jim Wilcox não apareceu. Anne desistiu de procurá-lo depois de um tempo e o esqueceu na alegria da noite. Nora desapareceu e tia Mouser, contrariando todas as expectativas, foi dormir. Eram onze horas quando a festa terminou, e os jovens subiram as escadas com aspecto cansado, bocejando. Anne estava com tanto sono que nem se lembrou da luz no sótão. Mas, às duas da manhã, tia Mouser entrou furtivamente no quarto e acendeu uma vela no rosto das meninas.

– Deus, qual é o problema? – ofegou Dot Fraser, sentando-se na cama.

– S-s-s-sh – alertou tia Mouser, com os olhos quase saltando do rosto. – Acho que tem alguém na casa... Sei que tem. Que barulho é esse?

– Parece um gato miando ou um cachorro latindo – riu Dot.

– Nada disso – disse tia Mouser severamente. – Eu sei que há um cachorro latindo no celeiro, mas não foi isso que me despertou. Foi o baque de alguma coisa... Um barulho alto e distinto.

– De fantasmas e assombrações, bestas de pernas longas e coisas que esbarram à noite, bom Deus, livrai-nos – murmurou Anne.

– Srta. Shirley, isso não é motivo de riso. Há ladrões nesta casa. Vou chamar Samuel.

Tia Mouser desapareceu e as meninas se entreolharam.

– Você acha que... Todos os presentes de casamento estão na biblioteca... – disse Anne.

– Eu vou me levantar de qualquer maneira – disse Mamie. – Anne, você já viu algo parecido com o rosto de tia Mouser quando ela segurou a vela mais embaixo e as sombras subiram? E todos aqueles fios de cabelos pendurados nela? Pense na Bruxa de Endor!

Quatro garotas de quimono saíram para o corredor. Tia Mouser as acompanhava, seguida pelo Dr. Nelson, de roupão e chinelos. A Sra. Nelson, que não conseguia encontrar seu quimono, colocou o rosto aterrorizado pela porta.

– Oh, Samuel... Tenha cuidado... Se for algum assaltante, ele pode atirar...

– Bobagem! Não acredito que tenha alguém aqui – disse o doutor.
– Estou lhe dizendo que ouvi um barulho – tremia tia Mouser.

Dois rapazes se juntaram ao grupo. Eles desceram as escadas com cautela, com o médico à frente e tia Mouser, vela em uma mão e vara na outra, indo pela retaguarda.

Sem dúvida, havia ruídos na biblioteca. O médico abriu a porta e entrou.

Barnabé, que planejara passar despercebido na biblioteca quando Saulo fora levado ao celeiro, estava sentado nos fundos do sofá, piscando os olhos com ar divertido. Nora e um jovem estavam em pé, no meio do cômodo mal-iluminado por outra vela tremeluzente. O jovem estava com os braços ao redor de Nora, segurando um grande lenço branco no rosto dela.

– Ele está sufocando-a com clorofórmio! – gritou tia Mouser, deixando a vara cair com tremendo estrondo.

O jovem virou-se, largou o lenço e olhou para todos com ar abobalhado. Era um jovem de boa aparência, com olhos e cabelos castanho-avermelhados, sem mencionar o queixo, que transmitia ao mundo grande segurança.

Nora pegou o lenço e o colocou no rosto.

– Jim Wilcox, o que significa isso? – perguntou o doutor, com severidade excessiva.

– Não sei o que isso significa – disse Jim Wilcox, de mau humor. – Tudo o que sei é que Nora mandou um sinal para mim. Eu não tinha visto a luz até que cheguei em casa de um banquete maçônico em Summerside. E vim diretamente para cá em meu barco.

– Eu não mandei sinal algum para você – gritou Nora.

– Pelo amor de Deus, não fique assim, pai. Eu não estava

dormindo... Estava sentada à janela do meu quarto... Não tinha trocado de roupa ainda... e vi um homem subindo da praia. Quando ele se aproximou da casa, vi que era Jim, então corri até ele. E... dei de cara na porta da biblioteca, e meu nariz começou a sangrar. Jim só estava tentando estancar o sangue.

– Pulei pela janela e derrubei aquele banco...

– Eu não disse que ouvi um baque? – disse tia Mouser.

– ... e agora Nora diz que não mandou um sinal para mim, então eu vou livrá-los de minha presença indesejada, e peço desculpas a todos os envolvidos.

– É muito ruim ter atrapalhado sua noite de descanso e feito você percorrer toda a baía em uma perseguição a um ganso selvagem – disse Nora, o mais friamente possível, enquanto procurava um lugar sem sangue no lenço de Jim.

– Foi uma caça a um ganso selvagem, com certeza – disse o médico.

– É melhor você tentar uma porta na volta – disse tia Mouser.

– Fui eu que coloquei a luz na janela – disse Anne, envergonhada – e depois esqueci de retirá-la.

– Você não se atreveu! – gritou Nora. – Eu nunca vou perdoá-la...

– Vocês todos ficaram loucos? – disse o doutor, irritado. – Por que todo esse alarido, afinal? Pelo amor de Deus, feche essa janela, Jim... há um vento muito frio soprando. Nora, incline a cabeça para trás e o sangue vai parar.

– Nora estava derramando lágrimas de raiva e vergonha. Misturadas com o sangue em seu rosto, elas ofereciam a todos uma visão assustadora. Parecia que Jim Wilcox desejava que o chão se abrisse, para que pudesse cair gentilmente no porão.

— Bem.... — disse tia Mouser em tom hostil. — Tudo o que você pode fazer agora é se casar com ela, Jim Wilcox. Ela nunca conseguirá um marido se ficarem sabendo que foi encontrada aqui com você às duas da manhã.
— Casar-me com ela! — gritou Jim exasperado. — Tudo o que eu quis a minha vida inteira foi me casar com ela... nunca quis mais nada além disso!
— Então por que você não me disse isso antes? — questionou Nora, virando-se para encará-lo.
— Dizer isso? Você me esnobou, me ignorou e zombou de mim por anos. Você se esforçou inúmeras vezes para me mostrar como me desprezava. Não achei que valesse a pena ao menos perguntar. E em janeiro passado você disse...
— Você me levou a dizer aquilo...
— Eu a irritei! Eu gosto de fazer isso! Você arranjou uma briga comigo só para se livrar de mim...
— Eu não... Eu...
— E, no entanto, fui tolo o suficiente para vir até aqui na calada da noite porque pensei que você tivesse colocado nosso sinal antigo na janela e quisesse me ver! Quisesse que eu a pedisse em casamento! Bem, vou perguntar agora, assim já acabamos com isso e você pode se divertir ao me rejeitar diante de todas essas pessoas. Nora Edith Nelson, quer se casar comigo?
— Oh, como não aceitaria? É claro que sim! — gritou Nora, tão descaradamente que até Barnabé ficou com vergonha.
Jim lançou-lhe um olhar incrédulo... então correu em sua direção. Talvez o nariz dela tivesse parado de sangrar... talvez não. Isso não importava.
— Acho que todos vocês esqueceram que é manhã de sábado — disse tia Mouser, que acabara de se lembrar. — Eu tomaria uma xícara de chá, se alguém fizesse. Não estou

acostumada a manifestações como essa. Tudo o que espero é que a pobre Nora o tenha realmente prendido desta vez. Pelo menos, ela tem testemunhas.

Todos foram para a cozinha, e a Sra. Nelson desceu e fez chá para o grupo. Todos, exceto Jim e Nora, que continuaram presos na biblioteca, na companhia de Barnabé. Anne não viu mais Nora até bem tarde naquela manhã... uma Nora tão diferente, dez anos mais nova, corada de felicidade.

– Eu lhe devo essa, Anne. Se você não tivesse colocado o sinal de luz... embora por dois minutos e meio na noite passada, eu tivesse ficado falando e falando sem parar!

– E pensar que eu dormi durante tudo isso – gemeu Tommy Nelson de coração partido.

Mas a última palavra foi da tia Mouser.

– Bem, tudo o que espero é que não seja um caso de casamento às pressas e arrependimento perpétuo.

17

(Trecho de uma carta para Gilbert.)

A escola fechou hoje. Dois meses de Green Gables, e samambaias picantes e molhadas de orvalho até o tornozelo ao longo do riacho, e sombras preguiçosas e manchadas em Lover's Lane, e morangos silvestres no pasto do Sr. Bell, e a beleza escura de abetos na Floresta Assombrada! Minha própria alma tem asas.

Jen Pringle me trouxe um buquê de lírios do vale e me desejou boas férias. Ela vai passar um fim de semana comigo em algum momento. Para falar em milagres! Mas a pequena Elizabeth está com o coração partido. Eu queria que ela também me visitasse, mas a Sra. Campbell não achou "aconselhável". Felizmente, eu não tinha dito nada a Elizabeth sobre o assunto, então ela foi poupada dessa decepção.

– Acredito que serei Lizzie durante todo o tempo que você estiver ausente, Srta. Shirley – disse-me ela. – Ao menos, vou me sentir como Lizzie.

– Mas pense na diversão que teremos quando voltar – disse a ela. – É claro que você não será Lizzie. Não existe uma pessoa como Lizzie em você. E eu vou lhe escrever toda semana, pequena Elizabeth.

– Oh, Srta. Shirley, vai mesmo? Nunca recebi uma carta. Será tão divertido! E eu vou responder à sua carta, se elas me derem um selo. Senão, pode ter certeza de que estarei pensando em você da mesma maneira. Dei o nome para o esquilo no quintal dos fundos pensando em você... Shirley. Você não se importa, não é? Pensei em chamá-lo de Anne Shirley... mas então julguei que não seria respeitoso... e, de qualquer maneira, Anne não parece nome de esquilo. Além disso, pode ser um cavalheiro esquilo. Esquilos são tão encantadores, não acha? Mas a Mulher diz que eles comem as raízes das roseiras.

– Ela diria mesmo isso! – disse eu.

Perguntei a Katherine Brooke onde ela passaria o verão, e ela respondeu brevemente: "Aqui. Para onde mais você acha que eu iria?".

Eu senti que deveria convidá-la para ir a Green Gables, mas simplesmente não podia. É claro que não acredito que ela aceitaria o convite, de qualquer maneira. E ela é uma grande desmancha-prazeres. Ela estragaria tudo. Mas, quando penso que ela vai ficar sozinha naquela pensão barata o verão inteiro, minha consciência me dá socos desagradáveis.

Dusty Miller trouxe uma cobra viva outro dia e a jogou no chão da cozinha. Se Rebecca Dew pudesse empalidecer, ela teria feito isso. "Essa foi realmente a última gota!" Mas Rebecca Dew está um pouco irritada esses dias porque tem passado todo o seu tempo livre colhendo grandes besouros verde-acinzentados das roseiras e jogando-os em uma lata de querosene. Ela acha que há insetos demais no mundo.

– O mundo vai ser devorado por eles um dia – prevê ela com tristeza.

Nora Nelson deve se casar com Jim Wilcox em setembro. Bem discretamente... sem confusão, sem convidados, sem damas de honra. Nora me disse que era a única maneira de escapar da tia Mouser, e ela não quer que a tia Mouser a veja se casando. Eu devo estar presente, no entanto, mas não oficialmente. Nora diz que Jim nunca teria voltado se eu não tivesse colocado aquele lampião na janela. Ele estava decidido a vender a loja e ir para o oeste. Bem, quando penso em todas os casais que devo ter formado...

Sally diz que eles vão brigar a maior parte do tempo, mas que serão mais felizes brigando entre si do que concordando com qualquer outra pessoa. Mas eu não acho que eles vão brigar... muito. Acredito que seja apenas o tipo de desentendimento que cria a maior parte dos problemas do mundo. Você e eu estamos juntos há tanto tempo agora...

Boa noite, meu querido. Seu sono será doce se houver alguma influência dos desejos de

SUA.

P.S. A frase acima é citada literalmente em uma carta da avó da tia Chatty.

O SEGUNDO ANO

1

Windy Poplars,
Spook's Lane
14 de setembro

Eu mal consigo me convencer de que os nossos lindos dois meses acabaram. Eles foram lindos, não foram, meu querido? E agora serão apenas dois anos até que...

(Diversos parágrafos omitidos.)

Mas também foi muito bom voltar para Windy Poplars. Para minha torre particular, minha própria poltrona e minha própria cama... e até mesmo para Dusty Miller, e vê-lo se aquecer no peitoril da janela.

As viúvas ficaram felizes em me ver e Rebecca Dew disse, honestamente, "É bom ter você de volta". A pequena Elizabeth também se sentia assim. Tivemos um efusivo encontro no portão verde.

– Eu temia que você tivesse entrado no Amanhã antes de mim – disse a pequena Elizabeth.

– Não está uma noite adorável? – disse eu.

– Onde você está é sempre uma noite agradável, Srta. Shirley – disse a pequena Elizabeth.
Isso que é elogio!
– Como você passou o verão, querida? – perguntei.
– Pensando – disse a pequena Elizabeth, com doçura – em todas as coisas encantadoras que vão acontecer no Amanhã.
Então fomos até o quarto da torre e lemos uma história sobre elefantes. A pequena Elizabeth está muito interessada em elefantes ultimamente.
– Há algo muito encantador sobre a própria palavra elefante, não é mesmo? – disse ela seriamente, segurando o queixo nas pequenas mãos; uma mania que ela tem. – Espero conhecer muitos elefantes no Amanhã.
Colocamos um parque de elefantes em nosso mapa do país das fadas. Não há razão para sentir superioridade ou desdém, Gilbert, pois sei que você está me julgando dessa forma ao ler isto. Nenhuma razão. Sempre vai haver fadas no mundo. O mundo não sobrevive sem elas. E alguém precisa fornecê-las.
É muito bom estar de volta à escola também. Katherine Brooke não está mais agradável do que antes, mas meus alunos pareceram felizes em me ver, e Jen Pringle quer que eu a ajude a fazer as auréolas de lata para as cabeças dos anjos, para a apresentação da escola dominical.
Acho que a trajetória de estudos deste ano será muito mais interessante do que a do ano passado. A história do Canadá foi adicionada ao currículo. Tenho que dar uma pequena "palestra" amanhã sobre a Guerra de 1812. Parece tão estranho ler sobre as histórias dessas guerras antigas... coisas que não podem acontecer novamente. Suponho que nenhum de nós terá algum interesse que não seja acadêmico

nas "batalhas de tempos atrás". É impossível pensar no Canadá em guerra novamente. Sou tão grata por essa fase da história ter acabado.

Vamos reorganizar o Clube de Teatro e conversar com todas as famílias ligadas à escola para que façam doações. Lewis Allen e eu vamos escolher a Dawlish Road como nosso território e visitar as casas no próximo sábado. Lewis tentará matar dois coelhos com uma cajadada só, pois está competindo por um prêmio oferecido por Country Homes para a melhor fotografia de uma casa de fazenda. O prêmio é de 25 dólares, e isso significa um novo terno e um sobretudo, dos quais Lewis precisa muito. Ele trabalhou em uma fazenda durante o verão e está executando tarefas domésticas e servindo as mesas na pensão onde está hospedado novamente este ano. Ele deve odiar, mas nunca diz uma palavra sobre isso. Eu gosto de Lewis... ele é corajoso e ambicioso, sempre com um sorriso amplo e franco. E ele não é forte demais. Ano passado, fiquei com receio de que ele tivesse um colapso. Mas parece que o verão na fazenda o fortaleceu um pouco. Esse é seu último ano na escola, então ele espera conseguir um ano na Queens. As viúvas vão convidá-lo para os jantares de domingo o quanto puderem este inverno. Tia Kate e eu tivemos uma conversa sobre como não comprometer o orçamento por causa disso, e eu a convenci a me deixar custear os extras. É claro que não tentamos convencer Rebecca Dew. Eu apenas perguntei para tia Kate se poderíamos receber Lewis Allen para jantar aos domingos pelo menos duas vezes por mês quando Rebecca estava ouvindo nossa conversa. Tia Kate disse que temia que elas não conseguiriam custear mais uma pessoa além da moça que já tinham ali.

Rebecca Dew deu um grito de angústia.

– Essa foi a última gota. Estamos tão pobres que não podemos nem oferecer uma refeição de vez em quando para um jovem pobre, trabalhador e sério que está tentando ter acesso à educação! Você gasta tanto com fígado para Aquele Gato que ele está prestes a explodir. Bem, tire um dólar do meu salário e vamos receber o jovem.

O evangelho segundo Rebecca Dew havia sido aceito. Lewis Allen virá jantar e nem o fígado de Dusty Miller nem o salário de Rebecca Dew serão afetados. Querida Rebecca Dew!

Tia Chatty entrou em meu quarto ontem à noite para me dizer que gostaria de uma capa bordada em pedrarias, mas que tia Kate a achava velha demais para ter uma, e seus sentimentos haviam sido feridos.

– Você acha que sou velha demais, Srta. Shirley? Não quero parecer indigna, mas sempre quis uma capa bordada. Sempre as achei alegres, como dizem por aí, e agora estão na moda novamente.

– Velha demais! É claro que você não é velha demais, querida! – garanti. – Ninguém é velho demais para vestir o que tem vontade. Você não teria vontade de usá-la se fosse velha demais.

– Vou comprar uma, só para desafiar Kate – disse tia Chatty, em um tom que poderia parecer qualquer coisa, exceto desafiador.

Mas acho que ela vai fazer isso, e acho que sei como convencer tia Kate.

Estou sozinha em minha torre. Lá fora está uma noite muito calma, e o silêncio é como veludo. Nem mesmo as árvores estão se movendo. Acabei de me apoiar na janela e mandar um beijo na direção de alguém que não está muito distante de Kingsport.

2

A Dawlish Road era um tipo de estrada sinuosa, e a tarde estava perfeita para caminhar... pelo menos foi o que Anne e Lewis pensaram ao andar por ela, parando algumas vezes para contemplar raios safira nos espaços entre as árvores ou para observar uma paisagem encantadora ou uma casa pitoresca em um clareira cheia de folhas. Talvez não tenha sido tão agradável visitar as casas e pedir doações para o Clube de Teatro, mas Anne e Lewis se revezavam na hora de falar... ele falava com as mulheres enquanto Anne manipulava os homens.

– Fale com os homens se você for com esse vestido e esse chapéu – havia aconselhado Rebecca Dew. – Já tive minhas experiências em arrecadar fundos na minha época, e tudo serviu para mostrar que, quanto mais bem-vestida você estiver, mais dinheiro consegue... ou pelo menos a promessa de mais dinheiro, principalmente se tiver boa aparência. Você vai conseguir, se seu alvo forem os homens. Mas, se forem as mulheres, vista-se com as roupas mais velhas e feias que você tiver.

– Você não acha as estradas interessantes, Lewis? – perguntou Anne, sonhadora. – Não falo de uma estrada reta, e sim de uma com extremidades e curvas no fim das quais algo belo e surpreendente pode estar à nossa espreita. Eu sempre amei curvas nas estradas.

– Para onde vai essa Dawlish Road? – perguntou Lewis de forma prática, embora naquele mesmo momento estivesse refletindo que a voz da Srta. Shirley sempre o fazia pensar na primavera.

– Eu poderia ser horrível e querer lhe ensinar alguma coisa, Lewis, e dizer que ela não vai a lugar algum. Que ela fica bem aqui. Mas não farei isso. Quanto a para onde ela vai ou para onde ela leva... quem se importa? Talvez ao fim do mundo e de volta aqui. Lembre-se do que Emerson diz... "Ah, o que tenho eu com o tempo?" Esse é o nosso lema para hoje. Espero que o universo se confunda se o deixarmos em paz por um tempo... Olhe aquelas sombras das nuvens... e aquela tranquilidade dos vales verdes... e aquela casa com uma macieira em cada um de seus cantos. Imagine-a na primavera. Este é um daqueles dias em que as pessoas se sentem vivas, e todos os ventos do mundo são como irmãos. Fico feliz por haver tantos aglomerados de plantações de especiarias ao longo desta estrada... arbustos de especiarias com teias de aranha trazem de volta os dias em que eu fingia... ou acreditava... acho que realmente acreditava... que as teias de aranha eram as toalhas de mesa das fadas.

 Eles encontraram uma nascente na beira de um caminho em uma clareira dourada e se sentaram em um musgo que parecia feito de samambaias minúsculas, para beber de um copo que Lewis retirou de uma casca de bétula.

 – Você nunca vai conhecer a verdadeira alegria de beber até estar com sede e encontrar água – disse ele. – Naquele verão que trabalhei a oeste na ferrovia que estava sendo construída, eu me perdi na pradaria em um dia quente e vaguei durante horas. Pensei que morreria de sede e então cheguei à cabana de um colono, e ele tinha um córrego como este entre uma área de salgueiros. Como bebi! Entendi melhor a Bíblia e o amor que é descrito pela água boa desde então.

 – Vamos conseguir água de outra forma – disse Anne um pouco ansiosa. – Uma chuva está prestes a cair... Lewis, eu amo chuva, mas estou usando meu melhor chapéu, e meu segundo melhor vestido. E não há nenhuma casa nos próximos quilômetros.

– Há uma ferraria abandonada ali – disse Lewis –, mas teremos que correr.

Então eles correram e, de seu abrigo, desfrutaram da chuva assim como haviam desfrutado todo o resto naquela tarde livre e despreocupada. Uma quietude velada havia caído sobre o mundo. Todas as jovens brisas que estavam soprando e sussurrando ao longo de Dawlish Road haviam dobrado suas asas e ficado imóveis e silenciosas. Nenhuma folha se movia, nenhuma sombra tremulava. As folhas de bordo na curva da estrada viraram para o lado errado e até as árvores pareciam estar ficando pálidas de medo. Uma enorme sombra fria parecia engoli-los como uma onda verde... a nuvem os alcançou. E então a chuva, com um sopro e um golpe de vento. A chuva tamborilou bruscamente nas folhas, dançou ao longo da estrada vermelha e fustigou alegremente o teto da antiga oficina.

– Se isso demorar... – disse Lewis.

Mas não demorou. Tão repentinamente como havia surgido, terminou, e o sol brilhou nas árvores úmidas e reluzentes. Vislumbres deslumbrantes de céu azul apareceram entre as nuvens brancas que se dissipavam. Ao longe, eles podiam ver uma colina ainda ofuscada com a chuva, mas abaixo deles a copa do vale parecia transbordar com brumas cor de pêssego. Os bosques ao redor estavam enfeitados com um brilho característico da primavera, e um pássaro começou a cantar no grande bordo sobre a oficina, como se o houvessem enganado sobre realmente ser primavera. O mundo parecia fresco e doce de repente.

– Vamos explorar isso – disse Anne quando retomaram a caminhada, olhando para uma pequena estrada lateral que corria ao longo de velhas cercas abandonadas entre os solidagos que cresciam selvagens.

– Não acho que alguém more nesta estrada – disse Lewis, em dúvida. – Acho que é apenas uma estrada que leva ao porto.
– Não importa... Vamos seguir em frente. Eu sempre tive uma fraqueza por estradas laterais... algo fora do caminho comum, perdido, verde e solitário. Sinta o cheiro da grama molhada, Lewis. Além disso, sinto em meus ossos que há uma casa por aqui... um certo tipo de casa... uma casa muito promissora.
Os ossos de Anne não a enganaram. Logo encontraram uma casa... e uma casa promissora para começar. Era uma casa pitoresca, antiquada, com beirais baixos, janelas quadradas e pequenas. Grandes salgueiros esticavam os braços patriarcais sobre ela e um aparente deserto de plantas perenes e arbustos se apinhava ao seu redor. A construção era cinzenta e gasta, mas os grandes celeiros ao lado dela eram bem construídos e pareciam prósperos, atuais em todos os aspectos.
– Eu sempre ouvi dizer, Srta. Shirley, que, quando os celeiros de um homem são melhores do que sua casa, é um sinal de que a renda excede as despesas – disse Lewis, enquanto passavam pelo campo gramado.
– Eu diria que é sinal de que ele pensa mais em seus cavalos do que na família – riu Anne. – Não estou esperando um apoio para o nosso clube aqui, mas essa é a casa mais adequada para o concurso de fotografia, dentre as que já encontramos hoje. A cor cinza não vai fazer diferença na imagem.
– Esse caminho não parece ter sido muito percorrido – disse Lewis, dando de ombros. – Evidentemente, as pessoas que moram aqui não são muito sociáveis. Acho que descobriremos que eles nem sabem o que é um clube de teatro.

De qualquer forma, vou garantir minha fotografia antes que despertemos algum deles de seu covil.

A casa parecia deserta. Depois que Lewis tirou a foto, eles abriram um pequeno portão branco, atravessaram o quintal e bateram a uma porta azul desbotada da cozinha, pois a porta da frente, evidentemente, era como a de Windy Poplars, mais para enfeite do que para ser usada... se é que uma porta literalmente escondida na trepadeira pudesse ser vista como um enfeite.

Eles esperavam pelo menos a civilidade que haviam encontrado até então em suas visitas, apoiados com generosidade ou não. Consequentemente, ficaram realmente surpresos quando a porta foi aberta e apareceu não a esposa ou a filha sorridentes do fazendeiro, as quais esperavam ver, mas um homem alto e de ombros largos, aparentando ter cinquenta anos, com cabelos grisalhos e sobrancelhas espessas. Ele perguntou, sem cerimônia:

– O que vocês querem?

– Nós viemos visitá-lo na esperança de apresentá-lo a nosso Clube de Teatro da escola – começou Anne, um tanto indiferente.

Mas ela foi poupada de mais esforços.

– Nunca ouvi falar. Não quero ouvir falar. Não quero ter nada a ver com isso – foi a interrupção inflexível, e a porta foi prontamente fechada diante deles.

– Acho que fomos desprezados – disse Anne enquanto se afastavam.

– Que cavalheiro bom e gentil esse – sorriu Lewis. – Sinto muito pela esposa dele, se ele tiver uma.

– Eu não acho que ele tenha, pois a presença de uma esposa o acalmaria um pouco – disse Anne, tentando recuperar seu equilíbrio destruído. – Eu gostaria que tivesse sido

Rebecca Dew a falar com ele. Mas pelo menos conseguimos a imagem da casa, e tenho um pressentimento de que vai ganhar o prêmio. Puxa! Estou com uma pedrinha no sapato e vou ter de me sentar no dique de pedra desse cavalheiro, com ou sem a permissão dele.

– Felizmente, estamos fora de vista da casa – disse Lewis.

Anne tinha acabado de amarrar o cadarço do sapato quando eles ouviram algo se movendo suavemente pela selva de arbustos à direita. Então surgiu um menino pequeno, com cerca de oito anos de idade, segurando um pastel de maçã bem apertado nas mãos gordinhas. A criança, que os observara timidamente, era bonita, com cachos castanhos brilhantes, grandes olhos castanhos confiantes e feições delicadamente modeladas. Havia um ar de refinamento nele, apesar de estar com a cabeça e as pernas descobertas. Ele usava apenas uma camisa de algodão azul desbotada e um calção de veludo puído, mas parecia um pequeno príncipe disfarçado.

Logo atrás dele estava um grande cachorro preto, cuja cabeça estava quase no mesmo nível do ombro do rapazinho.

Anne olhou para ele com um sorriso que sempre conquistava o coração das crianças.

– Olá, garoto – disse Lewis. – Quem é você?

O garoto avançou com um sorriso de resposta, mostrando o pastel.

– Isto é para vocês comerem – disse ele timidamente. – Papai fez para mim, mas eu prefiro dar a vocês. Tenho vários para comer.

A falta de tato de Lewis o fez quase recusar o lanche oferecido pelo pequeno camarada, mas Anne o cutucou discretamente. Pegando a dica, ele aceitou o pastel com seriedade e o entregou a Anne, que, igualmente séria, o partiu em dois e lhe devolveu metade. Eles sabiam que deviam comê-lo e tinham dúvidas quanto à capacidade do "pai" na cozinha, mas a primeira mordida os tranquilizou. O "pai" pode não ter aptidão para cortesia, mas certamente sabe fazer pastéis.

– Isso está delicioso – disse Anne. – Qual é o seu nome, querido?

– Teddy Armstrong – respondeu o pequeno benfeitor. – Mas papai sempre me chama de Pequeno Companheiro. Eu sou tudo o que ele tem, sabe. Papai gosta muito de mim e eu gosto muito de papai. Receio que vocês pensem que meu pai é indelicado porque ele fechou a porta tão rápido, mas ele não teve essa intenção. Ouvi vocês pedirem algo para comer. ("Nós não pedimos, mas não importa", pensou Anne.)

– Eu estava no jardim, atrás das malvas-rosa, então pensei em trazer-lhes o meu pastel, porque sempre fico com muita pena das pessoas pobres que não têm muito o que comer. Eu sempre tenho. Meu pai é um cozinheiro esplêndido. Vocês deveriam ver os pudins de arroz que ele sabe fazer.

– Ele coloca passas no pudim? – perguntou Lewis com uma piscadela.

– Muitas e muitas. Meu pai não faz nada de errado.

– Você não tem mãe, querido? – perguntou Anne.

– Não. Minha mãe morreu. A Sra. Merrill me disse uma vez que ela foi para o céu, mas meu pai diz que não existe tal lugar, e eu acho que ele é quem sabe. Meu pai é um homem muito sábio. Ele leu milhares de livros. Eu quero ser exatamente como ele quando crescer... só que sempre darei às pessoas coisas para comer quando quiserem. Meu pai não gosta muito de pessoas, você sabe, mas ele é muito bom para mim.

– Você vai à escola? – perguntou Lewis.

– Não. Meu pai me ensina em casa. Os administradores disseram que eu teria que ir no próximo ano. Acho que gostaria de ir à escola, para poder brincar com outras crianças. Claro que tenho o Carlo, e papai é esplêndido para brincar quando tem tempo. Meu pai é muito ocupado, sabe. Ele tem que administrar a fazenda e manter a casa limpa também. É por isso que ele não pode ter pessoas por perto. Quando eu crescer, poderei ajudá-lo bastante, e ele terá mais tempo para ser educado com as pessoas.

– Esse pastel estava delicioso, Pequeno Companheiro – disse Lewis, engolindo a última migalha.

Os olhos do Pequeno Companheiro brilharam.

– Estou tão feliz que vocês tenham gostado – disse ele.

– Gostaria de tirar uma fotografia? – disse Anne, sentindo que de forma alguma adiantaria oferecer dinheiro para aquela pequena alma. – Se você quiser, Lewis pode tirar.

– Oh, claro! – disse o Pequeno Companheiro, ansioso.

– Carlo também?

– Certamente Carlo também.

Anne posicionou os dois lindamente diante de um fundo de arbustos, o menininho em pé com o braço em volta do pescoço grande e encaracolado do seu companheiro de brincadeiras, cachorro e menino parecendo igualmente satisfeitos, e Lewis tirou a fotografia com sua última chapa fotográfica.

– Se tudo der certo, mandarei a fotografia pelo correio – prometeu. – Como devo endereçar?

– Teddy Armstrong, aos cuidados do Sr. James Armstrong, Glencove Road – disse o Companheiro. – Oh, será tão divertido receber algo pelo correio! Garanto que vou me sentir muito orgulhoso. Não vou dizer uma palavra ao papai sobre isso, para que seja uma esplêndida surpresa para ele.

– Bem, espere sua encomenda daqui a duas ou três semanas – disse Lewis, enquanto se despediam dele.

Anne de repente se curvou e beijou o pequeno rosto queimado de sol. Havia algo sobre ele que tocou o coração dela. Ele era tão doce... tão galante... tão sem mãe!

Eles olharam para ele antes de uma curva na pista e o viram em pé sobre o dique, com o cachorro, acenando para eles.

É claro que Rebecca Dew sabia tudo sobre os Armstrongs.

– James Armstrong nunca superou a morte da esposa, há cinco anos – contou ela. – Ele não era tão ruim antes disso... Agradável o suficiente, embora um pouco eremita. Ele quis assim. Estava apenas envolvido com sua pequena esposa... Ela era vinte anos mais nova do que ele. Ouvi dizer que a morte dela foi um choque terrível para ele... pareceu mudar completamente sua natureza. Ele ficou azedo e irritadiço. Nem quis uma governanta... passou a cuidar da casa e do próprio filho. Ele ficou solteiro durante muitos anos antes de se casar, então não é ruim nesses afazeres.

– Mas não é vida para a criança – disse tia Chatty. – O pai nunca o leva à igreja ou a qualquer lugar em que ele possa ver pessoas.

– Ouvi dizer que ele idolatra o garoto – disse tia Kate.

– "Não terás outros deuses diante de mim" – citou Rebecca Dew subitamente.

3

Passaram-se quase três semanas até que Lewis encontrasse tempo para revelar as fotografias. Ele as levou a Windy Poplars na primeira noite de domingo em que foi jantar. Tanto a imagem da casa como a do Pequeno Companheiro ficaram esplêndidas. O Pequeno Companheiro sorriu na fotografia "tão real quanto a vida", disse Rebecca Dew.

– Ora, ele se parece com você, Lewis! – exclamou Anne.

– Parece mesmo – concordou Rebecca Dew, apertando os olhos. – No momento em que o vi, seu rosto me lembrou alguém, mas eu não conseguia saber quem.

– Ora, os olhos... a testa... toda a expressão... São seus, Lewis – disse Anne.

– É difícil acreditar que eu já fui um camarada tão bonito – disse Lewis, dando de ombros. – Eu tenho uma fotografia minha em algum lugar, tirada quando eu tinha oito anos. Preciso procurar e comparar. Você vai rir ao vê-la, Srta. Shirley. Eu era um garoto de olhos sérios, com cachos longos e uma gola de renda, rígido como uma vareta. Suponho que estava com a cabeça presa em uma daquelas engenhocas de três garras que se costumava usar. Se essa imagem realmente se parece comigo, deve ser apenas uma coincidência. Não há nenhum parentesco comigo. Não tenho parentes na ilha... agora.

– Onde você nasceu? – perguntou tia Kate.

– New Brunswick. Papai e mamãe morreram quando eu tinha dez anos e eu vim morar com uma prima de minha mãe... Eu a chamava de tia Ida. Ela morreu também... há três anos.

– Jim Armstrong veio de New Brunswick – disse Rebecca Dew. – Ele não é da ilha... Não seria tão irritado se fosse daqui. Temos nossas peculiaridades, mas somos civilizados.

– Não tenho certeza se quero descobrir um parentesco com o simpático Sr. Armstrong – sorriu Lewis, atacando a torrada de canela da tia Chatty. – No entanto, acho que, quando terminar a fotografia, vou eu mesmo levá-la a Glencove Road, para investigar um pouco. Ele pode ser um primo distante ou algo assim. Eu realmente não sei nada sobre a família da minha mãe, se ela tinha alguém. Eu sempre tive a impressão de que ela não tinha. Meu pai não, já sei.

– Se você levar a fotografia pessoalmente, o Pequeno Companheiro não ficará um pouco decepcionado por perder a emoção de receber alguma coisa pelos correios? – perguntou Anne.

– Eu vou recompensá-lo e mandar outra coisa pelo correio.

Na tarde do sábado seguinte, Lewis foi dirigindo pela Spook's Lane uma carroça antiquada, guiada por uma égua ainda mais antiquada.

– Vou a Glencove levar a fotografia do pequeno Teddy Armstrong, Srta. Shirley. Se meu cavalo e carruagem elegantes não lhe causarem uma parada cardíaca, eu gostaria que você viesse também. Não acho que as rodas vão cair.

– Onde diabos você conseguiu essa relíquia, Lewis? – questionou Rebecca Dew.

– Não zombe do meu lindo cavalo, Srta. Dew. Tenha algum respeito pelos mais velhos. O Sr. Bender me emprestou a égua e o veículo, com a condição de que eu lhe fizesse um favor ao longo da estrada Dawlish. Não daria tempo de ir e voltar a pé de Glencove hoje.

– Tempo! – disse Rebecca Dew. – Eu poderia ir até lá e voltar mais rápido do que aquele animal.

– E traria na volta um saco de batatas para o Sr. Bender? Que mulher prodígio você é!

As bochechas vermelhas de Rebecca Dew ficaram ainda mais vermelhas.

– Não é legal zombar dos mais velhos – disse ela em tom de repreensão. Então, por meio de brasas de fogo... – Você poderia dar algumas voltas antes de partir?

A égua branca, no entanto, desenvolveu poderes surpreendentes de locomoção quando eles estavam novamente em um espaço amplo. Anne riu para si mesma enquanto eles corriam pela estrada. O que diriam a Sra. Gardiner ou mesmo tia Jamesina se pudessem vê-la agora? Bem, ela não se importou. Era um dia maravilhoso para passear por uma terra que mantinha seu antigo e adorável ritual de outono, e Lewis era um bom companheiro. Lewis alcançaria seus objetivos. Nenhuma das pessoas que ela conhecia, ela refletiu, sonharia em pedir a ela que fosse na carroça Bender atrás da égua Bender. Mas nunca ocorreu a Lewis que havia algo de estranho nisso. Que diferença faz como você viaja, desde que chegue ao destino? Os ares calmos das colinas eram igualmente azuis, as estradas eram igualmente vermelhas, os bordos eram igualmente lindos, então não importava o veículo em que você estivesse. Lewis era um filósofo e não se importava com o que as pessoas poderiam dizer a seu respeito, como não se importou quando os alunos de Ensino Médio o chamavam de mariquinha porque ele fazia trabalhos domésticos na pensão. Deixe que falem! Algum dia a risada partiria do outro lado. Seus bolsos podem estar vazios, mas sua cabeça, não. Enquanto isso, a tarde era idílica e eles iam ver o Pequeno Companheiro novamente. Eles contaram ao cunhado do Sr. Bender sobre sua missão quando ele colocou o saco de batatas na parte de trás do carrinho.

– Você quer dizer que tem aí uma fotografia do pequeno Teddy Armstrong? – exclamou o Sr. Merrill.

– Tenho, e das bem boas. – Lewis retirou do envelope a fotografia e a segurou com orgulho. – Eu não acredito que um fotógrafo profissional poderia ter se saído melhor.

Merrill deu um tapa na perna.

– Bem, se isso não é demais! Ora, o pequeno Teddy Armstrong morreu...

– Morreu?! – exclamou Anne horrorizada. – Oh, Sr. Merrill... Não... Não me diga isso... aquele querido menino...

– Desculpe, Srta., mas é um fato. E o pai dele está descontrolado, e o pior é que não tem nenhuma fotografia da criança. E agora você tem uma boa foto. Veja só!

– Isso... parece impossível – disse Anne, com os olhos cheios de lágrimas. Ela estava revendo a pequena figura esbelta acenando sua despedida do dique.

– Lamento dizer que é a pura verdade. Ele morreu há quase três semanas. Pneumonia. Sofreu muito, mas dizem que ele era muito corajoso e paciente. Não sei o que será de Jim Armstrong agora. Eles dizem que parece um homem louco... apenas resmungando e murmurando consigo mesmo o tempo todo. "Se eu tivesse apenas uma foto do meu pequeno companheiro", ele não para de dizer.

– Sinto muito por esse homem – disse a Sra. Merrill de repente.

Até então, ela não havia falado nada, ficara simplesmente de pé ao lado do marido. Era uma mulher magra e grisalha, de ombros largos, de chita chicoteada pelo vento e avental xadrez.

– Ele é rico – continuou ela – e sempre senti que nos desprezava porque éramos pobres. Mas nós temos nosso garoto... e não importa quão pobre alguém seja, não faz diferença, desde que tenha alguém para amar.

Anne olhou para a Sra. Merrill com um novo respeito. Ela não era bonita, mas, quando seus olhos cinzentos e encovados encontraram os de Anne, alguma ligação espiritual foi reconhecida entre elas. Anne nunca tinha visto a Sra. Merrill antes e nunca mais a viu, mas sempre se lembrou dela como uma mulher que descobrira o segredo máximo da vida. Você nunca seria pobre desde que tivesse alguém para amar.

O dia de ouro havia sido arruinado para Anne. De alguma forma, o Pequeno Companheiro havia conquistado seu coração naquele breve encontro. Ela e Lewis seguiram em silêncio pela Glencove Road e subiram a estrada gramada. Carlo estava deitado na pedra diante da porta azul. Ele se levantou e foi até eles, enquanto eles desciam do carrinho, e lambeu a mão de Anne, olhando para ela com grandes olhos tristes, como se pedisse notícias de seu pequeno companheiro de brincadeira. A porta estava aberta e, na sala escura adiante, eles viram um homem com a cabeça inclinada sobre a mesa.

Ao ouvir as batidas de Anne, ele saiu correndo e foi até a porta. Ela ficou chocada com a mudança. Ele estava com o rosto vazio, abatido e com a barba por fazer, e seus olhos profundos brilhavam com um fogo violento.

Ela esperava uma rejeição a princípio, mas ele pareceu reconhecê-la, pois disse, apático.

– Então você voltou? O Pequeno Companheiro disse que você conversou com ele e o beijou. Ele gostou de você. Lamento ter sido tão grosseiro. O que você quer?

– Queremos lhe mostrar uma coisa – disse Anne gentilmente.

– Vocês podem entrar e se sentar? – perguntou ele tristemente.

Sem uma palavra, Lewis tirou do envelope a foto do Companheiro e estendeu-a na direção do homem. Ele a pegou, e a olhou, maravilhado e ansioso, depois desabou na cadeira e começou a chorar e soluçar. Anne nunca tinha visto um homem chorar daquela forma antes. Ela e Lewis ficaram em compaixão muda até que ele recuperasse o autocontrole.

– Oh, vocês não sabem o que isso significa para mim – disse ele, finalmente. – Eu não tinha nenhuma foto dele. E não sou como as outras pessoas... Não consigo me lembrar de um rosto... Não consigo ver rostos em pensamento, como a maioria das pessoas faz. Tem sido terrível desde que o Pequeno Companheiro morreu... Eu não conseguia nem lembrar como ele era. E agora você me trouxe isso... depois de eu ter sido tão rude com você. Sente-se... Sente-se. Gostaria de poder expressar minha gratidão de alguma forma. Eu acho que você salvou minha sanidade... talvez a minha vida. Oh, Srta., esta imagem mostra exatamente como ele era, não é? Parece até que poderia falar. Meu querido companheiro! Como vou viver sem ele? Não tenho razão para viver agora. Primeiro a mãe dele... agora ele.

– Ele era um menino encantador – disse Anne com ternura.

– Ele era. O pequeno Teddy. Theodore, sua mãe, o chamou... Ela dizia que ele era seu "presente dos deuses". Ele era muito paciente, nunca reclamava de nada. Certa vez ele sorriu para mim e disse: "Pai, acho que você tem se enganado em uma coisa... apenas uma. Acho que existe um paraíso, não existe? Não existe, pai?" Eu disse a ele, "Sim, há..." Deus me perdoe por sempre ter tentado lhe ensinar qualquer outra coisa. Ele sorriu novamente, contente, e disse: "Bem, pai, eu estou indo para lá, e a mamãe e Deus estão lá, então eu vou ficar bem. Mas estou preocupado com você, pai.

Você ficará tão solitário sem mim. Mas faça o melhor que puder e seja educado com as pessoas; e venha até nós pouco a pouco". Ele me fez prometer que tentaria ficar bem, mas, quando ele se foi, eu não aguentei o vazio. Eu teria ficado louco se você não tivesse me trazido isto. Não vai ser tão difícil agora.

Ele falou sobre seu Pequeno Companheiro por algum tempo, como se encontrasse alívio e prazer nisso. Sua reserva e rudeza pareciam ter caído dele como uma roupa. Finalmente, Lewis pegou uma pequena fotografia desbotada de si mesmo e mostrou a ele.

– Você já viu alguém assim, Sr. Armstrong? – perguntou Anne.

Armstrong olhou a foto com perplexidade.

– Parece muito com o Companheiro – disse ele finalmente. – Quem pode ser?

– Sou eu – disse Lewis –, quando eu tinha sete anos. Foi por causa da estranha semelhança com Teddy que a Srta. Shirley me fez trazer esta fotografia para lhe mostrar. Pensei que talvez tivéssemos algum grau de parentesco distante. Meu nome é Lewis Allen e meu pai era George Allen. Nasci em New Brunswick.

James Armstrong balançou a cabeça, e então disse:

– Como era o nome da sua mãe?

– Mary Gardiner.

James Armstrong olhou-o em silêncio por um momento.

– Ela era minha meia-irmã – disse ele finalmente. – Eu mal a conhecia... Só a vi uma vez. Fui criado na família de um tio após a morte de meu pai. Minha mãe se casou novamente e se mudou. Ela veio me ver uma vez e trouxe a filhinha dela. Ela morreu logo depois e eu nunca mais vi minha meia-irmã. Quando fui morar na ilha, nunca mais soube dela. Você é meu sobrinho, e primo do Pequeno Companheiro.

Isso foi uma notícia surpreendente para um rapaz que se imaginava sozinho no mundo. Lewis e Anne passaram a noite inteira com o Sr. Armstrong e o consideraram um homem desenvolto e inteligente. De alguma forma, os dois gostaram dele. Sua inóspita recepção anterior foi esquecida, e eles viram apenas o valor real do caráter e temperamento sob a casca pouco promissora que até então os ocultava.

– É claro que o Pequeno Companheiro não poderia ter amado tanto o pai se não fosse assim – disse Anne, enquanto ela e Lewis voltavam para Windy Poplars durante o pôr do sol.

Quando, no fim de semana seguinte, Lewis Allen foi ver o tio, este lhe disse:

– Rapaz, venha morar comigo. Você é meu sobrinho e eu posso ajudá-lo... o que eu teria feito pelo meu Pequeno Companheiro se ele estivesse vivo. Você está sozinho no mundo e eu também. Eu preciso de você. Vou me tornar alguém difícil e amargo novamente se ficar morando aqui sozinho. Quero que você me ajude a manter minha promessa ao Pequeno Companheiro. O lugar dele está vazio. Venha e o preencha.

– Obrigado, tio; vou tentar – disse Lewis, estendendo-lhe a mão.

– E traga aqui aquela sua professora de vez em quando. Gosto daquela garota. O Pequeno Companheiro gostava dela. "Pai", ele me disse, "eu nunca pensei que gostaria que alguém além de você me beijasse, mas gostei quando ela me beijou. Havia algo nos olhos dela, pai".

4

— O velho termômetro da varanda está marcando zero graus e o novo termômetro da porta lateral está marcando dez graus — observou Anne, numa noite gelada de dezembro. — Então, não sei se devo ou não pegar meu protetor de mão.

— É melhor seguir o velho termômetro — disse Rebecca Dew cautelosamente. — Provavelmente está mais acostumado com o nosso clima. Para onde você vai nesta noite fria, afinal?

— Vou até a Temple Street convidar Katherine Brooke para passar o Natal comigo em Green Gables.

— Você vai estragar suas férias, então — disse Rebecca Dew solenemente. — Aquela lá esnobaria os anjos... Isto é, se alguma vez se dignasse a entrar no céu. E o pior de tudo é que ela se orgulha de seus maus modos... ela acha que mostra sua força de espírito, sem dúvida!

— Meu cérebro concorda com cada palavra que você diz, mas meu coração não — disse Anne. — Apesar de tudo, sinto que Katherine Brooke é apenas uma garota tímida e infeliz sob aquela casca de rigidez. Eu nunca consegui fazer nenhum progresso com ela em Summerside, mas, se conseguir levá-la a Green Gables, acredito que ela amolecerá.

— Você não vai conseguir. Ela não vai — previu Rebecca Dew. — Provavelmente interpretará o convite como um insulto... vai pensar que você está tentando lhe fazer caridade. Nós a convidamos uma vez para a ceia de Natal... No ano anterior ao de sua chegada aqui... Lembra-se, Sra. MacComber, o ano em que ganhamos dois perus e não sabíamos o que fazer... e tudo o que ela disse foi: "Não, obrigado. Se há algo que eu odeio, é a palavra Natal!".

– Mas isso é tão terrível... odiar o Natal! Algo precisa ser feito, Rebecca Dew. Vou convidá-la, e uma sensação estranha nos polegares me diz que ela vai aceitar.

– De alguma forma – disse Rebecca Dew com relutância –, quando dizemos que algo vai acontecer, o corpo acredita que sim. Você tem visões, por acaso? A mãe do capitão MacComber tinha. Isso me dá arrepios.

– Acho que não tenho nada que possa lhe dar arrepios. É só que... já sinto há algum tempo que Katherine Brooke está quase louca de solidão sob sua amargura exterior, e acredito que meu convite virá em um bom momento para seu psicológico, Rebecca Dew.

– Eu não sou bacharel – disse Rebecca com terrível humildade –, e não nego o seu direito de usar palavras que nem sempre consigo entender. Nem nego que você consiga manter as pessoas na palma de suas mãos. Uma prova disso é a maneira como você lidou com os Pringles. Mas vou sentir muita pena se aquele iceberg aceitar passar o Natal com você.

Durante sua caminhada até a Temple Street, Anne não estava tão confiante quanto fingira estar. Katherine Brooke realmente estava insuportável ultimamente. Diversas vezes rejeitada, Anne havia dito, tão severamente quanto o corvo de Poe: "Nunca mais". No dia anterior, Katherine agiu terrivelmente em uma reunião de equipe. Mas, em um momento desprotegido, Anne vira algo nos olhos daquela senhorita mais velha... um tipo de criatura enjaulada intensa, meio frenética, louca de descontentamento. Anne passou a primeira metade da noite tentando decidir se convidaria ou não Katherine Brooke para ir com ela a Green Gables. Finalmente adormeceu, irrevogavelmente decidida.

A senhoria de Katherine conduziu Anne até a sala e encolheu os ombros quando ela perguntou sobre a Srta. Brooke.
— Eu vou dizer que você está aqui, mas não sei se ela vai descer. Ela está de mau humor, só porque, durante o jantar, eu lhe contei que a Sra. Rawlins considera o modo como ela se veste escandaloso para uma professora em Summerside High, e ela não reagiu bem, como de costume.
— Acho que você não deveria ter dito isso à Srta. Brooke — disse Anne, em reprovação.
— Mas eu achei que ela deveria saber — disse a Sra. Dennis de maneira um tanto indecisa.
— Você também acha que ela deveria saber que o inspetor a considera uma das melhores professoras da região? — perguntou Anne. — Ou você não sabia?
— Oh, eu ouvi falar. Mas agora ela está muito aturdida. Orgulho não é a palavra certa... embora eu não saiba pelo que ela deva se orgulhar. É claro que ela ficaria brava de qualquer maneira esta noite, porque eu lhe disse que ela não podia ter um cachorro. Ela colocou na cabeça que gostaria de ter um cachorro. Disse que pagaria pelas rações e cuidaria para que ele não incomodasse. Mas o que eu faria com um cachorro quando ela estivesse na escola? Então dei minha última palavra. "Não vou hospedar nenhum cachorro", eu disse.
— Oh, Sra. Dennis, você não poderia mesmo permitir que ela tivesse um cachorro? Ele não a incomodaria... Muito. Você poderia mantê-lo no porão enquanto ela estivesse na escola. E um cachorro é realmente uma proteção considerável durante a noite. Eu gostaria que você permitisse... por favor.
Havia algo nos olhos de Anne Shirley sempre que ela dizia "por favor" que tornava seus pedidos irresistíveis. A Sra.

Dennis, apesar dos ombros gordos e da língua intrometida, não tinha um coração cruel. Katherine Brooke simplesmente a irritava às vezes com seus modos.

– Não entendo por que você se preocuparia com o fato de ela ter um cachorro. Eu não sabia que vocês eram tão amigas. Ela não tem nenhum amigo. Eu nunca tive uma pensionista tão antipática.

– Eu acho que é por isso que ela quer um cachorro, Sra. Dennis. Ninguém pode viver sem algum tipo de companhia.

– Bem, é a primeira coisa humana que notei sobre ela – disse a Sra. Dennis. – Não sei se tenho alguma objeção contra um cachorro, mas ela me irritou com a forma sarcástica como perguntou... "Suponho que você não concordaria se lhe perguntasse se eu poderia ter um cachorro, Sra. Dennis", ela disse em tom arrogante. "Você está certa", eu disse, tão arrogante quanto ela. Não gosto de retirar o que digo, como a maioria das pessoas, mas você pode ir lá lhe dizer que ela pode ter um cachorro, se garantir que ele não se comportará mal na sala de estar.

Anne não achava que a sala pudesse ficar muito pior se o cachorro se comportasse mal. Ela observou as cortinas de renda sujas e as horríveis rosas roxas no tapete com um arrepio.

"Sinto muito por qualquer pessoa que tenha que passar o Natal em uma pensão como esta", pensou. "Não me espanto por Katherine odiar conversar. Gostaria de arejar este lugar... Isto aqui cheira a mil refeições. Por que Katherine continua hospedada aqui se recebe um bom salário?"

– Ela disse que você pode subir – foi a mensagem que a Sra. Dennis trouxe de volta, de maneira incerta, já que a Srta. Brooke estava em seu mau humor usual.

A escada estreita e íngreme era repulsiva. Ninguém deveria ter que passar por ali. Ninguém subiria, se não precisasse. O linóleo no corredor estava gasto, craquelando. O pequeno quarto mal-iluminado dos fundos onde Anne se encontrava atualmente era ainda mais triste do que a sala de estar. Havia uma cama de ferro, com o estrado curvado de tão velho, e uma janela estreita e mal coberta com vista para um jardim no quintal, onde um grande aglomerado de latas se erguia. Mas além dele havia um céu maravilhoso e uma fileira de lombardias destacando-se contra longas colinas púrpuras distantes.

– Oh, Srta. Brooke, olhe o pôr do sol – disse Anne, extasiada, da cadeira barulhenta e sem almofadas para a qual Katherine a conduziu sem graça.

– Eu já vi muitos deles – disse ela friamente, sem se mexer. ("Sendo transigente comigo com o seu pôr do sol!", pensou amargamente.)

– Você não viu este. Nenhum pôr do sol é igual ao outro. Apenas sente-se aqui comigo e deixe-o ser absorvido por nossas almas – disse Anne. E Anne pensou: "Você alguma vez disse algo agradável?".

– Não seja ridícula, por favor.

As palavras mais ofensivas do mundo! Com uma ponta adicional de insulto, por causa do tom desdenhoso de Katherine. Anne virou-se do pôr do sol e olhou para Katherine, muito inclinada a se levantar e sair. Mas os olhos de Katherine pareciam um pouco estranhos. Ela havia chorado? Certamente não... não dava para imaginar Katherine Brooke chorando.

– Você não faz eu me sentir muito bem-vinda – disse Anne cautelosamente.

– Eu não posso fingir. Eu não tenho seu notável dom para bancar a rainha... dizendo exatamente a coisa certa para todos. Você não é bem-vinda aqui. Que tipo de quarto é este para receber alguém?

Katherine fez um gesto desdenhoso mostrando as paredes desbotadas, as cadeiras vazias e surradas e a penteadeira cambaleante, em que estava a anágua de musselina.

– Não é um quarto agradável, mas por que você fica aqui se não gosta?

– Oh... Por que... Por quê? Você não entenderia. Não importa. Eu não me importo com o que pensam. O que a traz aqui esta noite? Suponho que você não tenha vindo apenas para admirar o pôr do sol.

– Vim convidá-la para passar o Natal comigo em Green Gables.

("Agora", pensou Anne, "mais uma onda de sarcasmo! Eu gostaria que ela pelo menos se sentasse. Ela fica ali, em pé, como se esperasse que eu fosse logo embora".)

Mas houve silêncio por um momento. Então Katherine disse devagar:

– Por que você está me convidando? Não é porque você gosta de mim... Nem mesmo você poderia fingir isso.

– É porque eu não suporto pensar em nenhum ser humano passando o Natal em um lugar como este – disse Anne com sinceridade.

Então veio o sarcasmo.

– Oh, entendo. Uma explosão de caridade natalina. Ainda não sou candidata a isso, Srta. Shirley.

Anne se levantou. Ela estava sem paciência com essa criatura estranha e distante. Ela atravessou o quarto e olhou Katherine diretamente nos olhos.

– Katherine Brooke, quer você saiba disso ou não, o que você precisava era de uma boa surra.

Elas se entreolharam por um momento.

– Você deve estar aliviada por dizer isso – disse Katherine.

De alguma forma, sua voz não tinha mais o tom ofensivo. Houve até uma leve mudança no canto da boca.

– Sim – disse Anne. – Queria lhe dizer exatamente isso há algum tempo. Não a convidei para ir a Green Gables por caridade... você sabe disso perfeitamente. Eu lhe disse minha verdadeira razão. Ninguém deveria passar o Natal aqui... a ideia disso é indecente.

– Você me convidou para ir a Green Gables só porque tem pena de mim.

– Eu tenho pena de você. Porque você se isolou da vida... E agora a vida está isolando você. Pare com isso, Katherine. Abra as portas para a vida... E a vida entrará.

– A versão de Anne Shirley para o antigo clichê: "Se você sorrir para alguém, alguém sorrirá de volta" – disse Katherine com um dar de ombros.

– Como todos os clichês, isso é completamente verdade. Agora, você vai para Green Gables ou não?

– O que você diria se eu aceitasse... para você mesma, e não para mim?

– Eu diria que você estaria mostrando o primeiro vislumbre de bom senso que eu já detectei em você – retrucou Anne.

Katherine riu... surpreendentemente. Ela caminhou até a janela, franziu a testa para a faixa que restava do pôr do sol desprezado e depois se virou.

– Muito bem... Eu irei. Agora você pode dizer que está feliz e que nos divertiremos muito.

– Estou feliz. Mas não sei se você vai ou não se divertir. Isso vai depender muito de você, Srta. Brooke.

– Ah, vou me comportar decentemente. Você ficará surpresa. Suponho que não me ache uma hóspede muito emocionante, mas prometo que não vou comer com minha faca nem insultar as pessoas quando me disserem que está um lindo dia. Eu digo a você francamente que a única razão pela qual aceitei seu convite é porque nem mesmo eu posso suportar a ideia de passar as festas aqui sozinha. A Sra. Dennis vai passar a semana de Natal com a filha em Charlottetown. É um tédio pensar em ter que preparar minhas próprias refeições. Sou uma cozinheira terrível. É o triunfo da matéria sobre a mente. Mas você precisa me dar sua palavra de honra que não vai me desejar feliz Natal. Não quero ser feliz no Natal.

– Prometo não fazer isso. Mas não posso responder pelos gêmeos.

– Eu não vou pedir que você se sente aqui... Você congelaria... Mas vejo que há uma lua muito boa no lugar do seu pôr do sol, então vou voltar para casa com você e ajudá-la a admirá-la, se você quiser.

– Eu realmente quero, claro – disse Anne. – Mas, só para constar, temos luas muito mais bonitas em Avonlea.

– Então ela vai? – perguntou Rebecca Dew enquanto enchia a garrafa de água quente de Anne. – Bem, Srta. Shirley, espero que você nunca tente me induzir a virar muçulmana... porque você provavelmente teria sucesso. Onde está Aquele Gato? Lá fora, caminhando por Summerside, com essa temperatura a zero graus.

– Não de acordo com o novo termômetro. E Dusty Miller está encolhido na cadeira de balanço ao lado de meu fogão na torre, ronronando de felicidade.

– Ah, tudo bem – disse Rebecca Dew com um breve arrepio quando fechou a porta da cozinha. – Eu gostaria que todos no mundo estivessem tão aquecidos e protegidos como nós nesta noite.

5

Anne não sabia que uma pequena e melancólica Elizabeth estava olhando para fora de uma das janelas da mansão Evergreens enquanto se afastava de Windy Poplars... uma Elizabeth com lágrimas nos olhos, que sentia como se tudo o que fizesse a vida valer a pena tivesse desaparecido e que ela era a mais Lizzy de todas as Lizzies. E quando o trenó desapareceu de sua visão na esquina de Spook's Lane, Elizabeth se ajoelhou ao lado de sua cama.

– Querido Deus – ela sussurrou. – Eu sei que não adianta pedir um feliz Natal para mim, porque a avó e a Mulher não conseguem ser felizes, mas, por favor, permita que minha querida Srta. Shirley tenha um Natal muito feliz e a traga de volta em segurança para mim quando ele acabar.

– Bem – disse Elizabeth, levantando-se –, eu fiz tudo o que podia.

Anne já estava experimentando a felicidade do Natal. Ela estava radiante quando o trem saiu da estação. As ruas feias passavam por ela... ela estava indo para casa... para a casa em Green Gables. No campo aberto, o mundo era todo branco-dourado e violeta pálido, tecido aqui e ali com a magia negra dos abetos vermelhos e a delicadeza sem folhas das bétulas. O sol baixo atrás da floresta parecia atravessar as árvores como um deus esplêndido enquanto o trem acelerava. Katherine ficou calada, mas não parecia rude.

– Não espere que eu converse – ela advertiu Anne bruscamente.

– Não tenho essa expectativa. Espero que você não pense que eu sou uma daquelas pessoas terríveis que fazem os outros sentirem que precisam conversar com elas o tempo todo. Vamos conversar quando quisermos. Admito que sinto vontade de conversar boa parte do tempo, mas você não tem nenhuma obrigação de prestar atenção ao que eu digo.

Davy as encontrou em Bright River com um grande trenó de dois lugares cheio de roupas de pele... e um abraço de urso para Anne. As duas garotas se aconchegaram no banco de trás. A viagem da estação até Green Gables sempre fora uma parte muito agradável dos fins de semana de Anne. Ela sempre se lembrava de sua primeira viagem para casa de Bright River com Matthew. Isso acontecera na primavera, e agora era dezembro, mas tudo ao longo da estrada dizia: "Você se lembra?" A neve estalava sob as lâminas do trenó; a música dos sinos tocava em meio às fileiras de abetos altos e pontudos, cobertos de neve. O Caminho Branco do Prazer tinha pequenos festões de estrelas emaranhados nas árvores. E, na penúltima colina, eles viram a grande baía, branca e mística sob a lua, mas ainda não entregue ao gelo.

– Há um ponto nesta estrada que sempre me faz sentir que "Estou em casa" – disse Anne. – É o topo da próxima colina, onde veremos as luzes de Green Gables. Só estou pensando na ceia que Marilla terá preparado para nós. Quase posso sentir o cheiro daqui. Oh, é bom... bom... bom estar em casa de novo!

Em Green Gables, todas as árvores no quintal pareciam recebê-la de volta... toda janela iluminada estava acenando. E quão maravilhoso era o cheiro na cozinha de Marilla quando eles abriram a porta. Houve abraços, exclamações e risadas. Até Katherine, de alguma forma, não parecia uma desconhecida, mas uma delas. A Sra. Rachel Lynde colocou sua querida luminária na mesa do jantar e a acendeu. Era realmente uma coisa hedionda com um hediondo globo vermelho, mas que luz rosada e quente lançava sobre tudo! Quão calorosas e amigáveis eram suas sombras! Como Dora estava bonita! E Davy realmente parecia quase um homem.

Havia novidades para contar. Diana teve uma filha... Josie Pye realmente teve um menino... e diziam que Charlie Sloane estava noivo. Foi tudo tão emocionante quanto as notícias do império. A nova colcha de retalhos da Sra. Lynde, recém-concluída, contendo cinco mil peças, estava à mostra e recebeu seus elogios.

– Quando você vem para casa, Anne – disse Davy –, tudo parece ganhar vida.

"Ah, é assim que a vida deve ser", ronronou o gatinho de Dora.

– Sempre achei difícil resistir à atração de uma noite de luar – disse Anne após o jantar. – Que tal uma caminhada com sapatos de neve, Srta. Brooke? Acho que a ouvi dizer que consegue.

– Sim... É a única coisa que posso fazer... Apesar de não andar na neve há seis anos – disse Katherine com um dar de ombros.

Anne tirou seus sapatos de neve do sótão e Davy correu a Orchard Slope para pegar emprestado um velho par de sapatos de Diana para Katherine. Elas atravessaram a Lover's Lane, cheia de sombras encantadoras de árvores, e andaram por campos, onde pequenos abetos enfeitavam as cercas, e ao longo de bosques cheios de segredos, que pareciam sempre a ponto de sussurrá-los para quem passasse por ali, mas nunca o faziam... e através de clareiras abertas que eram como poças de prata.

Elas não conversaram, nem queriam conversar. Era como se tivessem medo de conversar e estragar algo bonito. Mas Anne nunca se sentira tão próxima de Katherine Brooke. Por alguma mágica própria, a noite de inverno as unira... Quase, mas não completamente.

Quando elas saíram para a estrada principal e um trenó passou, sinos tocando e gargalhadas, as duas garotas deram um suspiro involuntário. Pareceu-lhes que estavam deixando para trás um mundo que não tinha nada em comum com aquele para o qual estavam retornando... um mundo onde não existia o tempo... que era jovem com juventude imortal... onde as almas se comunicavam de alguma forma que não precisava de nada tão rústico quanto palavras.

– É maravilhoso – disse Katherine, tão obviamente para si mesma que Anne não respondeu.

Elas desceram a estrada e subiram a longa rua para Green Gables, mas, quando estavam quase no portão do quintal, ambas pararam por um impulso em comum e ficaram em silêncio, encostadas na velha cerca de musgo, olhando para a casa protetora e maternal que podia ser vista vagamente por entre os galhos das árvores. Como Green Gables era bonita em uma noite de inverno!

Abaixo dela, o Lago das Águas Brilhantes estava preso sob o gelo, enfeitado nas bordas com sombras de árvores. O silêncio pairava sobre tudo, exceto pelo trotar de um cavalo sobre a ponte. Anne sorriu ao se lembrar de quantas vezes ouvira esse som enquanto estava deitada em seu quarto e fingiu que era o galope de cavalos de fadas passando pela noite.

De repente, outro som quebrou o silêncio.

– Katherine... Você está... Por que você está chorando? De alguma forma, parecia impossível pensar em Katherine chorando. Mas ali estava ela. E suas lágrimas de repente a tornaram mais humana. Anne não tinha mais medo dela.
– Katherine... Querida Katherine... Qual é o problema? Posso ajudar?
– Oh... você não entenderia! – ofegou Katherine. – As coisas sempre foram fáceis para você. Você... Você parece viver em um pequeno círculo encantado de beleza e romance. "Eu me pergunto que descoberta maravilhosa vou fazer hoje"... Essa parece ser sua atitude em relação à vida, Anne. Quanto a mim, esqueci como viver... não, nunca soube como... sou uma criatura presa em uma armadilha. Nunca consigo sair... e parece-me que alguém está sempre me cutucando com varas pelas barras da armadilha... E você... você tem mais felicidade do que sabe administrar... amigos em todos os lugares, um amor! Não que eu queira um amor. Eu odeio homens... mas, se eu morresse hoje à noite, nenhuma alma viva sentiria minha falta. Como você se sentiria se não tivesse absolutamente nenhum amigo no mundo?
A voz de Katherine foi cortada por outro soluço.
– Katherine, você diz que gosta de franqueza. Então vou ser franca. Se você realmente não tem amigos, a culpa é sua. Eu queria ser sua amiga. Mas você sempre me recebe com pedras nas mãos.
– Oh, eu sei... Eu sei. Como eu a odiei quando você apareceu! Exibindo seu anel de pérolas...
– Katherine, eu não o exibi!
– Oh, suponho que não. Isso é apenas o meu ódio natural. Mas ele próprio parecia exibir-se... Não que eu tivesse inveja do seu namorado... Eu nunca quis me casar... Eu já vi o bastante disso com meu pai e minha mãe... mas eu odiava

que você estivesse melhor do que eu, sendo mais jovem... Fiquei feliz quando os Pringles lhe causaram problemas. Você parecia ter tudo o que eu não tinha... charme... amizade... juventude. Juventude! Eu nunca tive nada além de fome por juventude. Você não sabe nada sobre isso. Você não sabe... você não tem a menor ideia de como é não ser desejada por ninguém... ninguém!

– Oh, não tenho? – exclamou Anne.

Em algumas frases comoventes, ela esboçou sua infância antes de chegar a Green Gables.

– Eu gostaria de saber disso antes – disse Katherine. – Teria feito diferença. Para mim, você parecia uma das filhas favoritas da sorte. Tenho consumido meu coração com inveja de você. Você conseguiu o trabalho que eu queria... Oh, eu sei que você é mais qualificada do que eu, mas eu queria. Você é bonita... pelo menos você faz as pessoas acreditarem que você é bonita. Minha lembrança mais antiga é de alguém dizendo: "Que criança feia!" Você entra nos lugares de maneira muito agradável... Oh, lembro-me de como você entrou na escola naquela primeira manhã. Mas acho que a verdadeira razão pela qual eu a odiava é que você sempre parecia ter algum prazer secreto... como se todos os dias da vida fossem uma aventura. Apesar do meu ódio, houve momentos em que reconheci para mim mesma que você poderia ter vindo de alguma estrela distante.

– Sério, Katherine, você tira meu fôlego com todos esses elogios. Mas você não me odeia mais, não é? Nós podemos ser amigas agora.

– Eu não sei... Nunca tive uma amiga de nenhum tipo, muito menos alguém da minha idade. Não pertenço a lugar algum... Nunca pertenci. Acho que não sei como ser amiga. Não, eu não te odeio mais... Eu não sei como me sinto

sobre você... Oh, suponho que seja seu notável charme começando a operar em mim. Sinto que gostaria de lhe contar como foi minha vida. Eu nunca poderia lhe contar se você não tivesse me falado sobre sua vida antes de vir para Green Gables. Eu quero que você entenda o que me fez ser como sou. Não sei por que eu gostaria que você entendesse... mas eu quero.
– Conte-me, Katherine querida. Eu quero entender você.
– Você sabe como é não ser desejada, eu admito... mas não conhece a sensação de ter um pai e uma mãe que não querem você. Os meus não me queriam. Eles me odiaram desde o momento em que eu nasci... e antes... e eles se odiavam. Sim, eles se odiavam. Eles brigavam continuamente... sempre brigas irritantes e mesquinhas. Minha infância foi um pesadelo. Eles morreram quando eu tinha sete anos e eu fui morar com a família do tio Henry. Eles também não me queriam. Todos me desprezavam porque eu estava "vivendo da caridade deles". Lembro-me de todas as repreensões que recebi... todas. Não me lembro de uma única palavra amável. Tive que usar as roupas descartadas dos meus primos. Lembro-me de um chapéu em particular... me fazia parecer um cogumelo. E eles zombavam de mim sempre que eu o colocava. Um dia eu o rasguei e o joguei no fogo, e por isso tive que usar o mais velho e horrível gorro para ir à igreja o restante do inverno. Eu nunca tive um cachorro... e sempre quis um... Eu era inteligente... Eu ansiava por um curso de bacharelado... mas, naturalmente, eu poderia muito bem ter ansiado pela lua. No entanto, tio Henry concordou em me colocar na Queen's, com a condição de eu devolver o dinheiro quando conseguisse um trabalho. Ele pagou a minha estadia em uma pensão miserável de terceira categoria, onde eu tinha um quarto em cima da cozinha, que ficava gelado no

inverno e fervia no verão, e cheio de odores da cozinha em todas as estações do ano. E as roupas que eu tinha que usar na Queen's! Mas eu consegui meu diploma e o segundo lugar na Summerside High... a única sorte que eu já tive. Desde então, eu tenho economizado para pagar o tio Henry... não apenas o que ele gastou com meu curso na Queen's, mas os custos de minha hospedagem durante todos os anos que morei lá. Eu estava determinada a não lhe dever nenhum centavo. Por isso me hospedei com a Sra. Dennis e me visto mal. E acabei de pagar tudo. Pela primeira vez na minha vida me sinto livre. Mas, ao longo desse tempo, desenvolvi maus hábitos. Eu sei que sou antissocial... Eu sei que nunca consigo pensar na coisa certa a dizer. Sei que é culpa minha o fato de eu ser sempre negligenciada e ignorada nos eventos sociais. Eu sei que transformei o ser desagradável uma arte. Eu sei que sou sarcástica. Eu sei que meus alunos me consideram uma tirana. Eu sei que eles me odeiam. Você acha que não me machuca saber disso? Eles sempre parecem ter medo de mim... Eu odeio quando as pessoas parecem ter medo de mim. Oh, Anne... O ódio deve ser uma doença em mim. Eu quero ser como as outras pessoas... e eu nunca consigo. É isso que me deixa tão amarga.

– Oh, mas você consegue! – Anne abraçou Katherine. – Você pode tirar o ódio de sua mente... Curar-se dele. A vida está apenas começando para você agora... Já que agora você está finalmente livre e independente. E nunca se sabe o que pode estar por vir na próxima curva da estrada.

– Eu já ouvi você dizer isso antes... Eu ri da sua "curva da estrada". Mas o problema é que não há curvas no meu caminho. Eu posso vê-lo estendendo-se reto diante de mim em direção à linha do céu... monotonia sem fim... Oh, a vida alguma vez assusta você, Anne, com seu vazio?... Seus enxames de pessoas frias e desinteressantes? Não, claro que não. Você não precisa continuar ensinando o resto da sua vida. E você parece achar todo mundo interessante, mesmo aquele pequeno ser vermelho chamado Rebecca Dew. A verdade é que eu odeio ensinar... e não há mais nada que eu possa fazer. Um professor de escola é simplesmente um escravo do tempo. Oh, eu sei que você gosta... Não vejo como você consegue. Anne, eu quero viajar. É a única coisa que sempre desejei. Lembro-me da única imagem que estava pendurada na parede do meu quarto no sótão da casa do tio Henry... uma impressão antiga, toda desbotada, que fora descartada dos outros quartos com desprezo. Era uma foto de palmeiras ao redor de uma fonte no deserto, com uma fileira de camelos marchando ao longe. Isso literalmente me fascinava. Eu sempre quis encontrar esse lugar... Eu quero ver o Cruzeiro do Sul, e o Taj Mahal, e os pilares de Karnak. Eu quero saber... e não apenas acreditar... que o mundo é redondo. E eu nunca vou conseguir fazer isso com um salário de professora. Vou ter que continuar para sempre falando sobre as esposas do rei Henrique VIII e os recursos inesgotáveis do Domínio.

Anne riu. Agora era seguro rir, pois a amargura havia desaparecido da voz de Katherine. Ela parecia apenas meramente triste e impaciente.

– De qualquer forma, seremos amigas... E teremos dez alegres dias aqui para começar nossa amizade. Eu sempre quis ser sua amiga, Katherine... escrito com um K! Sempre achei que, por baixo de todos os seus espinhos, havia algo em você que faria valer a pena ser sua amiga.

– Então é isso que você realmente pensa de mim? Eu sempre me perguntei. Bem, o leopardo terá uma chance de mudar suas manchas de lugar, se for possível. Talvez seja.

Eu posso acreditar em quase tudo nesta sua Green Gables. É o primeiro lugar em que já estive que senti como um lar. Gostaria de ser mais parecida com outras pessoas... se não for tarde demais, vou até praticar um sorriso ensolarado para aquele seu Gilbert quando ele chegar amanhã à noite. É claro que eu já não sei mais como se fala com rapazes... se é que eu um dia soube. Ele vai achar que sou uma solteirona "segura vela". Eu me pergunto se, quando eu for dormir hoje à noite, ficarei furiosa comigo mesma por ter tirado minha máscara e deixado você ver minha alma dessa forma.

– Não, você não vai. Você pensará: "Estou feliz que ela tenha descoberto que sou humana". Vamos nos aconchegar entre cobertores quentes e macios, provavelmente com duas bolsas de água quente, pois provavelmente tanto Marilla quanto Sra. Lynde vão colocar uma, com receio de que a outra tenha esquecido. E você ficará deliciosamente sonolenta depois dessa caminhada sob o luar gelado... e nem vai perceber quando o dia amanhecer, quando então se sentirá como se fosse a primeira pessoa a descobrir que o céu é azul. E vai se tornar uma especialista em pudim de ameixa, porque vai me ajudar a fazer um para terça-feira... um muito grande e saboroso.

Anne ficou impressionada com a boa aparência de Katherine quando entraram. Sua pele estava radiante depois da longa caminhada no ar penetrante, e a cor fez toda a diferença do mundo em sua face.

"Ora, Katherine seria linda se usasse o tipo certo de chapéus e vestidos", refletiu Anne, tentando imaginar Katherine com um certo chapéu de veludo escuro e ricamente vermelho que vira numa loja de Summerside, com seus cabelos pretos caindo-lhe sobre os olhos âmbar. "Eu simplesmente tenho que ver o que pode ser feito a respeito disso".

6

Sábado e segunda-feira foram dias repletos de afazeres felizes em Green Gables. O pudim de ameixa foi preparado e a árvore de Natal foi trazida para a casa. Katherine, Anne, Davy e Dora foram ao bosque buscá-la... Era um belo e pequeno abeto, que Anne só concordou em derrubar pelo fato de ele estar em uma pequena clareira do Sr. Harrison que seria arada na primavera, de qualquer maneira.

Eles vagaram, reunindo abetos rastejantes e pinhas caídas para fazer enfeites. Pegaram até algumas samambaias que se mantiveram verdes em uma certa cavidade profunda da floresta durante todo o inverno... Até ██████████ foi diminuindo, e a noite caiu sobre as co██████████cos, e eles voltaram para Green Gables██████████lo chegaram em casa, encontraram um jovem alto, com olhos castanhos e um bigode que começava a apontar, que o fazia parecer mais velho e mais maduro, e Anne teve um momento terrível de se perguntar se era realmente Gilbert ou um estranho.

Katherine, com um pequeno sorriso que tentava ser sarcástico, mas sem muito sucesso, deixou-os na sala e ficou brincando com os gêmeos na cozinha a noite toda. Para sua surpresa, ela descobriu que estava gostando. E que divertido era descer ao celeiro com Davy e descobrir que realmente ainda existiam coisas como maçãs doces no mundo.

Katherine nunca havia estado em um celeiro antes, e não fazia ideia do quão encantador, assustador e sombrio poderia ser aquele lugar à luz de velas. A vida já parecia mais aquecida. Pela primeira vez, Katherine percebeu que a vida podia ser bela, até para ela.

Davy fez barulho suficiente para acordar os Sete Adormecidos em uma hora sobrenatural da manhã de Natal, tocando um velho sino ao subir e descer a escada. Marilla ficou horrorizada por ele ter feito isso quando havia um hóspede em casa, mas Katherine caiu na gargalhada. De alguma forma, uma estranha camaradagem surgiu entre ela e Davy. Ela disse a Anne com sinceridade que não tinha utilidade para a impecável Dora, mas que Davy e ela tinham afinidade, eram farinha do mesmo saco.

Eles abriram a sala e distribuíram os presentes antes do café da manhã, porque os gêmeos, mesmo Dora, não teriam comido nada se não tivessem recebido os presentes. Katherine, que não esperava nada, exceto, talvez, um presente de Anne por obrigação, ficou surpresa ao receber presentes de todos. Um xale de crochê da Sra. Lynde... um saquinho de raiz de íris de Dora... um abridor de cartas de Davy... uma cesta cheia de pequenos potes de geleia de Marilla... e até um pequeno peso de papel de bronze em forma de gato de Gilbert.

E, amarrado embaixo da árvore, enrolado em um cobertor quente de lã, um adorável cachorrinho de olhos castanhos e orelhas alertas e sedosas, abanando o rabo amigavelmente. Um cartão amarrado ao pescoço trazia o escrito: "De Anne, que, afinal, atreve-se a desejar-lhe um feliz Natal".

Katherine apertou o corpinho agitado em seus braços e falou, trêmula.

– Anne... Ele é um amor! Mas a Sra. Dennis não vai me deixar ficar com ele. Eu perguntei a ela se podia ter um cachorro e ela disse que não.

– Já combinei tudo com a Sra. Dennis. Ela não vai se opor, fique tranquila. E, de qualquer forma, Katherine, você não vai ficar lá por muito tempo. Você precisa encontrar um lugar decente para morar, agora que pagou o que considerava serem suas obrigações. Olhe para a linda caixa de papéis que Diana me enviou. Não é fascinante olhar para as páginas em branco e imaginar o que será escrito nelas?

A Sra. Lynde estava agradecida por ter sido um Natal branco de neve... não haveria cemitérios lotados quando o Natal fosse branco... mas para Katherine parecia um Natal púrpura, vermelho e dourado. E a semana que se seguiu foi igualmente bonita. Katherine muitas vezes se perguntara amargamente como seria ser feliz e agora ela havia descoberto. Ela floresceu da maneira mais surpreendente. Anne se deu conta de que era um prazer estar na companhia dela.

"E pensar que eu tinha medo de que ela estragasse meu feriado de Natal!", refletiu ela, espantada.

"E pensar", disse Katherine para si mesma, "que eu estava fortemente inclinada a recusar o convite de Anne de vir para cá!"

Elas fizeram longas caminhadas... por Lover's Lane e Haunted Wood, onde o próprio silêncio parecia amigável... sobre colinas onde a neve leve girava em uma dança invernal de duendes... através de velhos pomares cheios de sombras violetas... através da gloriosa floresta ao pôr do sol. Não havia pássaros para cantar, nem riachos para gorgolejar, nem esquilos para bisbilhotar. Mas o vento produzia músicas ocasionais que tinham em qualidade o que faltava em quantidade.

– Sempre se pode encontrar algo encantador para se observar ou ouvir – comentou Anne.

Elas falavam de todos os assuntos e estabeleciam objetivos ambiciosos, então voltavam para casa com um apetite que sobrecarregava até a despensa de Green Gables. Um dia houve uma tempestade e eles não puderam sair. O vento leste batia nos beirais e a baía prateada rugia. Mas mesmo uma tempestade em Green Gables tinha seus próprios encantos. Era aconchegante sentar-se ao lado do fogão e observar a luz do fogo tremendo no teto, mastigando maçãs e doces. Como foi alegre a ceia com a tempestade lá fora!

Uma noite, Gilbert as levou para ver Diana e sua nova bebê.

– Eu nunca segurei um bebê na minha vida – disse Katherine enquanto voltavam para casa. – Por um lado, eu não queria mesmo, mas também tinha receio de que ele se dissolvesse em meus braços. Você não pode imaginar como eu me senti... tão grande e desajeitada com aquela coisinha minúscula e linda nos braços. Eu sei que a Sra. Wright pensou que eu poderia derrubá-la a qualquer minuto. Eu percebi que ela lutava heroicamente para esconder seu terror. Mas isso mexeu comigo... o bebê, quero dizer... só não consegui definir exatamente o quê.

– Os bebês são criaturas fascinantes – disse Anne, sonhadora. – Eles são o que eu ouvi alguém em Redmond chamar de "grandes pacotes de potencialidades". Pense nisso, Katherine... Homero deve ter sido um bebê... um bebê com covinhas e grandes olhos iluminados... ele não devia ser cego, é claro.

– Que pena que sua mãe não sabia que ele seria o Homero – disse Katherine.

– Mas acho que estou feliz porque a mãe de Judas não sabia que ele seria Judas – disse Anne suavemente. – Espero que ela nunca tenha descoberto.

Houve um concerto no salão certa noite, com uma festa na casa de Abner Sloane em seguida, e Anne convenceu Katherine a ir a ambos.

– Quero que você faça uma leitura em nosso evento, Katherine. Ouvi dizer que você recita lindamente.

— Eu costumava recitar... Acho que gostava bastante de fazer isso. Mas, dois verões atrás, eu recitei em um concerto, e um grupo de turistas se levantou... e os ouvi rindo de mim depois.

— Como você sabe que eles estavam rindo de você?

— Deveriam estar. Não havia mais nada que fosse motivo de riso.

Anne escondeu um sorriso e insistiu em pedir a leitura.

— Leia Genevra novamente. Disseram-me que você a recita esplendidamente. A Sra. Stephen Pringle me disse que nem piscou na noite em que ouviu você recitar.

— Não; nunca gostei de Genevra. Está na leitura obrigatória, então tento ocasionalmente mostrar à classe como lê-la. Realmente não tenho paciência com Genevra. Por que ela não gritou quando se viu presa? Quando eles a estavam procurando em toda parte, certamente alguém a teria ouvido.

Katherine finalmente aceitou fazer a leitura, mas estava em dúvida sobre a festa.

— Eu irei, é claro. Mas ninguém vai me chamar para dançar e eu me sentirei sarcástica, preconceituosa e envergonhada. Sempre fico infeliz nas festas... As poucas festas a que já fui. Ninguém pensa que eu sei dançar... e você sabe que posso até dançar muito bem, Anne. Aprendi na época em que morava na casa do tio Henry, porque uma humilde empregada que eles tinham também queria aprender, e ela e eu costumávamos dançar juntas na cozinha à noite, com a música que tocava no salão. Acho que gostaria de dançar... com o tipo certo de parceiro.

— Você não ficará infeliz nesta festa, Katherine. Você não estará do lado de fora. Faz toda a diferença do mundo, sabe, estar dentro, olhando para fora, e fora, olhando para dentro.

Você tem cabelos lindos, Katherine. Você se importa se eu tentar uma nova maneira de arrumá-lo?

Katherine deu de ombros.

– Oh, como queira. Suponho que meus cabelos estejam horríveis... mas não tenho tempo para ficar me arrumando o tempo todo. Não tenho um vestido de festa. Será que meu tafetá verde vai servir?

– Vai ter que servir... embora o verde seja uma das cores que você jamais deveria usar, minha Katherine. Mas você vai usar uma gola de chiffon vermelha que eu fiz para você. Sim, você vai. Você deveria ter um vestido vermelho, Katherine.

– Eu sempre odiei vermelho. Quando fui morar com o tio Henry, a tia Gertrude sempre me fazia usar aventais vermelhos. As crianças da escola gritavam "Fogo" quando eu chegava com um desses aventais. Enfim, não posso me preocupar com roupas.

– Que o céu me conceda paciência! As roupas são muito importantes – disse Anne severamente, enquanto trançava e enrolava os cabelos de Katherine. Então ela olhou para o que havia feito e viu que era bom. Ela colocou o braço sobre os ombros de Katherine e a virou para o espelho.

– Você realmente não acha que somos uma dupla de garotas muito bonitas? – Ela riu. – E não é realmente bom pensar que as pessoas encontrarão alguma alegria ao olhar para nós? Há muitas pessoas que realmente pareceriam bastante atraentes caso se esforçassem um pouco. Três domingos atrás na igreja... lembra? Quando o pobre Sr. Milvain pregou, usando algo terrível na cabeça, e ninguém conseguia prestar atenção ao que ele estava dizendo... Bem, eu passei o tempo deixando as pessoas ao meu redor mais bonitas: dei um nariz novo para a Sra. Brent, ondulei os cabelos de Mary Addison e dei um enxágue com limão em Jane Marden... Fiz

Emma Dill vestir azul em vez de marrom... E Charlotte Blair vestir listras em vez de xadrez... Removi várias verrugas... e raspei as longas e pesadas costeletas de Thomas Anderson. Você não os reconheceria quando terminei meu trabalho. E, exceto talvez pelo nariz da Sra. Brent, eles mesmos poderiam ter feito tudo o que eu fiz. Olhe, Katherine, seus olhos são da cor do chá... chá âmbar. Agora, honre o seu nome esta noite... um riacho deve brilhar... límpido... alegre.

– Tudo o que eu não sou.

– Tudo o que você tem sido nesta última semana. Então você pode ser.

– É apenas a magia de Green Gables. Quando eu voltar para Summerside, vai ser meia-noite para a Cinderela.

– Você levará a mágica com você. Olhe para si mesma... Parecendo uma vez com aquilo que deveria parecer sempre.

Katherine olhou o próprio reflexo no espelho como se duvidasse de sua identidade.

– Eu realmente pareço anos mais jovem – admitiu ela. – Você estava certa... Roupas podem mudar alguém. Oh, eu sei que pareço mais velha do que realmente sou. Eu não me importava. Por que deveria? Ninguém mais se importava. E eu não sou como você, Anne. Aparentemente, você nasceu sabendo viver. E eu não sei nada sobre isso... nem mesmo o ABC. Eu me pergunto se é tarde demais para aprender. Tenho sido sarcástica há tanto tempo que não sei se posso ser outra coisa. O sarcasmo me pareceu a única maneira de causar alguma impressão nas pessoas. E também me parece que sempre tive medo quando estava na companhia de outras pessoas... com medo de dizer algo estúpido... com medo de ser ridicularizada.

– Katherine Brooke, olhe para si mesma naquele espelho; leve essa imagem com você... Cabelos magníficos emoldurando seu rosto em vez de puxados para trás... Olhos brilhando como estrelas escuras... Um pouco de cor nas bochechas... e você não sentirá medo. Venha, agora. Vamos nos atrasar, mas felizmente todos os artistas têm o que ouvi Dora definindo como assentos "preservados".

Gilbert as levou para o salão. Era como nos velhos tempos... apenas Katherine estava com ela no lugar de Diana. Anne suspirou. Diana tinha tantos outros interesses agora. Chega de concertos e festas para ela.

Mas que noite foi aquela! Que estradas de cetim prateado sob um céu verde pálido no oeste depois de uma leve nevasca! Orion estava caminhando em sua imponente marcha pelos céus, e colinas, campos e bosques estavam ao redor deles em um silêncio perolado.

A leitura de Katherine capturou seu público desde a primeira linha, e na festa ela não conseguia encontrar danças disponíveis para todos os seus possíveis parceiros. De repente, ela se viu rindo sem amargura. Depois voltou para casa, em Green Gables, e esquentou os pés na lareira da sala de estar à luz de duas agradáveis velas sobre o mantel; e a Sra. Lynde entrou na ponta dos pés no quarto delas, tarde da noite, para perguntar se elas gostariam de outro cobertor e garantir a Katherine que seu cachorrinho estava confortável e aquecido em uma cesta atrás do fogão da cozinha.

"Eu tenho uma nova visão da vida", pensou Katherine momentos antes de adormecer. "Eu não sabia que havia pessoas assim".

– Venha outra vez – disse Marilla quando estavam se despedindo.

Marilla nunca dizia isso a ninguém, a menos que estivesse falando sério.

– Claro que ela virá novamente – garantiu Anne. – Nos fins de semana... E durante o verão. Vamos fazer fogueiras e carpir o jardim... colher maçãs e olhar as vacas... E remar na lagoa e nos perder na floresta. Quero lhe mostrar o jardim da Little Hester Gray, Katherine, e o Echo Lodge, e o Vale Violeta quando estiver florido.

7

Windy Poplars
5 de janeiro,
A rua por onde os fantasmas deveriam andar.

MEU ESTIMADO AMIGO:

Isso não foi nada que a avó da tia Chatty tenha escrito. É apenas algo que ela poderia escrever se tivesse pensado nisso.

Eu fiz uma resolução de ano novo, e pretendo escrever cartas de amor sensatas. Você acha que isso é possível?

Deixei a querida Green Gables, mas voltei para o querido Windy Poplars. Rebecca Dew deixou o fogo aceso no quarto da torre e uma garrafa de água quente na cama para mim.

Estou tão feliz por gostar de Windy Poplars. Seria horrível morar em um lugar de que eu não gostasse... Que não me parecesse amigável... Que não dissesse: "Estou feliz porque você voltou". Windy Poplars faz tudo isso. É um pouco antiquado e ostentador, mas gosta de mim.

E fiquei feliz em ver tia Kate, tia Chatty e Rebecca Dew novamente. Eu não posso deixar de ver seus lados engraçados, mas eu as amo muito por tudo isso.

Rebecca Dew disse uma coisa muito gentil para mim ontem.

– Spook's Lane tem sido um lugar diferente desde que você chegou, Srta. Shirley.

Estou feliz que você tenha gostado de Katherine, Gilbert. Ela foi surpreendentemente gentil com você. É maravilhoso descobrir como ela pode ser gentil quando se esforça. E acho que ela está tão impressionada com isso quanto qualquer outra pessoa. Ela não tinha ideia de que seria tão fácil.

Vai fazer muita diferença na escola ter uma vice com quem eu realmente posso trabalhar. Ela vai mudar de pensão, e eu já a persuadi a comprar o chapéu de veludo, e ainda não perdi a esperança de convencê-la a cantar no coral.

O cachorro do Sr. Hamilton desceu ontem e provocou Dusty Miller. "Esta é a gota d'água", disse Rebecca Dew. E com as bochechas vermelhas ainda mais vermelhas, as costas gordinhas tremendo de raiva e com tanta pressa que colocou o chapéu ao contrário e nem percebeu, ela andou pela estrada e falou o que pensava ao Sr. Hamilton. Eu consigo ver seu rosto tolo e amável enquanto ela falava.

– Eu não gosto desse gato – disse-me ela –, mas ele é NOSSO e nenhum cachorro de Hamilton vai vir aqui para provocá-lo em seu próprio quintal.

– Ele apenas persegue seu gato por diversão – disse Jabez Hamilton.

– As ideias de diversão para os Hamiltons são diferentes das ideias dos MacCombers ou das dos MacLeans ou, se for o caso, das ideias Dew de diversão – eu disse a ele.

– Nossa, você deve ter comido repolho no jantar, Srta. Dew – disse ele.
– Não – eu disse –, mas poderia ter comido. A Sra. capitão MacComber não vendeu todos os seus repolhos no outono passado e deixou a família sem nenhum porque o preço estava muito bom. Há algumas pessoas – eu disse – que não conseguem ouvir nada por causa do barulho no bolso. – E o deixei pensando nisso. Mas o que você poderia esperar de um Hamilton? Escória! Há uma estrela carmesim pairando sobre o Rei da Tempestade. Eu gostaria que você estivesse aqui para observá-la comigo. Se você estivesse, eu realmente acho que seria mais do que um momento de estima e amizade.

12 de janeiro.

A pequena Elizabeth apareceu duas noites atrás para descobrir se eu sabia lhe dizer que tipos peculiares de remédios tinham uma bula papal[6], e para me dizer entre lágrimas que sua professora havia lhe pedido que cantasse em um concerto que a escola pública está organizando, mas a Sra. Campbell teimou e disse "não". Quando Elizabeth tentou implorar, a Sra. Campbell disse:
– Tenha a bondade de não me responder, Elizabeth, por favor.
A pequena Elizabeth chorou algumas lágrimas amargas no quarto da torre naquela noite e disse que achava que isso a tornaria Lizzie para sempre. Ela nunca mais poderia ser algum de seus outros nomes novamente.

6. No original "Papal bulls" (Bula papal). Em inglês, "bull" significa "touro", mas também pode ser "bula", um termo de origem latina usado em várias línguas para denominar os documentos oficiais por meio dos quais os papas concedem benefícios, transmitem mensagens etc.

– Na semana passada, eu amava a Deus; esta semana, não O amo – disse ela, desafiadora.

Toda a turma estava participando da programação, e ela se sentiu "como um leopardo". Eu acho que a doce menina queria dizer que ela se sentia como um leproso, e isso era bastante terrível. A querida Elizabeth não deveria se sentir como uma leprosa.

Então, eu arranjei uma desculpa para ir até Evergreens na noite seguinte. A Mulher, que realmente poderia ter vivido antes do dilúvio, de tão velha que aparentava... me olhou friamente com grandes olhos cinzentos e inexpressivos e então me conduziu sombriamente até a sala de visitas e foi dizer à Sra. Campbell que eu queria falar com ela.

Não acho que tenha entrado sol naquela sala desde que a casa foi construída. Havia um piano, mas tenho certeza de que nunca havia sido tocado. Havia cadeiras duras, cobertas com brocado de seda, posicionadas contra a parede... Todos os móveis estavam encostados na parede, exceto uma mesa central com tampo de mármore, e nada parecia combinar com o restante.

A Sra. Campbell entrou. Eu nunca a tinha visto antes. Ele tem um rosto envelhecido e bem esculpido, que poderia ser de homem, olhos negros e sobrancelhas espessas e pretas destacando-se sob os cabelos grisalhos. Ela evidentemente não evitava "todo adorno vão do corpo", pois usava grandes brincos de ônix preto que lhe chegavam aos ombros. Ela foi dolorosamente educada comigo e eu fui indolentemente educada com ela. Sentamo-nos e falamos amenidades sobre o clima por alguns momentos... ambas, como Tácito comentou alguns milhares de anos atrás, "com as expressões ajustadas à ocasião". Eu disse a ela, sinceramente, que tinha ido ver se ela me emprestaria as memórias do Rev.

James Wallace Campbell por um curto período de tempo, porque soube que havia nelas muitas informações sobre a história primitiva do Prince County, que eu gostaria de usar na escola.

A Sra. Campbell descongelou e, chamando Elizabeth, disse a ela que subisse até seu quarto e trouxesse as Memórias. No rosto de Elizabeth havia sinais de lágrimas e a Sra. Campbell tentou explicar que era porque a professora da pequena Elizabeth havia enviado outro bilhete pedindo permissão para que a menina cantasse no concerto, mas ela lhe havia escrito uma resposta com uma firme negativa, e a pequena Elizabeth teria que levar o bilhete para a professora na manhã seguinte.

– Eu não aprovo que crianças da idade de Elizabeth cantem em público – disse a Sra. Campbell. – Isso tende a deixá-las ousadas e precoces.

Como se alguma coisa pudesse tornar a pequena Elizabeth ousada e precoce!

– Acho que você está sendo sábia, Sra. Campbell – comentei em meu tom mais condescendente. – De qualquer forma, Mabel Phillips vai cantar, e me disseram que a voz dela é realmente tão maravilhosa que fará todos os outros parecerem nada. Sem dúvida, é muito melhor que Elizabeth não apareça em uma competição com ela.

Pela expressão no rosto da Sra. Campbell, era evidente que ela refletia profundamente a respeito. Ela podia ser Campbell por fora, mas por dentro era uma Pringle. Ela não disse nada, no entanto, e eu sabia o momento certo de me calar. Eu agradeci pelo empréstimo das Memórias e fui embora.

Na noite seguinte, quando a pequena Elizabeth apareceu no portão do jardim para buscar o leite, seu rosto pálido e parecido com uma flor estava iluminado como uma estrela.

Ela me contou que a Sra. Campbell lhe deu permissão para cantar afinal, se tivesse o cuidado de não se deixar inflar por isso.

Rebecca Dew me disse que os clãs Phillips e Campbell sempre foram rivais em matéria de belas vozes!

Eu dei a Elizabeth uma foto de presente de Natal, para que ela pendurasse em cima da cama... Apenas um caminho de floresta manchada de luz que conduzia a uma colina, onde havia uma casinha pitoresca entre algumas árvores. A pequena Elizabeth diz que agora não está com tanto medo de ir dormir no escuro, porque, assim que se deita, finge que está subindo o caminho até a casa; e, assim que entra, tudo está iluminado, e o pai dela está lá.

Pobre querida! Não posso deixar de detestar aquele pai dela!

19 de janeiro.

Houve um baile em Carry Pringle's ontem à noite. Katherine estava lá, usando um vestido de seda vermelho-escura com babados em toda a extensão vertical, desde o ombro, e um penteado lindo, feito por cabeleireira. Muitas pessoas que a conhecem desde que ela veio ensinar em Summerside se perguntaram quem seria aquela moça quando ela entrou no salão. Mas acho que o vestido e o cabelo fizeram menos diferença do que a mudança nela mesma.

Antes, sempre que ela estava com alguém ou em um ambiente social, sua atitude parecia ser: "Essas pessoas me entediam. Acho que as deixo entediadas, e espero que sim". Mas ontem à noite foi como se ela tivesse acendido velas em todas as janelas de sua casa da vida.

Foi difícil conquistar a amizade de Katherine. Mas nada que valha a pena é fácil, e eu sempre achei que a amizade dela valeria a pena.

A tia Chatty está na cama há dois dias, resfriada e com febre, e acha que é melhor chamar o médico aqui amanhã, para verificar se não é um caso de pneumonia. Então Rebecca Dew, com uma toalha amarrada na cabeça, tem limpado a casa loucamente o dia todo, para deixá-la em perfeita ordem antes da possível visita do médico. Agora, ela está na cozinha passando a camisola de algodão branco da tia Chatty e a manta de crochê, para que esteja pronta para ela colocar por cima da de flanela. As peças estavas impecavelmente limpas antes, mas Rebecca Dew achou que não, porque tinham estado guardadas na cômoda.

28 de janeiro.

Até agora, janeiro tem sido um mês de dias cinzentos e frios, com uma ocasional tempestade rodopiando pelo porto e enchendo Spook's Lane de folhas. Mas ontem à noite houve um degelo prateado e hoje o sol brilhou. Meu bosque de bordo tornou-se um lugar de esplendor inimaginável. Até os lugares comuns ficaram encantadores. Cada cerca de arame transformou-se em uma renda de cristal.

Rebecca Dew esteve folheando esta noite uma das minhas revistas que continha um artigo sobre "Tipos de mulheres bonitas", ilustrado por fotografias.

– Não seria adorável, Srta. Shirley, se alguém pudesse movimentar uma varinha e deixar todo mundo bonito? – comentou ela melancolicamente. – Apenas imagine minha emoção, Srta. Shirley, se de repente eu ficasse linda! Mas então... – com um suspiro... – se todos fôssemos beldades, quem faria todo o trabalho?

8

– Estou tão cansada, suspirou a prima Ernestine Bugle, sentando-se na cadeira da mesa de jantar do Windy Poplars. – Às vezes, tenho receio de me sentar, com medo de não conseguir me levantar de novo.

A prima Ernestine, uma prima de terceiro grau do falecido capitão MacComber, mas, ainda assim, como tia Kate costumava dizer, muito próxima, havia chegado de Lowvale naquela tarde para uma visita a Windy Poplars. Não se pode dizer que alguma das viúvas a tenha recebido com muito carinho, apesar dos laços sagrados da família. A prima Ernestine não era uma pessoa divertida, muito pelo contrário, era uma daquelas criaturas infelizes que se preocupam constantemente não apenas com os próprios assuntos, mas também com todos os demais, e que não dão descanso a si ou aos outros. Rebecca Dew disse que o próprio olhar dela faz você sentir que a vida é um vale de lágrimas.

Certamente a prima Ernestine não era bonita, e o fato de se algum dia tinha sido era extremamente duvidoso. Ela tinha um rostinho seco e apertado, olhos azuis pálidos e desbotados, várias verrugas mal posicionadas e voz chorosa. Ela usava um vestido preto gasto e uma gola decrépita de pelos que não retirava nem mesmo à mesa, porque tinha medo de correntes de ar.

Rebecca Dew poderia sentar-se à mesa com elas, se assim desejasse, pois as viúvas não consideravam a prima Ernestine uma "visita". Rebecca, porém, sempre declarou que não poderia "saborear seus alimentos" na companhia da velha sociedade desmancha-prazeres. Ela preferiu comer "sua porção" na cozinha, mas isso não a impediu de dizer o que disse enquanto servia a mesa.

– Provavelmente é a primavera entrando nos seus ossos – comentou ela, com antipatia.

– Ah, espero que seja apenas isso, Srta. Dew. Mas receio que o meu caso seja como o da pobre Sra. Oliver Gage. Ela comeu cogumelos no verão passado, mas devia haver um venenoso entre eles, pois nunca mais foi a mesma desde então.

– Mas você não deve ter comido cogumelos antes disso – disse tia Chatty.

– Não, mas tenho receio de ter comido outra coisa. Não tente me animar, Charlotte. Eu sei que você tem boas intenções, mas não adianta. Eu já passei por muita coisa. Você tem certeza de que não há uma aranha naquele jarro de creme, Kate? Receio ter visto uma quando você serviu minha xícara.

– Jamais haveria uma aranha em nossos jarros de creme – disse Rebecca Dew ameaçadoramente, e bateu a porta da cozinha.

– Talvez tenha sido apenas uma sombra – disse Ernestine, em tom submisso. – Meus olhos já não são mais os mesmos. Receio que em breve ficarei cega. Isso me lembra... Passei para ver Martha MacKay esta tarde e ela estava com febre, e com algum tipo de erupção cutânea. "Parece-me que você teve sarampo", eu disse a ela. "Provavelmente isso vai deixá-la quase cega. Todos têm olhos fracos em sua família". Achei que ela deveria estar preparada. A mãe dela também não está bem. O médico diz que é indigestão, mas temo que seja um tumor. "E se você precisar fazer uma operação e tomar clorofórmio", eu disse a ela, "temo que você nunca saia dessa. Lembre-se de que você é uma Hillis, e os Hillis têm coração fraco. Seu pai morreu de insuficiência cardíaca, você sabe".

– Aos oitenta e sete anos! – disse Rebecca Dew, afastando-se, depois de ter retirado um prato da mesa.

– E você sabe que 70 anos é o limite da Bíblia – disse tia Chatty alegremente.

A prima Ernestine serviu-se de uma terceira colher de açúcar e mexeu o chá com tristeza.

– O rei Davi disse isso, Charlotte, mas temo que Davi não fosse um homem muito bom em alguns aspectos.

Anne olhou para tia Chatty e não pôde conter o riso.

A prima Ernestine olhou para ela com desaprovação.

– Fiquei sabendo que você é uma garota que gosta de rir. Bem, eu espero que esse aspecto de sua personalidade seja duradouro, mas receio que não. Receio que você descubra em breve que a vida é algo melancólico. Ah, bem, eu já fui jovem um dia.

– Foi mesmo? – indagou Rebecca Dew sarcasticamente, trazendo os muffins. – Parece-me que você sempre teve medo de ser jovem. É preciso coragem, posso lhe dizer isso, Srta. Bugle.

– Rebecca Dew tem uma maneira estranha de colocar as coisas – reclamou a prima Ernestine. – Não que eu me importe com ela, é claro. E é bom rir enquanto pode, Srta. Shirley, mas temo que você esteja tentando a Providência por ser tão feliz. Você se parece muito com a tia da esposa do nosso último ministro... Ela estava sempre rindo e morreu de derrame. O terceiro é fatal. Receio que nosso novo ministro em Lowvale tenha uma inclinação a ser frívolo. No minuto em que o vi, falei a Louisy: "Receio que um homem com pernas assim deve ser viciado em dançar". Suponho que ele tenha parado desde que se tornou ministro, mas temo que a tensão se manifeste em sua família. Ele tem uma jovem esposa e eles dizem que ela é escandalosamente apaixonada por ele. Não consigo entender o pensamento de alguém que decide se casar com um ministro por amor. Temo que seja terrivelmente irreverente. Ele prega sermões bastante razoáveis, mas receio que, pelo que disse sobre Elias no domingo passado, ele seja liberal demais em seus pontos de vista sobre a Bíblia.

– Vi nos jornais que Peter Ellis e Fanny Bugle se casaram na semana passada – disse tia Chatty.

– Ah, sim. Receio que seja um caso de se casar às pressas e se arrepender para o resto da vida. Eles só se conhecem há três anos. Receio que Peter descubra que nem sempre belas penas fazem bons pássaros. Receio que Fanny seja muito indiferente. Ela passa os guardanapos de mesa somente do lado direito. Não é muito parecida com sua santa mãe. Ah, ela era uma mulher completa, se é que alguma vez existiu uma. Quando ela estava de luto, sempre usava camisola preta. Dizia que se sentia tão mal à noite quanto durante o dia. Eu estava com Andy Bugle, ajudando-os na cozinha, e, quando desci na manhã do casamento, vi que Fanny estava comendo um ovo no café da manhã... e ela iria se casar naquele dia. Acho que você não vai acreditar... eu não acreditaria se não tivesse visto com meus próprios olhos. Minha falecida irmã não comeu por três dias antes de se casar, e depois que o marido morreu, ficamos com medo de que ela nunca mais fosse comer. Em certos momentos, sinto que não consigo mais entender os Bugles. Houve um tempo em que era possível saber quem você era em sua própria família, mas não é assim agora.

— É verdade que Jean Young vai se casar de novo? – perguntou tia Kate.

— Receio que sim. É claro que Fred Young deve estar morto, mas estou com muito medo de que ele apareça. Você nunca pode confiar nesse homem. Ela vai se casar com Ira Roberts. Temo que ele esteja se casando com ela apenas para fazê-la feliz. Seu tio Philip uma vez quis se casar comigo. "Nasci Bugle e vou morrer Bugle. O casamento é um salto no escuro", eu disse a ele, "e não vou me envolver nisso". Tem havido muitos casamentos em Lowvale neste inverno. Receio que vá haver funerais o verão todo, para compensar. Annie Edwards e Chris Hunter se casaram no mês passado. Receio que não vão gostar tanto um do outro dentro de alguns anos como agora. Receio que ela tenha sido conquistada apenas por seus modos galantes. Seu tio Hiram era louco... ele acreditou ser um cachorro durante anos.

— Se ele resolveu latir, ninguém deveria impedir sua diversão – disse Rebecca Dew, trazendo as conservas de pera e o bolo recheado.

— Nunca ouvi dizer que ele latia – disse a prima Ernestine. – Ele apenas roía ossos e os enterrava quando ninguém estava olhando. Sua esposa sofria muito com isso.

— E onde está a Sra. Lily Hunter neste inverno? – perguntou tia Chatty.

— Ela está passando um tempo com o filho em São Francisco, e receio que ocorra outro terremoto antes que ela consiga escapar. Se o fizer, provavelmente tentará fugir e terá problemas na fronteira. Se não é uma coisa é outra quando se está viajando, mas as pessoas parecem loucas por isso. Meu primo Jim Bugle passou o inverno na Flórida. Receio que ele esteja ficando rico e mundano. Eu disse a ele, antes de sua partida... eu lembro que era a noite em que o cachorro dos Colemans morreu... ou não?... sim, foi... "O orgulho vai antes da destruição e um espírito altivo, antes da queda", eu disse. A filha dele é professora na escola da Bugle Road e ela não consegue decidir qual dos pretendentes escolher. "Uma coisa posso lhe garantir, Mary Annetta", eu disse, "você nunca conseguirá a pessoa que mais ama. Então é melhor você escolher alguém que a ame... se você tiver certeza disso". Espero que ela faça uma escolha melhor do que Jessie Chipman. Receio que ela apenas se case com Oscar Green porque ele sempre esteve por perto. "Foi ele que você escolheu?", perguntei a ela. O irmão dele morreu de tuberculose galopante. "E não se case em maio", eu disse, "porque maio é um mês azarado para casamentos".

– Como você é encorajadora! – disse Rebecca Dew, trazendo um prato de *macarons*.

– Você pode me dizer – falou a prima Ernestine, ignorando Rebecca Dew e servindo-se de uma segunda porção de peras – se uma calceolária é uma flor ou uma doença?

– Uma flor – disse tia Chatty.

A prima Ernestine parecia um pouco decepcionada.

– Bem, seja o que for, a viúva de Sandy Bugle pegou. Eu a ouvi dizendo à irmã na igreja no domingo passado que ela tinha uma calceolária. Seus gerânios estão terrivelmente desagradáveis, Charlotte. Receio que você não os fertilize adequadamente. A Sra. Sandy já encerrou o luto, e o pobre Sandy morreu há apenas quatro anos. Ah, bem, os mortos logo são esquecidos hoje em dia. Minha irmã usou sua faixa de luto pelo marido durante vinte e cinco anos.

– Você sabia que seu cinto estava aberto? – disse Rebecca, colocando uma torta de coco na frente de tia Kate.

– Eu não fico me olhando no espelho o tempo todo – disse a prima Ernestine acidamente. – E daí se o meu cinto estiver aberto? Eu estou vestindo três anáguas, sabia? Sei que as moças hoje em dia usam apenas uma. Receio que o mundo esteja muito feliz e vertiginoso. Gostaria de saber se todos pensam a respeito do dia do julgamento.

– Você acha que vão nos perguntar no dia do julgamento quantas anáguas estamos usando? – perguntou Rebecca Dew, fugindo para a cozinha antes que alguém pudesse demonstrar horror.

Até tia Chatty achou que Rebecca Dew realmente tinha ido longe demais.

– Você deve ter ficado sabendo da morte do velho Alec Crowdy na semana passada, pelo jornal – suspirou prima Ernestine. – A esposa dele morreu há dois anos, literalmente enterrada em seu túmulo, pobre criatura. Dizem que ele estava muito solitário desde que ela morreu, mas temo que seja bom demais para ser verdade. E temo que os problemas dele ainda não tenham acabado, mesmo que ele esteja enterrado. Eu ouvi dizer que ele não fez um testamento, e receio que haja brigas terríveis pela propriedade. Estão dizendo por aí que Annabel Crowdy vai se casar com um qualquer. O primeiro marido de sua mãe era um... deve ser um problema hereditário. Annabel teve uma vida difícil, mas receio que descubra que saiu da frigideira para entrar no fogo, mesmo se não descobrirem que ele já tem uma esposa.

– O que Jane Goldwin está fazendo neste inverno? – perguntou tia Kate. – Ela não vem à cidade há muito tempo.

– Ah, pobre Jane! Ela está simplesmente se esvaindo misteriosamente. Ninguém sabe o que há com ela, mas receio que isso se torne um álibi. Por que Rebecca Dew está rindo como uma hiena lá na cozinha? Receio que você ainda vá ter um problema em suas mãos. Há uma enorme quantidade de mentes fracas entre os Dew.

– Soube que Thyra Cooper teve um bebê – comentou tia Chatty.

– Ah, sim, coitadinha. Só uma, graças à misericórdia. Eu tinha medo de que fossem gêmeos. Há muitos gêmeos entre os Coopers.

– Thyra e Ned são um casal jovem e simpático – disse tia Kate, como se estivesse determinada a salvar algo dos destroços do universo.

Mas prima Ernestine não admitiria que houvesse bálsamo em Gileade, e muito menos em Lowvale.

– Ah, ela ficou muito grata por finalmente conquistá-lo. Durante um tempo, ela teve receio de que ele não voltasse do oeste. Eu a avisei. "Você pode ter certeza de que ele vai decepcioná-la", eu disse a ela. "Ele sempre decepcionou as pessoas. Todo mundo acreditava que ele morreria antes de completar um ano, mas, como podem ver, ele ainda está vivo". Quando ele comprou a casa de Holly, eu a alertei novamente. "Receio que o poço esteja cheio de febre tifoide", falei. "O empregado de Holly morreu de febre tifoide lá, cinco anos atrás". Eles não podem me culpar se acontecer alguma coisa. Joseph Holly carrega um pouco de tristeza nas costas. Ele diz que é dor na lombar, mas receio que seja o início de meningite espinhal.

– O velho tio Joseph Holly é um dos melhores homens do mundo – disse Rebecca Dew, trazendo outro bule de chá.

– Ah, ele é bom – concordou a prima Ernestine com tristeza. – Bom demais! Receio que os filhos dele vão mal. Você vê isso com tanta frequência. Parece que uma média precisa ser atingida. Não, obrigada, Kate, não vou tomar mais chá... bem, talvez um biscoito de amêndoa. Eles não pesam no estômago, mas temo que já tenha exagerado. Eu devo sair à francesa, pois receio que esteja escuro antes que eu chegue em casa. Não quero molhar os pés; tenho medo de pneumonia. Senti algo percorrendo meu braço para os membros inferiores durante todo o inverno. Noite após noite, fiquei acordada por causa disso. Ah, ninguém sabe o que eu passei, mas não sou do tipo que se queixa. Eu estava determinada a me levantar para vê-las mais uma vez, pois talvez eu não esteja aqui outra primavera. Mas vocês estão horríveis, então talvez partam ainda antes de mim. Ah, bem, é melhor ir enquanto ainda há alguém para cuidar de você. Oh, como o vento está aumentando! Receio que o telhado do celeiro voe, se for um vendaval. Nós tivemos tanto vento nesta primavera, que tenho medo de que o clima esteja mudando. Obrigada, Srta. Shirley... – enquanto Anne a ajudava a vestir o casaco... – Tenha cuidado. Você parece muito pálida. Receio que as pessoas com cabelos ruivos nunca tenham saúde muito forte.

– Acho que estou bem de saúde – sorriu Anne, entregando-lhe um chapéu indescritível com uma pena de avestruz saindo da parte de trás. – Só estou com dor de garganta esta noite, Srta. Bugle, só isso.

– Ah! – Outro dos pressentimentos sombrios da prima Ernestine a ocorreu. – Você deve cuidar de uma dor de garganta. Os sintomas de difteria e amigdalite são exatamente iguais até o terceiro dia. Mas há um consolo... você será poupada de muitos problemas se morrer jovem.

9

Quarto da torre,
Windy Poplars,
20 de abril.

POBRE QUERIDO GILBERT:

"Do riso disse: É loucura; e da alegria: De que serve?"[7] Tenho receio de que ficarei grisalha jovem... Tenho medo de acabar no albergue... Receio que nenhum dos meus alunos passe nas provas finais... O cachorro do Sr. Hamilton latiu para mim sábado à noite, e receio ter hidrofobia... Receio que meu guarda-chuva se vire do avesso quando me encontrar com Katherine hoje à noite... Receio que Katherine goste tanto de mim agora que não possa gostar de mim para sempre desse jeito... Receio que meu cabelo não seja castanho afinal... Receio ter uma verruga na ponta do nariz quando tiver cinquenta anos... Receio que minha escola seja uma armadilha... Receio encontrar um rato na minha cama hoje à noite... Receio que você tenha noivado comigo só porque eu estava sempre por perto... Receio que em breve estarei implicando com a manta.

Não, querido, eu não estou louca... ainda não. É só que a prima Ernestine Bugle me deixou transtornada.

Agora sei por que Rebecca Dew sempre a chamou de "Senhorita Muito Medrosa". A pobre alma pegou tantos problemas emprestados que deve estar desesperadamente em dívida com o destino.

---

7. Eclesiastes 2:2.

Existem tantos Bugles no mundo... talvez não tão perdidos no Buglismo quanto a prima Ernestine, mas tantos desmancha-prazeres, com medo de desfrutar do hoje por causa do que o amanhã trará.

Gilbert querido, que nunca tenhamos medo das coisas. É uma escravidão terrível. Sejamos ousados, aventureiros e esperançosos. Vamos dançar para conhecer a vida e tudo o que ela pode nos trazer, mesmo que nos traga uma série de problemas e febre tifoide e gêmeos!

Hoje foi um dia que caiu de junho em abril. A neve se foi e os prados castanhos e as colinas douradas cantam apenas a primavera. Eu sei que ouvi Pan tocando sua flauta pela pequena clareira e meu Rei da Tempestade foi marcado com a névoa mais arejada e roxa. Ultimamente tivemos muita chuva e eu adorei ficar sentada em minha torre nas horas tranquilas e úmidas dos crepúsculos da primavera. Mas hoje está uma noite tempestuosa e acelerada... até as nuvens correndo pelo céu estão com pressa, e o luar que jorra entre elas está com pressa para inundar o mundo.

Imagine, Gilbert, que estávamos caminhando de mãos dadas por uma das longas estradas de Avonlea esta noite!

Gilbert, temo estar escandalosamente apaixonada por você. Você não acha que é irreverente, acha? Mas tudo bem, você não é um ministro.

10

– Eu sou tão diferente – suspirou Hazel.

Era realmente terrível ser tão diferente das outras pessoas... e, no entanto, bastante maravilhoso também, como se você fosse um ser vindo de outra estrela. Hazel não seria mais uma no grupo dos comuns... não importa o que ela sofresse por causa de sua diferença.

– Todo mundo é diferente – disse Anne divertidamente.

– Você está sorrindo. – Hazel apertou um par de mãos muito brancas e com covinhas e olhou adoravelmente para Anne. Ela enfatizava pelo menos uma sílaba em cada palavra que pronunciava. – Você tem um sorriso tão fascinante... Um sorriso tão assustador. Eu soube no momento em que a vi pela primeira vez que você entenderia tudo. Estamos no mesmo plano. Às vezes, acho que sou vidente, Srta. Shirley. Sempre sei instintivamente, no momento em que conheço alguém, se vou gostar da pessoa ou não. Senti imediatamente que você era compassiva... que você entenderia. É tão bom ser compreendida. Ninguém me entende, Srta. Shirley. Mas, quando eu a vi, uma voz interior sussurrou para mim, "ela vai entender... com ela, você pode ser seu verdadeiro eu". Oh, Srta. Shirley, sejamos sinceras... vamos sempre ser sinceras. Oh, Srta. Shirley, você me ama pelo menos um pouquinho, bem pouquinho?

– Eu acho que você é uma querida – disse Anne, rindo um pouco e bagunçando os cachos dourados de Hazel com os dedos delgados. Era muito fácil gostar de Hazel.

Hazel estava derramando sua alma para Anne no quarto da torre, de onde elas podiam ver um início de lua crescente pairando sobre o porto e o crepúsculo de uma tarde de maio enchendo os copos vermelhos das tulipas abaixo das janelas.

– Não vamos acender nenhuma luz ainda – implorou Hazel, e Anne respondeu:

– Não... é adorável aqui quando a escuridão é sua amiga, não é? Quando você acende a luz, faz da escuridão sua inimiga... e ela brilha em você ressentidamente.

– Consigo pensar em coisas assim, mas nunca consigo expressá-las tão lindamente – lamentou Hazel em uma angústia de êxtase. – Você fala no idioma das violetas, Srta. Shirley.

Hazel não conseguiria explicar o que ela quis dizer com isso, mas não importava. Parecia tão poético.

O quarto da torre era o único cômodo tranquilo da casa. Rebecca Dew dissera naquela manhã, com um olhar ameaçador:

– Precisamos arrumar a sala de estar e o quarto de hóspedes antes que a liga feminina chegue aqui – e imediatamente retirou todos os móveis de ambos os cômodos, para que o colocador de papel de parede pudesse trabalhar, mas ele se recusou a chegar até o dia seguinte.

Windy Poplars era um deserto de confusão, com um único oásis no quarto da torre.

Hazel Marr tinha uma notória "queda" por Anne. Os Marrs eram recém-chegados em Summerside, tinham vindo de Charlottetown durante o inverno. Hazel era uma "loira de outubro", como ela gostava de se descrever, com cabelos bronze-dourados e olhos castanhos, e, como Rebecca Dew declarou, nunca tinha sido muito boa no mundo desde que descobrira que era bonita. Mas Hazel era popular, principalmente entre os rapazes, que consideravam seus olhos e cachos uma combinação bastante irresistível.

Anne gostava dela. No início da noite, ela estava cansada e um pouco pessimista por causa do clima que acompanha o fim da tarde em uma sala de aula, mas se sentia descansada agora; fosse como resultado da brisa de maio, doce como flor de maçã soprando na janela, ou da conversa com Hazel, ela não saberia dizer. Talvez ambos. De alguma forma, Hazel fazia Anne lembrar sua própria juventude, com todos os arrebatamentos, ideais e visões românticas.

Hazel pegou a mão de Anne e apertou os lábios nelas com reverência.

– Eu odeio todas as pessoas que você amou antes de mim, Srta. Shirley. Eu odeio todas as outras pessoas que você ama agora. Quero tê-la exclusivamente como amiga.

– Você não está sendo um pouco irracional, querida? Você ama outras pessoas além de mim. Que tal Terry, por exemplo?

– Oh, Srta. Shirley! É sobre isso que quero falar com você. Não aguento mais ficar em silêncio... não posso. Devo falar com alguém sobre isso... com alguém que entenda. Eu saí na noite retrasada e andei ao redor da lagoa a noite toda... bem, quase... até meia-noite, de qualquer maneira. Sofri tudo... tudo.

Hazel parecia tão trágica quanto lhe permitia seu rostinho redondo e clarinho de pele rosada, com olhos de cílios longos e uma auréola de cachos.

– Ora, Hazel querida, eu pensei que você e Terry estavam felizes... que tudo estava resolvido.

Anne não podia ser responsabilizada por pensar assim. Durante as três semanas anteriores, Hazel se gabou sobre Terry Garland, pois pensava que não haveria utilidade ter um namorado se você não podia falar com alguém sobre ele.

– Todo mundo pensa isso – replicou Hazel com grande amargura. – Oh, Srta. Shirley, a vida parece tão cheia de problemas desconcertantes. Às vezes, sinto como se quisesse

me deitar em algum lugar... em qualquer lugar... cruzar as mãos e nunca mais pensar.
– Minha querida, o que deu errado?
– Nada... e tudo. Oh, Srta. Shirley, posso lhe contar tudo sobre isso... Posso abrir meu coração para você?
– É claro, querida.
– Realmente não tenho com quem abrir meu coração – disse Hazel pateticamente. – Exceto no meu diário, é claro. Você me permite lhe mostrar meu diário algum dia, Srta. Shirley? É uma autorrevelação. No entanto, não consigo escrever o que queima em minha alma. Isso... me sufoca! – Hazel apertou dramaticamente a garganta.
– É claro que eu gostaria de ver o seu diário, se você quiser. Mas qual é o problema entre você e Terry?
– Oh, Terry! Srta. Shirley, você acreditará em mim quando eu lhe disser que Terry parece um estranho para mim? Um estranho! Alguém que eu nunca vi antes – acrescentou Hazel, para que não houvesse dúvida de interpretação.
– Mas, Hazel... Pensei que você o amasse... Você disse...
– Oh, eu sei. Também pensei que o amava. Mas agora sei que foi um erro terrível. Oh, Srta. Shirley, você não pode nem imaginar o quão difícil está a minha vida... o quão impossível.
– Eu sei algo sobre isso – disse Anne com simpatia, lembrando-se de Roy Gardiner.
– Oh, Srta. Shirley, tenho certeza de que não o amo o suficiente para me casar com ele. Percebo isso agora... Agora que é tarde demais. Fiquei apenas fantasiando que o amava. Se não tivesse fantasiado tanto, tenho certeza de que teria pedido um tempo a ele, para pensar a respeito, mas eu estava completamente apaixonada... posso ver isso agora... vou fugir... farei algo desesperado!

– Mas, Hazel, querida, se você sente que cometeu um erro, por que apenas não conta a ele...

– Oh, Srta. Shirley, eu não poderia! Isso o mataria. Ele simplesmente me adora. Na verdade, não há como escapar disso. E Terry está começando a falar em casamento. Pense nisso... uma criança como eu... tenho apenas dezoito anos. Todos os meus amigos, aos quais mencionei o noivado como um segredo, estão me parabenizando... e tudo não passa de uma farsa. Eles acham que Terry é um bom partido, porque ele ganhou dez mil dólares aos vinte e cinco anos. A avó deixou para ele. Como se eu me importasse com uma coisa tão sórdida quanto dinheiro! Oh, Srta. Shirley, por que este mundo é tão mercenário... por quê?

– Suponho que seja mercenário em alguns aspectos, mas não em todos, Hazel. E se você se sente assim a respeito de Terry... Todos cometemos erros... Às vezes, é muito difícil conhecer a própria mente...

– Oh, não é? Eu sabia que você entenderia. Eu acho que me importava com ele, Srta. Shirley. Na primeira vez que o vi, apenas fiquei sentada e olhei para ele a noite toda. Ondas passaram por mim quando nossos olhos se encontraram. Ele era tão bonito... embora eu achasse seus cabelos encaracolados demais e os cílios, brancos demais. Isso deveria ter me alertado. Mas sempre coloco a alma em tudo, sabe. Eu sou muito intensa. Sentia pequenos arrepios de êxtase sempre que ele se aproximava de mim. E agora não sinto nada... nada! Oh, envelheci nas últimas semanas, Srta. Shirley! Eu não comi quase nada desde que fiquei noiva. Mamãe pode lhe contar a respeito. Tenho certeza de que não o amo o suficiente para me casar com ele. Posso ter várias outras dúvidas na vida, mas disso eu sei.

– Então você não deveria...

– Mesmo naquela noite de luar, quando ele me pediu em noivado, eu estava pensando em qual vestido usaria para a festa de Joan Pringle. Pensei que seria adorável ir como rainha de maio, usando verde pálido, com uma faixa de verde mais escuro e um arranjo de rosas enfeitando os cabelos. E segurando uma flor de maio, enfeitada com minúsculas rosas, e o cabo enrolado em fitas verdes e rosas. Não teria sido atraente? E então o tio de Joan teve que morrer e Joan não pôde, afinal, dar a festa. Mas a questão é que... eu realmente não poderia tê-lo amado quando meus pensamentos estavam vagando dessa forma, poderia?

– Eu não sei... Os pensamentos fazem curiosos truques conosco algumas vezes.

– Eu realmente acho que jamais vou querer me casar, Srta. Shirley. Você tem um palito de unha para me emprestar? Obrigada. Minhas unhas estão descascando. Eu poderia fazê-las enquanto falo. Não é adorável trocar confidências assim? É tão raro ter essa oportunidade... o mundo se intromete demais. Bem, do que eu estava falando? Ah, sim, Terry. O que devo fazer, Srta. Shirley? Eu quero o seu conselho. Oh, eu me sinto uma criatura enjaulada!

– Mas, Hazel, é muito simples...

– Oh, não é nada simples, Srta. Shirley! É terrivelmente complicado. Mamãe está escandalosamente satisfeita, mas tia Jean, não. Ela não gosta de Terry, e todo mundo diz que ela tem um bom julgamento. Eu não quero me casar com ninguém. Sou ambiciosa... Quero ter uma carreira. Às vezes, acho que gostaria de ser freira. Não seria maravilhoso ser a noiva do céu? A Igreja Católica é tão pitoresca, não acha? Mas é claro que não sou católica... e, de qualquer forma, acho que dificilmente isso poderia ser chamado de carreira. Sempre achei que adoraria ser enfermeira. É uma profissão tão romântica, não acha? Alisando as testas febris e tudo o mais... Imagine só, um belo paciente milionário se apaixonando por você e levando-a para passar a lua de mel em uma *villa* na Riviera, de frente para o nascente e o azul do Mediterrâneo. Já me imaginei assim. Sonhos tolos, talvez, mas, oh, tão doces. Eu não posso desistir deles pela realidade prosaica de me casar com Terry Garland e me estabelecer em Summerside!

Hazel estremeceu com a própria ideia e examinou criticamente uma cutícula.

– Acho que não... – começou Anne.

– Não temos nada em comum, Srta. Shirley. Ele não se importa com poesia e romance, e a leitura é a minha vida. Às vezes, acho que sou uma reencarnação de Cleópatra... Ou seria Helena de Troia?... de qualquer forma, uma daquelas criaturas lânguidas e sedutoras. Tenho pensamentos e sentimentos tão maravilhosos... Não sei de onde surgem, se não for essa a explicação. E Terry é tão pés no chão... ele não pode ser uma reencarnação de ninguém. O que ele disse quando lhe contei sobre a caneta de pena de Vera Fry prova isso, não é?

– Nunca ouvi falar sobre a caneta de pena de Vera Fry – disse Anne pacientemente.

– Ah, não? Pensei que tivesse lhe contado. Já falei sobre isso a muitas pessoas. O noivo de Vera deu a ela uma caneta de pena que ele havia feito com uma pena que caíra de um corvo. Ele lhe disse: "Deixe seu espírito subir ao céu com ela sempre que você a usar, como o pássaro que já a carregou". Não é maravilhoso? Mas Terry disse que a caneta iria se desgastar logo, principalmente se Vera escrevesse na mesma intensidade que falava e, de qualquer maneira, ele não achava que os corvos chegassem ao céu. Ele simplesmente não entendeu o significado da coisa toda... na essência.

– Qual era o significado?

– Oh... bem... bem... Subindo, você sabe... Afastando-se da terra. Você notou o anel de Vera? Uma safira. Eu acho que safiras são muito escuras para anéis de noivado. Eu preferiria ter seu querido e romântico anel de pérolas. Terry queria me dar um anel imediatamente... mas eu disse que ainda não, por um tempo... pareceria um grilhão... tão irrevogável, você sabe. Eu não teria me sentido assim se realmente o amasse, não é?

– Não, receio que não...

– Foi tão maravilhoso contar a alguém como realmente me sinto. Oh, Srta. Shirley, se eu pudesse estar livre novamente... Livre para buscar o significado mais profundo da vida! Terry não entenderia minha intenção se eu dissesse isso a ele. E sei que ele tem temperamento forte... todos os Garlands têm... Oh, Srta. Shirley... quem sabe se você falasse com ele... diga a ele como me sinto... ele a acha maravilhosa... ele seria guiado pelo que você dissesse.

– Hazel, minha querida garotinha, como eu poderia fazer isso?

– Não vejo por que não – Hazel limpou a última cutícula e soltou tragicamente o palito de unha. – Se você não fizer isso, não há solução em lugar algum. Mas eu nunca, nunca, NUNCA me casarei com Terry Garland.

– Se você não ama Terry, deve dizer isso a ele... não importa o quanto isso o deixe mal. Algum dia você encontrará alguém que possa realmente amar, querida Hazel... você não terá dúvidas... terá certeza.

– Nunca mais amarei ninguém – disse Hazel, em tom brando. – O amor traz apenas tristeza. Sou jovem e já aprendi isso. Não seria uma trama maravilhosa para uma de suas histórias, Srta. Shirley? Agora devo ir... Eu não tinha ideia de que era tão tarde. Sinto-me muito melhor agora que lhe confidenciei essas coisas. "Toquei sua alma na terra das sombras", como Shakespeare diz.

– Acho que foi Pauline Johnson – disse Anne gentilmente.

– Bem, eu sabia que havia sido alguém... alguém que tinha vivido. Acho que vou conseguir dormir hoje à noite, Srta. Shirley. Mal durmo desde que me vi noiva de Terry, sem a menor noção de como tudo aconteceu.

Hazel ajeitou os cabelos e colocou o chapéu, com forro rosado na aba e flores rosadas ao redor. Ela parecia tão distraidamente bonita que Anne a beijou impulsivamente.

– Você é muito bonita, querida – disse ela com admiração.

Hazel ficou estática.

Então ela ergueu os olhos e olhou através do teto do quarto da torre, além do sótão acima dela, e procurou as estrelas.

– Jamais esquecerei este momento maravilhoso, Srta. Shirley – murmurou ela extasiada. – Sinto que minha beleza... Se é que tenho alguma... Foi consagrada. Oh, Srta. Shirley, você não sabe o quão terrível é ser considerada bela e ter sempre medo de que as pessoas não a achem tão bonita quanto disseram. É tortura. Às vezes, fico mortificada, porque imagino que estão decepcionadas. Talvez seja apenas minha imaginação... sou tão imaginativa... até demais. Imaginei que estava apaixonada por Terry, veja só. Oh, Srta. Shirley, consegue sentir o cheiro da fragrância de flor de maçã?

Como tinha um nariz, Anne podia.

– Não é divino? Espero que o céu seja repleto de flores. Alguém poderia ser bom se vivesse em um lírio, não poderia?

– Receio que possa ser um pouco sufocante – disse Anne perversamente.

– Oh, Srta. Shirley, não... não seja sarcástica com sua pequena adoradora. O sarcasmo me encolhe como uma folha.

– Vejo que ela não falou com você até matá-la – disse Rebecca Dew, quando Anne voltou depois de ter acompanhado Hazel até o fim de Spook's Lane. – Eu não entendo como você aguenta essa moça.

– Eu gosto dela, Rebecca, gosto mesmo. Eu era uma tagarela horrível quando criança. Gostaria de saber se parecia tão tola como Hazel é às vezes para as pessoas que tiveram que me ouvir.

– Eu não a conhecia quando você era criança, mas tenho certeza de que não – disse Rebecca. – Porque você era sincera no que dizia, não importa como se expressasse, e Hazel Marr não é. Ela não passa de leite desnatado fingindo ser creme.

– Ah, é claro que ela dramatiza um pouco, como a maioria das garotas, mas acho que ela é sincera em algumas das coisas que diz – disse Anne, pensando em Terry.

Talvez porque ela tinha uma opinião bastante negativa a respeito de Terry, Anne acreditava que Hazel havia sido muito sincera em tudo o que dissera sobre ele. Anne pensou que Hazel estava desperdiçando sua vida com Terry, apesar dos dez mil que ele receberia. Anne considerava Terry um jovem bonito e bastante fraco que se apaixonaria pela primeira garota bonita que o olhasse e, com a mesma facilidade, certamente se apaixonaria pela próxima, se a Número Um o rejeitasse ou o deixasse esperando tempo demais.

Anne encontrou Terry diversas vezes naquela primavera, pois Hazel frequentemente insistia que ela os acompanhasse;

e ela estava destinada a vê-lo mais vezes, pois Hazel foi visitar amigos em Kingsport e, durante sua ausência, Terry apegou-se a Anne, levando-a para passear e acompanhando-a até sua casa depois. Eles se chamavam de "Anne" e "Terry", pois tinham mais ou menos a mesma idade, embora Anne se sentisse bastante maternal em relação a ele. Terry sentiu-se imensamente lisonjeado pois a "inteligente Srta. Shirley" parecia gostar de sua companhia, e ele se tornou tão sentimental na noite da festa de May Connelly, em um jardim iluminado pela lua, onde as sombras das acácias sopravam loucamente, que Anne o lembrou divertidamente sobre a ausência de Hazel.

– Ah, Hazel! – disse Terry. – Aquela criança!

– Você está noivo "daquela criança", não está? – disse Anne severamente.

– Não realmente envolvido... Nada além de alguma bobagem de menino e menina. Eu... Eu acho... Apenas fui seduzido pelo luar.

Anne pensou um pouco. Se Terry realmente se importava tão pouco com Hazel, a criança ficaria muito melhor livre dele. Talvez essa fosse uma oportunidade enviada pelo céu para libertar ambos do emaranhado em que se meteram e do qual nenhum deles, levando as coisas com toda a seriedade mortal da juventude, sabia como escapar.

– É claro – continuou Terry, interpretando mal o silêncio dela. – Eu estou em uma situação difícil, assumo. Receio que Hazel tenha me levado um pouco a sério demais, e não sei a melhor maneira de abrir os olhos dela para seu erro.

Anne assumiu impulsivamente seu olhar mais maternal.

– Terry, vocês são um casal de crianças brincando de ser adultos. Hazel realmente não se importa mais com você do que você com ela. Aparentemente, a luz da lua afetou vocês dois. Ela quer ser livre, mas tem medo de dizer isso a você e ferir seus sentimentos. Ela é apenas uma garota desnorteada e romântica e você é um garoto apaixonado pela ideia do amor, e um dia vocês dois darão boas gargalhadas disso tudo.

("Acho que falei muito bem", pensou Anne com complacência.)

Terry respirou fundo.

– Você tirou um peso da minha consciência, Anne. Hazel é uma coisinha doce, é claro, eu odiava pensar em machucá-la, mas eu percebi o meu... o nosso... erro... há algumas semanas. Quando alguém conhece uma mulher... a mulher... você já vai entrar, Anne? Todo este luar será desperdiçado? Você parece uma rosa branca ao luar... Anne...

Mas Anne havia fugido.

11

Corrigindo provas no quarto da torre em uma noite de junho, Anne fez uma pausa para limpar o nariz. Ela o enxugara tantas vezes naquela noite que já estava vermelho-rosado e bastante dolorido. A verdade é que Anne foi vítima de um resfriado muito grave e pouco romântico, que não lhe permitia apreciar o céu de um suave tom esverdeado atrás das cicutas dos Evergreens, a lua branca prateada pairando sobre o Rei da Tempestade, o perfume assombroso dos lilases abaixo de sua janela ou as íris azuis no vaso sobre a mesa dela. O resfriado escurecia seu passado e ofuscava todo o seu futuro.

– Estar resfriada em junho é algo imoral – disse ela a Dusty Miller, que meditava no peitoril da janela. – Mas daqui a duas semanas eu estarei na querida Green Gables, em vez de ficar aqui, em cima de provas cheias de erros e limpando um nariz desgastado. Pense nisso, Dusty Miller.

Aparentemente, Dusty Miller pensou naquilo. Ele também pode ter pensado que a jovem que vinha correndo pela Spook's Lane, descendo a estrada e ao longo do caminho perene, parecia zangada, perturbada e desagradável. Era Hazel Marr, a apenas um dia do retorno de Kingsport, e evidentemente uma Hazel Marr muito perturbada, que, alguns minutos depois, invadiu tempestuosamente o quarto da torre sem esperar uma resposta à sua batida agressiva.

– Ora, Hazel, querida... (Atchim!)... você já voltou de Kingsport? Eu não esperava você até a próxima semana.

– Não, suponho que não – disse Hazel sarcasticamente.

– Sim, Srta. Shirley, estou de volta. E o que eu descubro? Que você tem feito o possível para atrair Terry para longe de mim... e quase conseguindo.

– Hazel! (Atchim!)

– Ah, eu sei de tudo! Você disse a Terry que eu não o amava... Que queria romper nosso noivado... Nosso noivado sagrado!

– Hazel... criança! (Atchim!)

– Oh, sim, zombe de mim... zombe de tudo. Mas não tente negar. Você fez isso... e o fez deliberadamente.

– Claro que sim. Você me pediu.

– Eu... Pedi... a... Você!

– Aqui, neste mesmo quarto. Você me disse que não o amava e nunca poderia se casar com ele.

– Oh, apenas um mau humor, suponho. Nunca imaginei que você me levaria a sério. Pensei que entenderia o temperamento artístico. Você é muito mais velha do que eu, é claro, mas até mesmo você não pode ter esquecido o modo maluco como as meninas falam... se sentem. Você que fingiu ser minha amiga!

"Isso deve ser um pesadelo", pensou a pobre Anne, limpando o nariz.

– Sente-se, Hazel... Faça isso.

– Sentar-me! – Hazel andou loucamente de um lado para o outro no quarto. – Como posso me sentar... como alguém pode se sentar com a própria vida em ruínas? Oh, se é isso que ser velho faz com alguém... Ter inveja da felicidade dos mais jovens e estar determinado a destruí-la... Vou rezar para nunca envelhecer.

De repente, Anne teve um formigamento na mão, decorrente do impulso de dar um tapa nas orelhas de Hazel; era uma sensação estranha e primitiva. Ela sufocou esse sentimento tão instantaneamente que nunca acreditaria que realmente o sentira. Mas realmente achou que uma punição suave era indicada.

– Se você não puder se sentar e conversar com sensatez, Hazel, eu gostaria que você fosse embora. (Um espirro muito violento.) Tenho trabalho a fazer. (Sniff... Sniff!)

– Não vou embora até ter falado exatamente o que penso de você. Oh, eu sei que a culpa é toda minha... Eu deveria saber... Eu sabia. Senti instintivamente na primeira vez que a vi que você era perigosa, esses cabelos ruivos e os olhos verdes! Mas nunca imaginei que você iria tão longe, e fosse causar problemas entre mim e Terry. Pensei que você fosse cristã, pelo menos. Nunca ouvi falar de alguém fazendo isso. Bem, você partiu meu coração, se isso lhe traz alguma satisfação.

– Sua menininha...

– Eu não vou falar com você! Oh, Terry e eu estávamos tão felizes antes de você estragar tudo. *Eu* estava tão feliz...

a primeira garota do meu grupo a ficar noiva. Eu até havia planejado o casamento... quatro damas de honra em lindos vestidos de seda azul-claro com fita de veludo preta nos babados... Tão chique! Oh, eu não sei se tenho mais ódio ou mais pena de você! Oh, como você pôde me tratar assim depois que eu te *amei* tanto... *confiei* em você... *acreditei* tanto em você!

A voz de Hazel tremeu... seus olhos se encheram de lágrimas... e ela desabou em uma cadeira de balanço.

"Você pode não ter muitos pontos de exclamação sobrando", pensou Anne, "mas sem dúvida o suprimento de itálico é inesgotável".

– Isso quase matará minha pobre mamãe – soluçou Hazel. – Ela estava tão satisfeita... todos estavam tão satisfeitos... todos achavam a combinação ideal. Oh, será que alguma coisa poderá ser como antes?

– Espere até a próxima noite de luar e tente – disse Anne gentilmente.

– Oh, sim, ria, Srta. Shirley... Ria do meu sofrimento. Não tenho a menor dúvida de que você acha tudo muito divertido... Muito divertido mesmo! Você não sabe o que é sofrimento! É terrível... Terrível!

Anne olhou para o relógio e espirrou.

– Então não sofra – disse ela sem dó.

– Eu sofrerei. Meus sentimentos são muito profundos. É claro que uma alma superficial não sofreria. Mas sou grata por não ser superficial. Você tem alguma ideia do que significa estar apaixonada, Srta. Shirley? Realmente, terrivelmente, profundamente, maravilhosamente apaixonada? E depois confiar em alguém e ser enganada? Fui para Kingsport tão feliz... amando o mundo todo! Eu disse a Terry para ser bom com você enquanto eu estivesse fora... para não deixar você ficar sozinha. Voltei para casa ontem à noite tão feliz. E ele me disse que não me amava mais... que tudo isso era um erro... um erro!... e que você lhe havia dito que eu não o amava mais e queria ficar livre!

– Minhas intenções eram honradas – disse Anne, rindo.

Seu senso de humor travesso a salvara e ela ria tanto de si mesma quanto de Hazel.

– Oh, como eu sobrevivi a essa noite? – disse Hazel descontroladamente. – Estou aqui, andando de um lado para o outro. E você não sabe... Nem consegue imaginar o que eu passei hoje. Precisei me sentar e ouvir... Na verdade, ouvir... As pessoas falando sobre a paixão de Terry por você. Oh, as pessoas a estão observando! Elas sabem o que você está fazendo. E por quê... por quê? É isso que eu não consigo entender. Você tinha seu próprio namorado... por que não deixou o meu em paz? O que você tinha contra mim? O que eu fiz para você?

– Eu acho – disse Anne, completamente exasperada – que você e Terry precisam de uma boa surra. Se você não estivesse com raiva demais para dar ouvidos à razão...

– Oh, não estou com raiva, Srta. Shirley... Apenas machucada... terrivelmente machucada – disse Hazel com uma voz positivamente nublada de lágrimas. – Sinto que fui traída em tudo... Na amizade e no amor. Bem, dizem por aí que, depois que alguém teve o coração partido, não sofre nunca mais. Espero que seja verdade, mas temo que não seja.

– O que aconteceu com sua ambição, Hazel? E o paciente milionário, e a *villa* de lua de mel no Mediterrâneo azul?

– Eu definitivamente não sei do que você está falando, Srta. Shirley. Não sou nem um pouco ambiciosa... Eu não sou uma daquelas jovens mulheres terríveis. Minha maior ambição era ser uma esposa feliz e criar um lar feliz para o meu marido. Era... era! Pensar que devo falar no passado! Bem, não adianta confiar em ninguém. Eu aprendi isso. Uma lição muito amarga!

Hazel enxugou os olhos e Anne limpou o nariz, e Dusty Miller olhou para a estrela da noite com a expressão de um misantropo.

– Acho melhor você ir, Hazel. Estou realmente muito ocupada e não consigo ver nada de útil em prolongar esta conversa.

Hazel caminhou até a porta com o ar de Mary, a rainha da Escócia, avançando para o cadafalso, e então virou-se dramaticamente.

– Adeus, Srta. Shirley. Deixo você com sua consciência.

Anne, deixada sozinha com sua consciência, largou a caneta, espirrou três vezes e deu uma palestra para si mesma.

– Você pode ser bacharel, Anne Shirley, mas ainda tem algumas coisas para aprender... Coisas que até Rebecca Dew poderia ter lhe dito... e lhe disse. Seja honesta consigo mesma, minha querida, e prove do seu remédio como uma dama elegante. Admita que você foi levada pela lisonja. Admita que você realmente gostou da adoração declarada de Hazel por você. Admita que achou agradável ser adorada. Admita que gostou da ideia de ser uma espécie de *deus ex machina*... salvando as pessoas de sua própria loucura, quando elas não queriam ser salvas. Depois de ter admitido tudo isso e estar se sentindo mais sábia e triste, e alguns milhares de anos mais velha, pegue sua caneta e continue a correção das provas, fazendo uma pausa para observar de passagem que Myra Pringle acha que um serafim é "uma espécie de animal abundante na África".

12

Uma semana depois, chegou uma carta para Anne, escrita em papel azul-claro com bordas prateadas.

CARA SENHORITA SHIRLEY:

Escrevo para lhe dizer que todo mal-entendido foi esclarecido entre mim e Terry, e que estamos tão profundamente, intensamente, maravilhosamente felizes que decidimos perdoá-la. Terry diz que ele foi levado pela lua, que lhe incitou o desejo de fazer amor com você, mas que seu coração nunca realmente se desviou em sua lealdade a mim. Ele disse que realmente gosta de garotas doces e simples... que todos os homens gostam... e repudia pessoas que fazem intrigas e inventam coisas. Não entendemos por que você se comportou conosco daquela forma... nós nunca entenderemos. Talvez você só quisesse material para uma história e pensou que poderia encontrá-lo ao mexer com o primeiro amor doce e vibrante de uma garota. Mas agradecemos por nos revelar. Terry diz que nunca havia percebido o significado mais profundo da vida antes. Então, realmente, foi tudo para o melhor. Nós somos muito empáticos... podemos sentir os pensamentos um do outro. Ninguém entende Terry, exceto eu, e quero ser uma fonte de inspiração para ele para sempre. Não sou inteligente como você, mas sinto que posso ser. Terry é minha alma gêmea, e juramos verdade e constância eternas um para o outro, mesmo que pessoas invejosas e falsas tentem criar problemas entre nós.

Vamos nos casar assim que meu enxoval estiver pronto. Vou até Boston buscá-lo. Realmente não há nada em Summerside. Meu vestido é de *moiré* branco e meu traje de viagem será acinzentado, com chapéu, luvas e blusa azul-delfino. Claro que sou muito jovem, mas quero me casar enquanto ainda sou jovem, antes que a flor perca o viço.

    Terry é tudo o que eu poderia imaginar em meus sonhos mais loucos, e todo pensamento do meu coração é somente para ele. Eu sei que seremos arrebatadoramente felizes. Certa vez, acreditei que todos os meus amigos se alegrariam comigo em minha felicidade, mas aprendi uma amarga lição sobre a sabedoria mundana desde então.

    Atenciosamente,
    HAZEL MARR.
    P.S. 1. Você me disse que Terry tinha temperamento forte. Ora, a irmã dele diz que ele é um cordeirinho.

    H.M.

    P.S. 2. Ouvi dizer que suco de limão clareia sardas. Você pode experimentá-lo no nariz.

    H.M.

    – Para citar Rebecca Dew – observou Anne a Dusty Miller –, o pós-escrito número 2 foi a gota d'água.

13

    Anne voltou para casa em suas segundas férias de Summerside com sentimentos confusos. Gilbert não estaria em Avonlea naquele verão. Ele tinha ido para o oeste, para trabalhar em uma nova ferrovia que estava sendo construída. Mas Green Gables ainda era Green Gables e Avonlea ainda era Avonlea. O Lago das Águas Brilhantes brilhava e reluzia como antigamente. As samambaias ainda cresciam espessas sobre a Bolha da Dríade, e a ponte de toras, embora estivesse um pouco mais esfarrapada e musgosa a cada ano, ainda levava às sombras, aos silêncios e às canções de vento do Bosque Assombrado.

Anne havia convencido a Sra. Campbell a deixar a pequena Elizabeth ir para casa com ela, para passar duas semanas... e nada mais. Mas Elizabeth, ansiosa para ficar duas semanas inteiras com a Srta. Shirley, não queria mais nada da vida.

— Sinto-me como a Srta. Elizabeth hoje — disse ela a Anne com um suspiro de excitação, enquanto se afastavam de Windy Poplars. — Por favor, você pode me chamar de Srta. Elizabeth quando me apresentar aos seus amigos em Green Gables? Isso me faria sentir tão crescida.

— Farei isso — prometeu Anne gravemente, lembrando-se de uma pequena donzela ruiva que certa vez implorou para ser chamada de Cordelia.

A viagem de Elizabeth de Blight River para Green Gables, no esplender de uma estrada que apenas a ilha de Príncipe Eduardo em junho pode exibir, foi quase tão extasiante para ela quanto para Anne naquela memorável noite de primavera tantos anos atrás. O mundo era bonito, com prados ondulados pelo vento em todos os lados e surpresas espreitando em cada esquina. Ela estava com sua amada Srta. Shirley; ficaria livre da Mulher por duas semanas inteiras; usava um novo vestido rosa de guingão e um lindo par de botas marrons novas. Era quase como se o Amanhã já estivesse lá... com catorze Amanhãs a seguir. Os olhos de Elizabeth brilhavam sonhadores quando ela viu Green Gables, onde as rosas selvagens cresciam.

As coisas pareciam mudar magicamente para Elizabeth no momento em que ela chegou a Green Gables. Por duas semanas, ela viveu em um mundo de romance. Não era possível sair pela porta sem entrar em algo romântico. As coisas estavam prestes a acontecer em Avonlea... se não hoje, amanhã. Elizabeth sabia que ainda não havia entrado no Amanhã, mas sabia que estava no limiar dele.

Tudo dentro e sobre Green Gables parecia familiarizado com ela. Até o conjunto de chá de botões de rosa de Marilla era como um velho amigo. Os cômodos lhe pareciam familiares, como se ela sempre os tivesse conhecido e amado; a própria grama era mais verde que a grama em qualquer outro lugar; e os habitantes de Green Gables eram o tipo de pessoas que moravam no Amanhã. Ela os amava e era amada por eles. Davy e Dora a adoravam e a mimavam; Marilla e a Sra. Lynde a aprovaram. Ela estava arrumada, era como uma dama, era educada com os mais velhos. Eles sabiam que Anne não gostava dos métodos da Sra. Campbell, mas era evidente que ela havia treinado a bisneta adequadamente.

– Oh, eu não quero dormir, Srta. Shirley – Elizabeth sussurrou quando elas estavam na cama, na pequena empena da varanda, depois de uma noite arrebatadora. – Eu não quero dormir um único minuto destas maravilhosas duas semanas. Eu gostaria de poder ficar sem dormir enquanto estou aqui.

Por um tempo, ela não dormiu. Era celestial ficar ali deitada e ouvir o esplêndido som, como um trovão ao longe, o qual a Srta. Shirley lhe dissera ser o som do mar. Elizabeth adorou isso, e o suspiro do vento ao redor dos beirais também. Elizabeth sempre teve "medo da noite". Quem saberia que coisa esquisita poderia pular sobre você? Mas agora ela não tinha mais medo. Pela primeira vez na vida, a noite lhe parecia uma amiga.

Elas iriam para a costa no dia seguinte, prometera a Srta. Shirley, e mergulhariam naquelas ondas de borda prateada que haviam visto rompendo as dunas verdes de Avonlea quando passavam pela última colina. Elizabeth podia vê-las vindo, uma em seguida da outra. Uma delas foi uma grande onda escura de sono... que rolou direto sobre ela... Elizabeth se afogou nela com um delicioso suspiro de rendição.

– É... tão... fácil... amar... a Deus... aqui – foi seu último pensamento consciente.

Mas ela ficava acordada por um tempo todas as noites de sua estadia em Green Gables, até bem depois que a Srta. Shirley dormia, pensando nas coisas. Por que a vida em Evergreens não poderia ser como a vida em Green Gables?

Elizabeth nunca morou numa casa onde pudesse fazer barulho, se quisesse. Todos em Evergreens devem se mexer suavemente... falar suavemente... até pensar baixinho, Elizabeth achava. Houve momentos em que Elizabeth desejou perversamente gritar alto, por um bom tempo.

"Você pode fazer todo o barulho que quiser aqui", dissera-lhe Anne. Mas foi estranho... ela não queria mais gritar, agora que não havia nada para impedi-la. Ela gostava de caminhar em silêncio, pisando suavemente entre todas as coisas adoráveis ao seu redor. Mas Elizabeth aprendeu a rir durante aquela estada em Green Gables. E, quando voltou a Summerside, carregou consigo lembranças deliciosas e deixou para trás lembranças igualmente deliciosas. Para o pessoal que ficou, Green Gables pareceu cheio de lembranças da pequena Elizabeth durante meses, pois para eles ela era a "pequena Elizabeth", apesar de Anne tê-la apresentado solenemente como Srta. Elizabeth. Ela era tão pequena, tão dourada, tão parecida com uma elfa que eles não conseguiam pensar nela como nada além de pequena Elizabeth... pequena Elizabeth dançando em um jardim crepuscular entre os lírios brancos de junho... enrolada em um galho da macieira Duquesa lendo contos de fadas, livre e sem receio de reprimendas. A pequena Elizabeth afogada em um campo de botões de flores, a cabeça dourada parecendo apenas mais um deles... perseguindo mariposas verde-prateadas ou tentando contar os vaga-lumes em Lover's Lane... ouvindo os zangões zunindo nos sinos... sendo alimentada com morangos e creme por Dora na despensa ou comendo groselhas com ela no quintal... "Groselhas vermelhas são coisas tão bonitas, não são, Dora? É como comer joias, não é?..." A pequena Elizabeth cantando para si mesma no crepúsculo assombrado do abeto... com os dedos doces de colher rosas grandes e encorpadas... olhando para a grande lua pairando sobre o vale do ribeiro... "Eu acho que a lua tem olhos preocupados, não é, Sra. Lynde?"... chorando amargamente porque um capítulo da história em série da revista de Davy deixou o herói em uma situação triste... "Oh, Srta. Shirley, tenho certeza de que ele nunca poderá sobreviver a isso!"... enrolada, toda corada e doce como uma rosa selvagem, para uma soneca da tarde no sofá da cozinha com os gatinhos de Dora abraçados sobre ela... gritando de rir ao ver o vento soprando as penas das velhas e dignas galinhas sobre suas costas... poderia ser a pequena Elizabeth rindo assim?... ajudando Anne a decorar os cupcakes, a Sra. Lynde a cortar os retalhos para uma nova colcha e Dora a esfregar os velhos castiçais de bronze até que pudessem ver seus rostos neles... cortando pequenos biscoitos com um dedal sob a tutela de

Marilla. Ora, o pessoal de Green Gables mal podia olhar para um lugar ou coisa sem se lembrar da pequena Elizabeth.

"Seria possível eu ter uma quinzena feliz de novo?", pensou a pequena Elizabeth enquanto se afastava de Green Gables. O caminho para a estação era tão bonito quanto duas semanas antes, mas na metade do tempo a pequena Elizabeth não conseguia vê-lo por causa das lágrimas.

– Eu não acreditaria que poderia sentir tanta falta de uma criança – disse a Sra. Lynde.

Quando a pequena Elizabeth se foi, Katherine Brooke e seu cachorro vieram, para passar o restante do verão. Katherine havia se demitido da equipe da escola no fim do ano e pretendia ir para Redmond no outono, para fazer um curso de secretariado na Universidade de Redmond. Anne a aconselhara a fazer isso.

– Eu sei que você vai gostar do curso, e você nunca gostou de ensinar – disse Anne, quando certa noite elas se sentaram em um campo de trevo e ficaram observando o glorioso céu ao pôr do sol.

– A vida me deve algo a mais do que me pagou, e eu vou cobrá-la – disse Katherine decididamente. – Eu me sinto muito mais jovem do que nessa mesma época do ano passado – ela acrescentou com uma risada.

– Tenho certeza de que é a melhor coisa para você fazer, mas odeio pensar em Summerside e na escola sem você. Como será o quarto da torre no próximo ano sem nossas noites de confabulação e discussão, e nossas horas de tolice, quando fazíamos piadas de tudo e todos?

O TERCEIRO ANO

1

Windy Poplars,
Spook's Lane,
8 de setembro.

Querido:

O verão acabou... O verão em que eu só o vi naquele fim de semana em maio. E eu estou de volta a Windy Poplars para o meu terceiro e último ano na escola em Summerside. Katherine e eu nos divertimos juntas em Green Gables e vou sentir terrivelmente a falta dela este ano. A nova professora é uma personagem alegre, gordinha, rosada e amigável como um filhote de cachorro... mas, de alguma forma, não há mais nada nela além disso. Ela tem olhos azuis brilhantes sem nada profundo por trás... eu gosto dela... sempre vou gostar dela... nem mais nem menos... não há nada para descobrir nela. Havia tanto para descobrir em Katherine, uma vez ultrapassada sua barreira.

Nada mudou em Windy Poplars... sim, mudou. A velha vaca vermelha foi para seu descanso eterno, Rebecca Dew me informou com tristeza quando desci para jantar na segunda-feira à noite. As viúvas decidiram não se preocupar em conseguir outra e passar a comprar leite e creme do Sr. Cherry. Isso significa que a pequena Elizabeth não irá mais ao portão do jardim buscar seu leite, mas a Sra. Campbell parece ter se conformado com ela vindo aqui quando quer, então isso não faz tanta diferença agora.

E há outra mudança surgindo. Tia Kate me disse, para minha tristeza, que elas decidiram doar Dusty Miller assim que conseguissem encontrar um lar adequado para ele. Quando protestei, elas disseram que estavam realmente decididas a isso, pelo bem da paz. Rebecca Dew reclamou constantemente dele durante todo o verão e parece não haver outra maneira de satisfazê-la. Pobre Dusty Miller... ele é um amor, tão gentil!

Amanhã, por ser sábado, vou cuidar dos gêmeos da Sra. Raymond enquanto ela vai a Charlottetown para o funeral de um parente. A Sra. Raymond é uma viúva que chegou à nossa cidade no inverno passado. Rebecca Dew e as viúvas de Windy Poplars... realmente, Summerside é um ótimo lugar para viúvas... acham que ela é um pouco "grande demais" para Summerside, mas ela foi realmente uma ajuda maravilhosa para Katherine e eu em nossas atividades no Clube de Teatro. Uma boa ação merece outra.

Gerald e Geraldine têm oito anos e são crianças de aparência angelical, mas Rebecca Dew "torceu a boca", para usar uma de suas próprias expressões, quando eu disse a ela o que ia fazer.

– Mas eu amo crianças, Rebecca.

– Mas eles não são simples crianças, são terrores sagrados, Srta. Shirley. A Sra. Raymond não é adepta da educação punitiva, independentemente do que as crianças façam. Ela diz que está determinada a ter uma vida "natural". Todo mundo os acha uma graça, com aquela expressão de santinhos, mas fiquei sabendo o que os vizinhos dizem sobre eles.

A esposa do ministro foi visitar a família uma tarde... Bem, a Sra. Raymond foi doce como torta de açúcar, mas, quando a esposa do ministro estava indo embora, uma porção de cebolas voou escada abaixo, e uma delas tirou seu chapéu. "As crianças sempre se comportam de maneira tão abominável quando você quer que elas sejam boazinhas", foi tudo o que a Sra. Raymond disse... em tom afetuoso, como se estivesse orgulhosa daqueles filhos tão incontroláveis. Eles são dos Estados Unidos, você sabe... – como se isso explicasse tudo. Rebecca usa "ianques" como explicação tanto quanto a Sra. Lynde.

2

Na manhã de sábado, Anne se dirigiu até a bonita e antiquada casa de campo, em uma rua que terminava no campo, onde a Sra. Raymond e seus famosos gêmeos moravam. A Sra. Raymond estava pronta para sair... um pouco alegre demais para um funeral, talvez... especialmente se for considerar o chapéu de flores que ostentava sobre as ondas suaves de cabelos castanhos que lhe fluíam em torno da cabeça... mas estava muito bonita. Os gêmeos de oito anos, que haviam herdado a beleza da mãe, estavam sentados nas escadas, mostrando nos rostinhos delicados expressões de querubins. Tinham pele clarinha e rosada, grandes olhos azuis de porcelana e auréolas de cabelos finos, macios e de um dourado opaco.

Eles sorriram com doçura envolvente quando a mãe os apresentou a Anne e lhes disse que a querida Srta. Shirley tinha sido tão gentil em vir cuidar deles enquanto a mamãe ia ao funeral da querida tia Ella, e é claro que eles seriam bonzinhos e não dariam nenhum trabalho, não é, queridos?

Os queridos assentiram gravemente e conseguiram, embora isso pudesse parecer quase impossível, mostrar-se mais angelicais do que nunca.

A Sra. Raymond conduziu Anne pelo caminho até o portão.

– Eles são tudo o que eu tenho... agora – disse ela pateticamente. – Talvez eu os tenha mimado um pouco... Sei que as pessoas dizem isso... As pessoas sempre sabem muito melhor do que nós como devemos criar nossos filhos, já percebeu, Srta. Shirley? Mas acredito que dar amor é melhor do que dar palmadas, não acha, Srta. Shirley? Tenho certeza de que você não terá problemas com eles. As crianças sempre sabem com quem podem brincar e com quem não podem, você não acha? Aquela pobre Srta. Prouty... Eu pedi a ela que cuidasse deles certa vez, mas os pobres queridos não a suportaram. Então é claro que eles a provocaram um pouco... você sabe como as crianças são. Ela se vingou contando as histórias mais ridículas sobre eles por toda a cidade. Mas eles vão amar você, e tenho certeza de que vão se comportar como anjos. Claro, eles são animados... mas as crianças são assim, você não acha? É tão lamentável ver crianças parecendo intimidadas, não é? Eu gosto que eles sejam naturais, sabe? Crianças boas demais não parecem naturais, não é? Não os deixe brincar com os barquinhos na banheira nem passear na lagoa, sim? Tenho medo de que eles peguem um resfriado... o pai deles morreu de pneumonia.

Os grandes olhos azuis da Sra. Raymond pareciam prestes a transbordar, mas ela piscou galantemente, para dispersar as lágrimas.

– Não se preocupe se eles brigarem um pouco... as crianças sempre brigam, você não acha? Mas, se alguém de fora os ataca... minha querida!! Eles realmente se adoram, você sabe. Eu poderia levar um deles para o funeral, mas eles simplesmente não me deixaram nem terminar de falar. Nunca ficaram separados um único dia desde que nasceram. E eu não conseguiria cuidar de duas crianças em um funeral, não é?

– Não se preocupe, Sra. Raymond – disse Anne gentilmente. – Tenho certeza de que Gerald, Geraldine e eu teremos um lindo dia juntos. Eu amo crianças.

– Eu sei. Tive certeza disso no minuto em que a vi. Sempre dá para saber, não acha? Há algo diferente na pessoa que ama crianças. A pobre e velha Srta. Prouty as detesta. Ela procura o pior nas crianças e, é claro, o encontra. Você não pode imaginar que consolo é, para mim, pensar que meus queridos estão sob os cuidados de quem ama e entende crianças. Tenho certeza de que vou aproveitar o dia.

– Você pode nos levar para o funeral – gritou Gerald, de repente enfiando a cabeça na janela de cima. – Nós nunca nos divertimos assim.

– Oh, eles estão no banheiro! – exclamou tragicamente a Sra. Raymond. – Querida Srta. Shirley, por favor, vá tirá-los de lá. Gerald querido, você sabe que a mamãe não pode levá-los ao funeral. Oh, Srta. Shirley, ele está com o tapete de pele de coiote da sala amarrado em volta do pescoço. Ele sempre faz isso, e vai acabar estragando-o. Por favor, faça-o tirar imediatamente. Preciso me apressar ou vou perder o trem.

A Sra. Raymond navegou elegantemente para longe e Anne subiu as escadas correndo, para descobrir que a angelical Geraldine havia agarrado o irmão pelas pernas e aparentemente tentava jogá-lo pela janela.

– Srta. Shirley, Gerald está mostrando a língua para mim, mande ele parar – ela exigiu ferozmente.
– Isso machucou você? – perguntou Anne sorrindo.
– Bem, ele não pode mostrar a língua para mim – replicou Geraldine, lançando um olhar ameaçador a Gerald, que o devolveu.
– A língua é minha e você não pode me impedir de mostrá-la quando eu bem quiser... ela pode, Srta. Shirley?
Anne ignorou a pergunta.
– Gêmeos, queridos, falta apenas uma hora para o almoço. Vamos brincar no jardim? Eu posso lhes contar uma história. E, Gerald, você pode colocar essa pele de coiote no chão?
– Mas eu quero brincar de lobo – argumentou Gerald.
– Ele quer brincar de lobo – exclamou Geraldine, alinhando-se subitamente ao lado do irmão.
– Queremos brincar de lobo – ambos gritaram juntos.
O toque da campainha interrompeu o dilema de Anne.
– Vamos ver quem é – exclamou Geraldine.
Eles se precipitaram escadas abaixo e escorregaram um trecho do caminho pelos corrimões, chegando à porta da frente muito mais rápido do que Anne. A pele de coiote tinha se soltado em algum momento, e ficou caída para trás.
– Nunca compramos nada de vendedores ambulantes – disse Gerald à dama que estava em pé na porta.
– Posso falar com sua mãe? – perguntou a visitante.
– Não, você não pode. A mamãe foi ao funeral da tia Ella. A Srta. Shirley está cuidando de nós. É ela descendo as escadas. Ela vai fazer você ir embora.
E Anne teve mesmo vontade de fazer a visitante "ir embora" quando viu quem ela era. A Srta. Pamela Drake não era uma pessoa popular em Summerside. Ela estava sempre

"investigando" alguma coisa e geralmente era impossível se livrar dela, exceto comprando qualquer coisa que ela estivesse vendendo, já que ela era totalmente resistente a desprezos e indiretas e, aparentemente, tinha todo o tempo do mundo à sua disposição.

Desta vez, ela estava recebendo pedidos para uma enciclopédia... algo que nenhum professor da escola poderia ficar sem. Em vão, Anne protestou dizendo que não precisava de uma enciclopédia... a escola já tinha uma muito boa.

– Dez anos desatualizada – disse a Srta. Pamela com firmeza. – Vamos apenas nos sentar aqui neste banco, Srta. Shirley, e vou lhe mostrar os folhetos.

– Receio não ter tempo para isso agora, Srta. Drake. Tenho que cuidar das crianças.

– Não vai demorar mais que alguns minutos. Eu pretendia visitá-la, Srta. Shirley, foi muita sorte encontrá-la aqui. Vão brincar, crianças, enquanto a Srta. Shirley e eu examinamos este belo folheto.

– A mamãe contratou a Srta. Shirley para cuidar de nós – disse Geraldine, com um movimento de seus cachos. Mas Gerald a puxou para trás e eles bateram a porta com força.

– Veja, Srta. Shirley, o que significa esta enciclopédia. Veja o belo papel... Sinta-o... As esplêndidas gravuras... Nenhuma outra enciclopédia no mercado tem metade das gravuras que há nesta... A maravilhosa impressão... um cego poderia ler... e tudo por oitenta dólares... oito dólares agora e oito dólares por mês até tudo estar pago. Você não pode perder essa chance... estamos fazendo esse valor apenas porque que é lançamento... no ano que vem custará cento e vinte.

– Mas eu não quero uma enciclopédia, Srta. Drake – disse Anne desesperadamente.

– É claro que você quer uma enciclopédia... Todo mundo quer uma enciclopédia... Uma enciclopédia nacional. Não sei como vivi antes de me familiarizar com a enciclopédia nacional. Viver! Eu não vivia. Existia. Olhe só a gravura do casuar, Srta. Shirley. Você já viu um casuar antes?
– Mas, Srta. Drake, eu...
– Se você acha os termos um pouco onerosos, tenho certeza de que posso fazer um arranjo especial para você, sendo professora de escola... seis dólares por mês, em vez de oito. Você simplesmente não pode recusar uma oferta como esta, Srta. Shirley.

Anne quase sentiu que não podia mesmo. Talvez valesse a pena despender seis dólares por mês, só para se livrar dessa mulher terrível, que evidentemente havia decidido não ir embora até receber um pedido. Além disso, o que os gêmeos estariam fazendo? Eles estavam assustadoramente quietos. Suponha que estivessem navegando os barquinhos na banheira. Ou saído furtivamente pela porta dos fundos e estivessem agora andado na lagoa.

Ela fez mais uma tentativa lamentável, na tentativa de escapar.

– Vou pensar sobre isso, Srta. Drake, e informá-la...
– Não há tempo melhor que o presente – disse a Srta. Drake, pegando rapidamente a caneta-tinteiro. – Você sabe que vai levar a enciclopédia, então pode muito bem assinar logo, em vez de esperar qualquer outro momento. Nada se ganha adiando as coisas. O preço pode subir a qualquer momento, e então você terá que pagar cento e vinte. Assine aqui, Srta. Shirley.

Anne sentiu a caneta ser forçada em sua mão... um momento curto se passou... e então a Srta. Drake deu um grito tão arrepiante que Anne deixou cair a caneta-tinteiro sob um canteiro de margaridas-amarelas que ladeava o banco de jardim e olhou horrorizada para a mulher.

Aquela era a Srta. Drake... aquele objeto indescritível, sem chapéu, sem óculos, quase sem cabelos? Chapéu, óculos, toda a falsa fachada flutuava no ar acima de sua cabeça, até a janela do banheiro, na qual duas cabeças douradas estavam penduradas. Gerald segurava uma vara de pescar, na qual estavam amarrados dois cordões que terminavam em anzóis. Com que mágica ele havia conseguido fazer uma captura tripla, somente ele poderia dizer. Provavelmente tinha sido pura sorte.

Anne precipitou-se casa adentro e subiu rapidamente as escadas. Quando chegou ao banheiro, os gêmeos haviam fugido. Gerald tinha soltado a vara de pescar. Anne espiou pela janela e viu uma furiosa Srta. Drake recuperando seus pertences, incluindo a caneta-tinteiro, e então marchando até o portão. Pela primeira vez na vida, a Srta. Pamela Drake não conseguiu vender seu produto.

Anne encontrou os gêmeos comendo angelicalmente suas maçãs na varanda dos fundos. Era difícil saber o que fazer. Certamente, esse comportamento não poderia passar sem uma repreensão... mas Gerald, sem dúvida, a resgatara de uma posição difícil, e a Srta. Drake era uma criatura odiosa que precisava de uma lição. Mesmo assim...

– Ei, você comeu um bichinho-da-maçã! – gritou Gerald. – Eu o vi desaparecer na sua garganta.

Geraldine largou a maçã e logo passou mal... muito mal. Anne ficou com as mãos ocupadas por algum tempo. E quando Geraldine se sentiu melhor, era hora do almoço e Anne de repente decidiu deixar Gerald se livrar com uma repreensão muito leve. Afinal, nenhum dano mais grave fora causado à

Srta. Drake, que provavelmente seguraria diligentemente sua língua a respeito do incidente, para o seu próprio bem.

– Você acha, Gerald – disse ela gentilmente –, que o que você fez foi uma atitude cavalheiresca?

– Não – respondeu Gerald –, mas foi muito divertido. Puxa, eu sou um ótimo pescador, não acha?

O almoço estava excelente. A Sra. Raymond preparara a comida antes de sair e, quaisquer que fossem suas deficiências como disciplinadora, ela era uma ótima cozinheira. Gerald e Geraldine, ocupados devorando a comida, não brigaram nem mostraram maneiras piores à mesa do que a maioria das crianças. Depois do almoço, Anne lavou a louça, pedindo a Geraldine que a ajudasse a secá-la e a Gerald que a guardasse com cuidado no armário. Os dois eram bastante habilidosos, e Anne refletiu com complacência que tudo o que eles precisavam era de treinamento sábio e um pouco de firmeza.

3

Às duas horas, o Sr. James Grand telefonou. Grand era o presidente do conselho de administração da escola e tinha assuntos importantes para discutir, sobre os quais gostaria de conversar antes de participar de uma conferência educacional em Kingsport, na segunda-feira. Anne perguntou se ele poderia vir a Windy Poplars à noite, mas infelizmente ele não podia.

O Sr. Grand era um bom homem, à sua maneira, mas Anne descobrira havia muito tempo que ele devia ser tratado com cautela. Além disso, Anne precisava tê-lo ao seu lado em uma batalha real por causa de novos equipamentos que estava começando. Ela foi falar com os gêmeos.

– Meus queridos, vocês ficarão bem brincando aqui no quintal enquanto eu converso um pouco com o Sr. Grand? Não demorarei muito... e depois faremos um piquenique de chá da tarde às margens do lago... e vou ensinar vocês a soprar bolhas de sabão com corante vermelho... ficam lindas!

– Você vai dar uma moeda para cada um se nos comportarmos? – perguntou Gerald.

– Não, Gerald querido – disse Anne com firmeza. – Não vou subornar você. Sei que você vai se comportar só porque estou pedindo, como um cavalheiro faria.

– Vamos nos comportar, Srta. Shirley – prometeu Gerald solenemente.

– Vamos nos comportar muito bem – ecoou Geraldine, com igual solenidade.

É possível que eles tivessem cumprido a promessa se Ivy Trent não tivesse chegado segundos depois que Anne entrara na sala para falar com o Sr. Grand, que a aguardava. Mas Ivy Trent chegou, e os gêmeos Raymond odiavam Ivy Trent... a impecável Ivy Trent, que nunca fazia nada de errado e estava sempre muito arrumada.

Naquela tarde em particular, não havia dúvidas de que Ivy Trent tinha aparecido ali só para se exibir com as lindas botas marrons, as faixas e os laços nos ombros e os cabelos enfeitados com fitas escarlate. A Sra. Raymond, independentemente de falhar em alguns aspectos, era bem mais prática sobre a forma de vestir crianças. Seus vizinhos diziam que ela investia tanto nela mesma que não tinha dinheiro para gastar com os gêmeos... e Geraldine nunca teve a chance de desfilar na rua ao estilo de Ivy Trent, que usava vestidos todas as tardes durante a semana. A Sra. Trent sempre vestia a filha com roupas brancas impecáveis. Ao menos Ivy estava impecável quando saía de casa. Se ela voltava para casa não tão impecável assim, a culpa era das crianças invejosas, muito numerosas no bairro.

Geraldine estava com inveja. Ela queria muito também poder usar faixas vermelhas, laços nos ombros e vestidos bordados brancos. O que ela não daria por botas marrons abotoadas como aquelas...

– O que você acha da minha nova faixa e dos laços nos ombros? – perguntou Ivy, toda empertigada.

– O que você acha da minha nova faixa e dos laços nos ombros? – imitou Geraldine com provocação.

– Mas você não tem laços nos ombros – disse Ivy em tom imponente.

– Mas você não tem laços nos ombros – gritou Geraldine.

Ivy parecia confusa.

– Eu tenho. Você não consegue vê-los?

– Eu tenho. Você não consegue vê-los? – zombou Geraldine, muito feliz com a brilhante ideia de repetir com desdém tudo o que Ivy dizia.

– Os seus pais não pagaram essas roupas – disse Gerald.

Ivy Trent ficou visivelmente com raiva, pois seu rosto estava tão vermelho quanto os laços no ombro.

– Pagaram, sim. Minha mãe sempre paga as contas.

– Minha mãe sempre paga as contas – cantou Geraldine.

Ivy estava desconfortável. Ela não sabia exatamente como lidar com aquilo. Então ela se virou para Gerald, indiscutivelmente o menino mais bonito da rua. Ivy o havia escolhido.

– Eu vim aqui lhe dizer que você vai ser meu namorado – informou ela, olhando eloquentemente para ele com seus magnéticos olhos castanhos. Apesar de ter apenas sete anos,

Ivy já havia aprendido que seus olhos exerciam um efeito devastador na maioria dos meninos pequenos que ela conhecia.

Gerald ficou vermelho.

– Não serei seu namorado – disse ele.

– Mas você tem que ser – disse Ivy serenamente.

– Mas você tem que ser – disse Geraldine, balançando a cabeça para ele.

– Eu não serei – gritou Gerald furiosamente. – E não quero ouvir você dizer mais nada, Ivy Trent.

– Você tem que ser – insistiu Ivy teimosamente.

– Você tem que ser – imitou Geraldine.

Ivy olhou para ela.

– Cale a boca, Geraldine Raymond!

– Acho que posso falar no meu próprio quintal – argumentou Geraldine.

– É claro que ela pode – concordou Gerald. – E, se você não calar a boca, Ivy Trent, eu vou até a sua casa e arranco os olhos da sua boneca.

– Minha mãe vai bater em você se fizer isso – exclamou Ivy.

– Ah, ela vai, é? Bem, você sabe o que minha mãe faria com ela se soubesse disso? Ela lhe daria um soco no nariz.

– Bem, de qualquer maneira, você tem que ser meu namorado – Ivy retornou calmamente ao assunto vital.

– Eu vou... eu vou bater sua cabeça no barril – gritou o enlouquecido Gerald... – Eu vou esfregar seu rosto em um formigueiro... Eu vou... Eu vou rasgar seus laços e suas fitas... – disse triunfante, pois pelo menos isso era viável.

– Isso mesmo! – gritou Geraldine.

Eles atacaram com fúria a infeliz Ivy, que se defendeu chutando, gritando e tentando morder, mas não foi páreo para os dois. Juntos, eles a arrastaram pelo quintal e entraram no galpão de madeira, onde os gritos da menina não podiam ser ouvidos.

– Depressa – ofegou Geraldine –, antes que a Srta. Shirley saia.

Não havia tempo a perder. Gerald segurou as pernas de Ivy enquanto Geraldine segurou os pulsos com uma mão e arrancou os laços do cabelo e dos ombros e a faixa com a outra.

– Vamos pintar as pernas dela – gritou Gerald, olhando para algumas latas de tinta que tinham sido deixadas ali por alguns trabalhadores na semana anterior. – Eu seguro e você pinta.

Ivy gritou desesperadamente, mas em vão. As meias foram abaixadas e, em alguns instantes, suas pernas foram adornadas com largas faixas de tinta vermelha e verde. No processo, boa parte da tinta foi derramada sobre o vestido bordado e as botas novas. Como toque final, os gêmeos encheram seus cachos com carrapichos.

Ela era uma visão lamentável quando eles finalmente a soltaram. Os gêmeos gritavam alegremente, olhando para ela. As longas semanas que tiveram que tolerar Ivy haviam sido vingadas.

– Agora, vá para casa – disse Gerald. – Isso vai ensiná-la a não andar por aí dizendo aos garotos que eles devem ser seu namorado.

– Vou contar para a minha mãe – disse Ivy chorando. – Eu vou agora para casa contar para a minha mãe, seu garoto horrível, odioso e feio!

– Não chame meu irmão de feio, sua idiota – gritou Geraldine. – Você e seus laços de ombro! Aqui, pode levá-los. Não queremos eles aqui, bagunçando nosso galpão.

Ivy, perseguida pelos laços que Geraldine atirou atrás dela, correu soluçando para fora do quintal e descendo a rua.

– Rápido… Vamos pela escada dos fundos até o banheiro, precisamos nos limpar antes que a Srta. Shirley nos veja – ofegou Geraldine.

4

O Sr. Grand se despediu e foi embora. Anne ficou parada por um momento na porta, imaginando inquietamente onde estariam os objetos de sua responsabilidade. Anne viu então uma senhora irada, trazendo pela mão uma coisa minúscula, abandonada e ainda aos soluços, descendo a rua e depois entrando pelo portão.

– Senhorita Shirley, onde está a Sra. Raymond? – exigiu a Sra. Trent.

– A Sra. Raymond está…

– Preciso falar com a Sra. Raymond agora. Ela verá com os próprios olhos o que os filhos dela fizeram com a minha pobre, indefesa e inocente Ivy. Olhe para ela, Srta. Shirley… apenas olhe para ela!

– Oh, Sra. Trent… Me desculpe! É tudo culpa minha. A Sra. Raymond não está em casa… Eu estou cuidando deles… Mas o Sr. Grand veio aqui…

– Não, a culpa não é sua, Srta. Shirley. Eu não a culpo. Ninguém pode lidar com aquelas crianças diabólicas. A rua inteira as conhece. Como a Sra. Raymond não está, não há motivo para eu continuar aqui. Levarei minha pobre criança para casa. Mas a Sra. Raymond vai saber o que aconteceu…

com certeza, vai. Escute isso, Srta. Shirley. Eles estão arrancando os membros um do outro?

Ela estava se referindo a um coro de uivos e gritos que ecoava pelas escadas. Anne correu para cima. No chão do corredor, os gêmeos estavam um sobre o outro, mordendo, chorando e arranhando. Anne separou com dificuldade as duas crianças furiosas e, segurando-as firmemente pelo ombro, exigiu saber o motivo de tal comportamento.

– Ela disse que eu tenho que ser o namorado de Ivy Trent – rosnou Gerald.

– E ele tem que ser – gritou Geraldine.

– Eu não vou ser!

– Você tem que ser!

– Crianças! – disse Anne.

Algo em seu tom os fez calar. Eles olharam para ela e viram uma Srta. Shirley que nunca tinham visto antes. Pela primeira vez em suas jovens vidas, eles sentiram a força da autoridade.

– Você, Geraldine – disse Anne calmamente –, vai ficar na cama por duas horas. Você, Gerald, passará o mesmo período de tempo no *closet*. Nem uma palavra. Vocês se comportaram de forma abominável e devem ser punidos por isso. Sua mãe os deixou sob minha responsabilidade, e vocês vão ter que me obedecer.

– Então nos deixe de castigo juntos – disse Geraldine, começando a chorar.

– Sim... Você não tem o direito de nos separar... Nunca fomos separados – murmurou Gerald.

– Vocês vão ficar separados agora – Anne continuava falando em tom brando e firme.

Obedientemente, Geraldine tirou a roupa e deitou-se em uma das camas do quarto deles. Também obedientemente,

Gerald entrou no *closet*. Era um grande espaço arejado, com janela e uma cadeira, e ninguém poderia considerar aquela punição algo excessivamente severo. Anne trancou a porta e sentou-se com um livro perto da janela do corredor. Por duas horas ao menos ela teria um pouco de paz de espírito.

Alguns minutos depois, Anne espiou pela porta do quarto e viu que Geraldine dormia profundamente, parecendo tão adorável em seu sono que ela quase se arrependeu de sua severidade. Bem, um cochilo seria bom para ela, de qualquer maneira. Quando acordasse, poderia se levantar, mesmo que as duas horas impostas não tivessem passado.

Uma hora depois, Geraldine ainda estava dormindo. Gerald ficou tão quieto que Anne decidiu que ele havia recebido seu castigo como um homem e poderia ser perdoado. Afinal, Ivy Trent era um macaquinho vaidoso e provavelmente fora muito irritante.

Anne destrancou a porta do *closet* e a abriu.

Gerald não estava lá. A janela estava aberta, e Anne viu que o telhado da varanda lateral ficava logo abaixo. Ela apertou os lábios nervosamente, então desceu as escadas e saiu para o quintal. Nenhum sinal de Gerald. Ela procurou no galpão de madeira e olhou para cima e para baixo da rua. Ainda nenhum sinal.

Ela correu pelo jardim e atravessou o portão que dava para um pequeno bosque em que havia um pequeno lago, no terreno do Sr. Robert Creedmore. Encontrou Gerald brincando alegremente no pavimento que o Sr. Creedmore mantinha lá. No momento em que Anne atravessou as árvores, o mastro que Gerald havia enfiado profundamente na lama saiu com facilidade inesperada ao terceiro puxão, e o garoto deu prontamente um salto para trás, com os pés na água.

Anne deu um grito involuntário de preocupação, mas não havia motivo real para alarme. A parte mais profunda do lago não chegaria aos ombros de Gerald e, onde ele havia caído, o nível da água dava em sua cintura. De alguma forma, ele ficou de pé e estava parado ali, de maneira tola, com a auréola grudada na testa, pingando, quando o grito de Anne ecoou atrás dela, e Geraldine, de camisola, atravessou as árvores até a borda da pequena plataforma de madeira na qual o pavimento estava ancorado.

Gritando desesperada o nome do irmão, ela deu um salto voador e caiu fazendo *splash* ao lado de Gerald, quase o derrubando novamente.

– Gerald, você se afogou? – gritou Geraldine. – Você se afogou, querido?

– Não... Não... querida – Gerald assegurou-lhe por entre os dentes, tiritando de frio.

Eles se abraçaram e se beijaram com carinho.

– Crianças, venham aqui, agora – disse Anne.

Eles foram para a margem. Aquele dia de setembro, quente pela manhã, tornou-se frio e ventoso no fim da tarde. Eles tremiam terrivelmente... seus rostos estavam azuis. Anne, sem uma palavra de censura, apressou-os de volta para casa, tirou suas roupas molhadas e os colocou na cama da Sra. Raymond, com garrafas de água quente nos pés. Eles continuavam tremendo. Teriam pegado um resfriado? Poderiam ter pneumonia?

– Você deveria ter cuidado melhor de nós, Srta. Shirley – disse Gerald, ainda tremendo.

– É claro que deveria – disse Geraldine.

Uma Anne distraída desceu as escadas e telefonou para o médico. Quando ele chegou, os gêmeos estavam quentes, e ele garantiu a Anne que eles não estavam em perigo. Se eles ficassem na cama até o dia seguinte, ficariam bem.

No caminho de volta, a Sra. Raymond encontrou o médico na estação; então, pouco depois, ela entrou correndo em casa, muito pálida e quase histérica.

– Oh, Srta. Shirley, como você pôde deixar meus pequenos tesouros correrem tanto perigo?

– Foi exatamente o que dissemos a ela, mãe – falaram os gêmeos.

– Eu confiei em você... Eu disse a você...

– Não consigo ver como a culpa pode ser minha, Sra. Raymond – disse Anne, com olhos tão frios quanto a névoa cinzenta. – Acho que você perceberá isso quando estiver mais calma. As crianças estão bem... Chamei o médico só por precaução. Se Gerald e Geraldine tivessem me obedecido, isso não teria acontecido.

– Eu pensei que uma professora teria um pouco de autoridade sobre as crianças – disse a Sra. Raymond, amargamente.

"Sobre crianças, talvez... mas não sobre pequenos demônios", pensou Anne.

– Já que você está aqui, Sra. Raymond, vou para casa. Acho que não serei mais útil e tenho trabalhos da escola a fazer esta noite.

Nesse momento, os gêmeos se jogaram da cama e a abraçaram.

– Espero que haja um funeral toda semana – exclamou Gerald. – Porque eu gosto de você, Srta. Shirley, e espero que você venha cuidar de nós toda vez que mamãe precisar sair.

– Eu também – disse Geraldine.

– Eu gosto mais de você do que da Srta. Prouty.

– Ah, muito mais – disse Geraldine.

– Você vai nos colocar em uma história? – perguntou Gerald.

– Ah, sim, faça isso – pediu Geraldine.

– Tenho certeza de que suas intenções foram boas – disse a Sra. Raymond, trêmula.

– Obrigada – disse Anne friamente, tentando se desvencilhar dos gêmeos.

– Oh, não vamos brigar por causa disso – implorou a Sra. Raymond, seus enormes olhos se enchendo de lágrimas. – É insuportável para mim brigar com alguém.

– Certamente não. – Anne estava no seu estado mais imponente, e ela podia ser muito imponente. – Eu não acho que exista a menor necessidade de brigas. Acho que Gerald e Geraldine gostaram bastante do dia, embora eu suponha que a pobre Ivy Trent não tenha tido a mesma sorte.

Anne foi para casa se sentindo anos mais velha.

"E pensar que eu considerava Davy um menino travesso", refletiu.

Ela encontrou Rebecca no jardim colhendo amores-perfeitos.

– Rebecca Dew, eu costumava considerar o ditado "As crianças devem ser vistas, e não ouvidas" muito severo. Mas agora entendo.

– Minha pobre querida. Vou lhe servir um bom jantar – disse apenas Rebecca Dew, e absteve-se de dizer "Eu avisei".

5

(Trecho de uma carta para Gilbert.)

A Sra. Raymond veio aqui ontem à noite e, com lágrimas nos olhos, implorou que eu a perdoasse por seu "comportamento precipitado". "Se você conhecesse o coração de uma mãe, Srta. Shirley, não acharia difícil perdoar".

Não foi difícil perdoar... Realmente há algo na Sra. Raymond que eu não posso deixar de gostar e ela ajudou muito o Clube de Teatro. De qualquer maneira, eu não disse: "Se precisar sair qualquer sábado, pode me chamar que eu cuido dos seus filhos". Aprende-se por experiência... até uma pessoa tão incorrigivelmente otimista e confiante quanto eu.

Descobri que atualmente uma certa parte da sociedade de Summerside está muito interessada nos amores de Jarvis Morrow e Dovie Westcott... Que, como Rebecca Dew diz, estão noivos há mais de um ano, mas não "saem disso". A tia Kate, que é uma tia distante de Dovie... para ser exata, acho que ela é tia de uma prima materna de segundo grau de Dovie... está profundamente interessada no caso, porque ela acha que Jarvis é um excelente pretendente para Dovie... e também, eu suspeito, porque ela odeia Franklin Westcott e gostaria de vê-lo completamente derrotado. Não que tia Kate admitisse que odeia alguém, mas a Sra. Franklin Westcott era uma amiga muito querida dela e tia Kate solenemente garante que ele a matou.

Estou interessada nisso, em parte porque gosto muito de Jarvis e moderadamente de Dovie, e em parte, começo a suspeitar, porque sou uma intrometida incorrigível em assuntos alheios... sempre com excelentes intenções, é claro.

Resumidamente, a situação é a seguinte: Franklin Westcott é um homem alto, sombrio, implacável, sarcástico e nada sociável, que trabalha como comerciante. Ele mora em um antigo casarão chamado Elmcroft, nos arredores da cidade, na estrada superior do porto. Eu o encontrei uma ou duas vezes, mas realmente sei muito pouco sobre ele, exceto que ele tem o estranho hábito de dizer algo e depois começar uma longa risada silenciosa. Ele nunca mais foi à igreja desde que começaram a haver hinos durante as celebrações e insiste em deixar todas as janelas abertas, mesmo nas tempestades de inverno. Confesso que simpatizo com ele nisso, mas provavelmente sou a única pessoa em Summerside que o faria. Ele adquiriu o hábito de ser um cidadão de destaque e não se ousa fazer nada na cidade sem a sua aprovação.

A esposa dele está morta. É um relato comum que ela era uma escrava, impossibilitada de chamar a própria alma de sua. Contam que Franklin disse a ela, quando a trouxe para casa, que seria o mestre.

Dovie, cujo nome verdadeiro é Sibyl, é sua única filha... Uma menina muito bonita, cheinha e adorável, de 19 anos, com a boca vermelha sempre entreaberta, deixando à mostra os pequenos dentes brancos, com reflexos marrons nos cabelos castanhos, olhos azuis atraentes e cílios tão longos que você se pergunta se eles podem ser reais. Jen Pringle diz que Jarvis está realmente apaixonado pelos olhos dela. Jen e eu realmente discutimos o assunto. Jarvis é seu primo favorito.

(A propósito, você não acreditaria em como Jen gosta de mim... E eu de Jen. Ela é realmente a coisa mais fofa.)

Franklin Westcott nunca permitiu que Dovie tivesse namorados, e quando Jarvis Morrow começou a "chamar sua atenção", ele o proibiu de entrar na casa e disse a Dovie que não haveria mais "passeios com aquele sujeito". Mas o estrago havia sido feito: Dovie e Jarvis já estavam profundamente apaixonados.

Todo mundo na cidade simpatiza com os amantes. Franklin Westcott é realmente irracional. Jarvis é um jovem advogado de sucesso, de boa família, com boas perspectivas, além de ser um rapaz decente e muito bom.

– Nada poderia ser mais adequado – declara Rebecca Dew. – Jarvis Morrow poderia ter qualquer garota que ele quisesse em Summerside. Franklin Westcott acabou de decidir que Dovie deve se tornar uma solteirona. Ele quer garantir uma empregada doméstica quando tia Maggie morrer.

– Ninguém tem influência sobre ele? – perguntei.

– Ninguém pode argumentar com Franklin Westcott. Ele é muito sarcástico. E se fica irritado, faz birra. Eu nunca o vi em uma de suas birras, mas ouvi a Srta. Prouty descrever como ele agiu certa vez, quando ela estava lá, costurando. Ele ficou bravo com alguma coisa... ninguém sabia o quê. Ele pegou tudo o que estava ao seu alcance e atirou pela janela. Os poemas de Milton voaram por cima da cerca para o lago de lírios de George Clarke. Ele sempre teve um ressentimento da vida. A Srta. Prouty diz, conforme a mãe dela lhe contara, que os gritos dele quando nasceu iam além de tudo que ela já tinha ouvido. Suponho que Deus tenha algum motivo para fazer homens assim, mas isso nos faz pensar. Não, não vejo chance para Jarvis e Dovie, a menos que fujam. É um tipo de coisa simples de se fazer, embora se fale um monte de absurdos românticos sobre fugir para casar. Mas este é um caso em que todos os perdoarão.

Eu não sei o que fazer, mas devo fazer alguma coisa. Simplesmente não consigo ficar parada e ver as pessoas bagunçarem suas vidas debaixo do meu nariz, não importa quantas birras Franklin Westcott faça. Jarvis Morrow não vai esperar para sempre... Dizem que ele já está perdendo a paciência e foi visto raspando violentamente o nome de Dovie de uma árvore na qual o tinha escrito. Há uma garota Palmer muito atraente que está se atirando para cima dele, e há rumores, conforme comentários da irmã, de que a mãe dele disse que seu filho não precisa ficar na barra da saia de nenhuma garota durante anos.

Realmente, Gilbert, estou bastante infeliz com isso.

Há um luar esta noite, meu amor... Luar nas árvores do quintal... Covinhas de luar por todo o porto, onde flutua um navio fantasma... luar no antigo cemitério... no meu próprio vale privado... no Rei da Tempestade. E terá luar em Lover's Lane, no lago de Shining Waters, na velha Floresta Assombrada e no Vale Violeta. Deve haver danças de fadas nas colinas hoje à noite. Mas, Gilbert querido, o luar sem ninguém para compartilhar é apenas... luar.

Gostaria de poder levar a pequena Elizabeth para passear. Ela adora passear à luz da lua. Tivemos algumas caminhadas deliciosas quando ela estava em Green Gables. Mas, em casa, Elizabeth nunca vê a luz da lua, exceto pela janela.

Estou começando a ficar um pouco preocupada com ela também. Ela está com 10 anos agora e aquelas duas senhoras não têm a menor ideia do que ela precisa, espiritual e emocionalmente. Contanto que ela tenha boa comida e boas roupas, elas não podem imaginá-la precisando de qualquer outra coisa. E será pior a cada ano. Que tipo de infância a pobre criança terá?

6

Jarvis Morrow voltou da escola com Anne e contou-lhe seus problemas.

– Você terá que fugir com ela, Jarvis. Todo mundo diz isso. Como regra, eu não aprovo fugas ("Eu pareço um professor de quarenta anos de experiência dizendo isso", pensou Anne, com um sorriso invisível), mas há exceções para todas as regras.

– São necessárias duas pessoas para fechar um negócio, Anne. Não posso fugir sozinho. Dovie está com tanto medo do pai que não consigo fazê-la concordar. E não seria uma fuga... realmente. Ela apenas iria até a casa da minha irmã Julia... A Sra. Stevens, você sabe... alguma noite... O ministro estaria lá, e poderíamos nos casar com respeito o suficiente para agradar qualquer um e passar nossa lua de mel com tia Bertha em sua casa em Kingsport. Simples assim. Mas não consigo convencer Dovie a se arriscar. A pobre querida cede tanto aos caprichos do pai que não tem mais força de vontade.

– Você simplesmente terá que convencê-la a fazer isso, Jarvis.

– Você acha que eu não tentei, Anne? Já estou até cansado de tanto implorar. Quando ela está comigo, quase promete, mas no minuto em que chega em casa, me manda dizer que não pode. Parece estranho, Anne, mas a pobre criança gosta muito do pai, e não suporta nem pensar que talvez ele nunca vá perdoá-la.

– Você deve lhe dizer que ela tem de escolher entre o pai e você.

– E se ela o escolher?

– Eu não acho que isso vá acontecer.

– Nunca se sabe – disse Jarvis, sombrio. – Mas algo tem que ser decidido em breve. Não posso continuar assim para sempre. Sou louco por Dovie... Todos em Summerside sabem disso. Ela é como uma pequena rosa vermelha fora do alcance... Preciso alcançá-la, Anne.

– A poesia é uma coisa muito boa em seu momento, mas não o levará a lugar algum, Jarvis – disse Anne friamente. – Isso soa como uma observação que Rebecca Dew faria, mas é bem verdade. O que você precisa neste caso é puro bom senso. Diga a Dovie que você está cansado de se esconder e que ela deve aceitá-lo ou deixá-lo. Se ela não se importa o suficiente com você para deixar o pai, é bom que você saiba.

Jarvis gemeu.

– Você não esteve sob o controle de Franklin Westcott a vida toda, Anne. Você não tem noção de como ele é. Bem, farei uma última tentativa. Como você diz, se Dovie realmente se importa comigo, ela virá até mim... senão, pelo menos saberei. Estou começando a sentir que me tornei um tanto ridículo.

"Se você está começando a se sentir assim", pensou Anne, "seria melhor Dovie tomar cuidado".

A própria Dovie foi até Windy Poplars algumas noites depois para conversar com Anne.

– O que devo fazer, Anne? O que posso fazer? Jarvis quer que eu fuja... praticamente. Papai deve ir até Charlottetown na próxima semana, à noite, para participar de um banquete maçônico... então seria uma boa oportunidade. Tia Maggie nunca suspeitaria. Jarvis quer que eu vá para a casa da Sra. Stevens e me case com ele lá.

– E por que você não faz isso, Dovie?

– Oh, Anne, você realmente acha que devo? – Dovie levantou seu rosto doce e persuasivo. – Por favor, por favor, decida por mim. Estou apenas distraída. – A voz de Dovie rompeu em um tom choroso. – Oh, Anne, você não conhece papai. Ele odeia Jarvis... Não consigo imaginar por quê... você consegue? Como alguém pode odiar Jarvis? Quando ele se declarou pela primeira vez, meu pai o proibiu de entrar em casa e disse que soltaria o cachorro nele se ele voltasse... nosso grande touro. Você sabe que eles nunca soltam a vítima depois que a seguram. E ele nunca vai me perdoar se eu fugir com Jarvis.

– Você deve escolher entre eles, Dovie.

– Foi exatamente o que Jarvis disse – chorou Dovie. – Ah, ele estava tão sério... Nunca o tinha visto daquela forma antes. E não posso... Não posso viver sem ele, Anne.

– Então viva com ele, minha querida garota. E não chame isso de fugir. Apenas entrar em Summerside e se casar entre os amigos dele não é fugir.

– Papai vai dizer que é – disse Dovie, engolindo um soluço. – Mas vou seguir seu conselho, Anne. Tenho certeza de que você não me aconselharia a dar nenhum passo errado. Vou dizer a Jarvis para ir em frente e obter a licença e vou até a casa da irmã dele na noite em que meu pai estiver em Charlottetown.

Jarvis disse a Anne triunfantemente que Dovie havia finalmente cedido.

– Vou encontrá-la no final da avenida na próxima terça à noite... Ela não quer que eu vá até a casa por medo de que tia Maggie me veja... Vamos até a casa de Julia e nos casaremos rapidamente. Todos os meus amigos estarão lá, de modo a deixar a pobre querida bastante confortável. Franklin Westcott disse que eu nunca ficaria com a filha dele. Vou mostrar a ele que estava enganado.

7

Terça-feira foi um dia sombrio de fim de novembro. Ocasionalmente, chuvas fortes e rajadas pairavam sobre as colinas. O mundo parecia um lugar sombrio e vívido, visto através de uma garoa cinza.

"A pobre Dovie não terá um dia muito agradável para seu casamento", pensou Anne. "Supondo... supondo...", estremeceu ela, "supondo que não acabe bem, afinal. Será minha culpa. Dovie nunca teria concordado com isso se eu não a tivesse aconselhado. E supondo que Franklin Westcott nunca a perdoe. Anne Shirley, pare com isso! O clima é tudo o que há de errado com você".

À noite, a chuva cessara, mas o ar estava frio e seco e o céu escurecia. Anne estava no quarto da torre, corrigindo os trabalhos da escola, com Dusty Miller enrolado embaixo do fogão. Então houve uma batida estrondosa à porta da frente.

Anne correu. Alarmada, Rebecca Dew enfiou a cabeça pela porta do quarto. Anne fez um gesto para que ela entrasse.

– Tem alguém na porta da frente! – disse Rebecca, sombriamente.

– Está tudo bem, Rebecca querida. Na verdade, acho que está tudo errado... mas, de qualquer forma, é apenas Jarvis Morrow. Eu o vi pela janela lateral da torre e sei que ele quer falar comigo.

– Jarvis Morrow! – Rebecca voltou e fechou a porta. – Essa é a gota d'água.

– Jarvis, qual é o problema?

– Dovie não apareceu – disse Jarvis descontroladamente. – Esperamos horas... O ministro está lá... E meus amigos... E Julia está com a ceia pronta... E Dovie não veio. Eu a esperei no final do caminho, e quase enlouqueci. Não ousei ir até a casa dela porque não sabia o que tinha acontecido. Aquele velho bruto do Franklin Westcott pode ter voltado. Tia Maggie pode tê-la trancado. Eu preciso saber. Anne, você tem que ir a Elmcroft e descobrir por que ela não veio.

– Eu? – disse Anne, incrédula.

– Sim, você. Não há mais ninguém em quem eu possa confiar... Ninguém mais sabe. Oh, Anne, não me decepcione agora. Você nos apoiou imediatamente. Dovie diz que você é a única amiga de verdade que ela tem. Não é tarde... são apenas nove horas. Vá.

– E ser mastigada pelo buldogue? – disse Anne sarcasticamente.

– Aquele cachorro velho! – disse Jarvis com desdém. – Ele não daria um susto nem em um mendigo. Você não acha que eu tenho medo do cachorro, acha? Além disso, ele sempre fica calado à noite. Eu simplesmente não quero causar problemas para Dovie em casa, se eles descobriram. Anne, por favor!

– Acho que concordo – disse Anne com um dar de ombros desesperado.

Jarvis a levou até a longa rua de Elmcroft, mas ela não o deixou ir mais longe.

– Como você disse, pode complicar as coisas para Dovie, caso o pai dela volte para casa.

Anne se apressou pela longa faixa de árvores. Ocasionalmente, a lua entrava nas nuvens, mas na maioria das vezes estava horrivelmente escuro e ela não estava nem um pouco em dúvida sobre o cachorro.

Parecia haver apenas uma luz em Elmcroft... brilhando da janela da cozinha. A própria tia Maggie abriu a porta lateral para Anne. Tia Maggie era uma irmã muito velha de

Franklin Westcott, uma mulher enrugada e um pouco curvada que nunca fora considerada muito inteligente, embora fosse uma excelente governanta.
– Tia Maggie, Dovie está em casa?
– Dovie está na cama – disse tia Maggie, impassível.
– Na cama? Ela está doente?
– Não que eu saiba. Ela me parecia trêmula o dia todo. Depois do jantar, ela disse que estava cansada, subiu e foi se deitar.
– Preciso vê-la por um momento, tia Maggie. Eu... eu só preciso de uma informação importante.
– Melhor ir até o quarto dela então. É aquele do lado direito, no fim da escada. – Tia Maggie apontou para as escadas e caminhou até a cozinha.

Dovie sentou-se quando Anne entrou, sem cerimônia, depois de um movimento apressado. Como era possível ver à luz de uma pequena vela, Dovie chorava, mas suas lágrimas apenas exasperavam Anne.

– Dovie Westcott, você esqueceu que prometeu se casar com Jarvis Morrow hoje à noite... esta noite?
– Não... não... – Dovie choramingou. – Oh, Anne, eu estou tão infeliz... Eu passei um dia tão terrível. Você nunca, nunca poderia saber pelo que eu passei.
– Eu sei pelo que o pobre Jarvis passou, esperando duas horas naquela rua, no frio e na garoa – disse Anne sem piedade.
– Ele está... ele está com muita raiva, Anne?
– Apenas o que dá para notar...
– Oh, Anne, fiquei com medo. Não dormi nada ontem à noite. Não pude continuar com isso... Não pude. Eu.... Há realmente algo de vergonhoso em fugir, Anne. E eu não receberia bons presentes... bem, não muitos, de qualquer

maneira. Eu sempre quis me casar na igreja... com decorações encantadoras... e um véu e vestido brancos... e s... s... sapatos prateados!

– Dovie Westcott, saia já desta cama... Imediatamente... E vista-se... E venha comigo.

– Anne... é tarde demais agora.

– Não é tarde demais. É agora ou nunca... você deve saber disso, Dovie, se tiver um pouco de bom senso. Você deve saber que Jarvis Morrow nunca mais falará com você novamente se você o fizer de tolo assim.

– Oh, Anne, ele vai me perdoar quando souber...

– Ele não vai. Eu conheço Jarvis Morrow. Ele não vai deixar você brincar indefinidamente com a vida dele. Dovie, você quer que eu a arraste para fora da cama?

Dovie estremeceu e suspirou.

– Eu não tenho nenhum vestido adequado...

– Você tem meia dúzia de vestidos bonitos. Coloque seu tafetá rosa.

– E eu não tenho enxoval. Os Morrows sempre falarão sobre isso.

– Você pode conseguir um depois. Dovie, você não pesou todas essas coisas na balança antes?

– Não... Não... Esse é o problema. Só comecei a pensar nessas coisas ontem à noite. E meu pai... Você não conhece meu pai, Anne...

– Dovie. Vou lhe dar apenas dez minutos para se vestir!

Dovie estava pronta no tempo especificado.

– Este vestido está... muito apertado para mim – ela soluçou quando Anne a ajudou. – Se eu ficar muito mais gorda, acho que Jarvis não... me amará. Gostaria de ser alta, magra e pálida, como você, Anne. Oh, Anne, e se tia Maggie nos ouvir?

– Ela não vai. Ela está fechada na cozinha e você sabe que ela é um pouco surda. Aqui está o seu chapéu e casaco, e eu coloquei algumas coisas nesta bolsa.
– Oh, meu coração está acelerado. Eu estou horrível, Anne?
– Você está adorável – disse Anne sinceramente.
A pele de cetim de Dovie era rosada e clarinha, e todas as suas lágrimas não estragaram seus olhos. Mas Jarvis não conseguia ver os olhos dela no escuro e ele estava um pouco irritado com a sua adorada moça, além de bastante gelado, durante a viagem para a cidade.
– Pelo amor de Deus, Dovie, não pareça tão assustada por ter de se casar comigo – disse ele, impaciente, enquanto ela descia as escadas da casa dos Stevens. – E não chore... Vai deixar seu nariz inchado. São quase dez horas, e temos que pegar o trem das onze.
Dovie ficou bem assim que se viu irrevogavelmente casada com Jarvis. O que Anne descreveu com veemência numa carta a Gilbert como "o olhar de lua de mel" já estava em seu rosto.
– Anne, querida, devemos tudo a você. Nunca nos esqueceremos disso, não é, Jarvis? E, oh, Anne querida, você faria apenas mais uma coisa por mim? Por favor, dê a notícia ao meu pai. Ele estará em casa amanhã à noite... e alguém terá de lhe contar. Se alguém pode acalmá-lo, é você. Por favor, faça o possível para que ele me perdoe.
Anne sentiu que precisava se acalmar naquele momento; mas ela também se sentia responsável pelo resultado do caso, por isso fez a promessa necessária.
– É claro que ele será terrível... Simplesmente terrível, Anne... Mas ele não pode matar você – disse Dovie, como

conforto. – Oh, Anne, você não sabe... Você não pode perceber... Quão segura me sinto com Jarvis.

Quando Anne chegou em casa, Rebecca Dew havia chegado ao ponto em que tinha de satisfazer sua curiosidade ou enlouqueceria. Ela seguiu Anne até o quarto da torre em suas roupas de dormir, com um xale de flanela em volta da cabeça, e ouviu a história toda.

– Bem, suponho que isso seja o que você poderia chamar de "vida" – disse ela sarcasticamente. – Mas estou muito feliz que Franklin Westcott tenha finalmente conseguido sua retribuição, e também a Sra. capitão MacComber. Mas não invejo sua tarefa de lhe dar a notícia. Ele se enfurecerá e falará coisas vãs. Se eu estivesse no seu lugar, Srta. Shirley, nem dormiria esta noite.

– Sinto que não será uma experiência muito agradável – concordou Anne com tristeza.

8

Anne se dirigiu a Elmcroft na noite seguinte, caminhando pela paisagem onírica de um nevoeiro de novembro, com uma sensação bastante abafada permeando seu ser. Não era exatamente uma tarefa agradável. Como Dovie havia dito, é claro que Franklin Westcott não a mataria. Anne não temia violência física... mas, se todas as histórias contadas sobre ele fossem verdadeiras, ele poderia jogar algo nela. Ele gaguejaria de raiva? Anne nunca tinha visto um homem tagarelar de raiva, e imaginou que devia ser uma visão bastante desagradável. Mas ele provavelmente exercitaria seu dom notável para o sarcasmo desagradável, e o sarcasmo, tanto de homem como de mulher, era a única arma que Anne temia. Sempre a machucava... causava bolhas em sua alma, que doíam por meses.

Tia Jamesina costumava dizer: "Nunca, se você puder evitar, seja portador de más notícias", refletiu Anne. "Ela era tão sábia nisso quanto em todo o restante. Bem, aqui estou eu".

Elmcroft era um casarão à moda antiga, com torres em cada canto e uma cúpula no telhado. E no topo do lance da escada frontal estava o cachorro.

"Se eles pegam a vítima, nunca a deixam ir", lembrou Anne. Ela deveria tentar ir até a porta lateral? Então, o pensamento de que Franklin Westcott poderia estar observando-a da janela despertou-a. Ela nunca lhe daria a satisfação de ver que tinha medo do cachorro dele. Resolutamente, com a cabeça erguida, ela subiu os degraus, passou pelo cachorro e tocou a campainha. O cachorro não se mexeu. Quando Anne olhou para ele por cima do ombro, ele estava aparentemente dormindo.

Franklin Westcott, como foi informada, não estava em casa, mas era esperado a cada minuto, pois o trem de Charlottetown já havia chegado. Tia Maggie conduziu Anne ao que chamou de "birblioteca" e a deixou lá. O cachorro se levantou e as seguiu. Ele veio e se ajeitou aos pés de Anne.

Anne se viu gostando da "birblioteca". Era uma sala alegre e fora de moda, e muito aconchegante por causa do fogo aceso na lareira e os tapetes de pele de urso sobre o carpete vermelho gasto do chão. Franklin Westcott evidentemente se saía bem em relação a livros e cachimbos.

Então, ela o ouviu entrar. Ele pendurou o chapéu e o casaco no corredor, e ficou na porta da biblioteca com uma carranca na testa. Anne se lembrou de que sua impressão sobre ele na primeira vez em que o vira era que parecia um pirata bastante cavalheiro, e sentiu isso novamente.

– Oh, é você? – disse ele, um pouco rispidamente. – Bem, e o que você quer?

Ele não estendeu a mão para cumprimentá-la. Dos dois, Anne achava que o cachorro tinha decididamente os melhores modos.

– Sr. Westcott, por favor, ouça-me pacientemente antes...

– Eu sou paciente... Muito paciente. Prossiga!

Anne decidiu que não adiantava tentar enrolar um homem como Franklin Westcott.

– Eu vim para lhe dizer – disse ela com firmeza – que Dovie se casou com Jarvis Morrow.

Então ela esperou o terremoto. Nada aconteceu. Nenhum músculo do rosto magro e marrom de Franklin Westcott se moveu. Ele entrou e sentou-se na cadeira de couro com pernas largas, oposta à de Anne.

– Quando? – perguntou ele.

– Ontem à noite... na casa da irmã dele – respondeu Anne.

Franklin Westcott olhou para ela por um momento com os olhos castanho-amarelados, profundamente fixos sob sobrancelhas grisalhas. Anne teve um momento para imaginar como ele era quando bebê. Então ele jogou a cabeça para trás e entrou em um de seus espasmos de risadas silenciosas.

– Você não deve culpar Dovie, Sr. Westcott – disse Anne sinceramente, recuperando seus poderes de expressão agora que a terrível revelação havia terminado. – Não foi culpa dela.

– Aposto que não – disse Franklin Westcott.

Ele estava tentando ser sarcástico?

– Não, foi toda minha – disse Anne, simples e corajosamente. – Aconselhei-a a fugir... Casar-se... Eu a fiz fazer isso. Então, por favor, perdoe-a, Sr. Westcott.

Franklin Westcott pegou friamente um cachimbo e começou a enchê-lo.

– Se você conseguiu fazer Sibyl fugir com Jarvis Morrow, Srta. Shirley, conseguiu mais do que eu jamais pensei que alguém pudesse. Eu estava começando a temer que ela nunca tivesse coragem suficiente para fazê-lo. E então eu tive que recuar... e, Senhor, como nós, os Westcotts, odiamos recuar! Você me salvou, Srta. Shirley, e sou profundamente grato a você.

Houve um silêncio ruidoso enquanto Franklin Westcott batia o tabaco e olhava com um brilho divertido para o rosto de Anne. Anne estava tão perdida que não sabia o que dizer.

– Suponho – disse ele – que você veio aqui com medo e trêmula para me dar a terrível notícia?

– Sim – disse Anne, em tom breve.

Franklin Westcott riu silenciosamente.

– Não precisava. Você não poderia ter me trazido melhores notícias. Bem, escolhi Jarvis Morrow para Sibyl quando eles ainda eram crianças. Assim que os outros garotos começaram a notá-la, eu os expulsei. Isso deu a Jarvis sua primeira visão dela. Ele mostraria ao velho! Mas ele era tão popular com as garotas que eu mal podia acreditar na nossa sorte incrível quando ele realmente gostou dela de verdade. Então eu expus meu plano de campanha. Eu conhecia a raiz e o ramo dos Morrows. Você não. Eles são uma boa família, mas os homens não querem coisas que possam obter facilmente. E estão determinados a conseguir algo quando lhes dizem que não podem. Eles sempre fazem o oposto do que dizem. O pai de Jarvis partiu o coração de três moças porque suas famílias as jogaram em cima dele. No caso de Jarvis, eu sabia exatamente o que aconteceria. Sibyl se apaixonaria por ele... e ele se cansaria dela em pouco tempo. Eu sabia que ele não continuaria a querê-la se ela fosse muito fácil de conseguir. Portanto, eu o proibi de se aproximar da casa e proibi Sibyl de falar com ele, e geralmente representava o pai autoritário com perfeição. Nada é páreo para o charme dos inalcançáveis. Tudo funcionou de acordo com o cronograma, mas tive um problema com a covardia de Sibyl. Ela é uma criança legal, mas é covarde. Eu achei que ela nunca teria coragem de se casar com ele. Agora, se você recuperou o fôlego, minha querida jovem, conte-me a história toda.

O senso de humor de Anne voltou a resgatá-la. Ela nunca poderia recusar uma oportunidade para uma boa risada, mesmo quando era de si mesma. E de repente ela se sentiu muito bem familiarizada com Franklin Westcott.

Ele ouviu a história, dando boas tragadas no cachimbo. Quando Anne terminou, ele assentiu confortavelmente.

– Vejo que estou mais endividado do que pensei. Ela nunca teria coragem de fazer isso se não fosse por você. E Jarvis Morrow não se arriscaria a ser enganado duas vezes.... não se eu conheço a raça. Puxa, mas eu consegui por pouco! Estou à sua disposição a vida toda. Você é muito corajosa para vir aqui como fez, acreditando em todas as fofocas que lhe contaram. Você já ouviu muita coisa, não é mesmo?

Anne concordou. O buldogue estava com a cabeça no colo dela e roncava alegremente.

– Todos concordam que você é irritadiço, crítico e duro – disse ela com sinceridade.

– E eu suponho que eles lhe disseram que eu era um tirano e que tornei a vida da minha pobre esposa miserável e que governava minha família com uma barra de ferro?

– Sim, mas eu realmente aceitei tudo isso com reservas, Sr. Westcott. Senti que Dovie não podia gostar tanto de você, se você fosse tão terrível quanto as fofocas o pintavam.
– Menina sensata! Minha esposa era uma mulher feliz, Srta. Shirley. E quando a Sra. capitão MacComber lhe disser que eu a intimidei até a morte, cutuque-a por mim. Desculpe meu jeito. Mollie era bonita... mais bonita que Sibyl. Uma pele tão rosada e branca... cabelos castanho-dourados... olhos azuis tão úmidos! Ela era a mulher mais bonita de Summerside. Tinha que ser. Eu não aguentaria se um homem entrasse na igreja com uma esposa mais bonita que a minha. Eu governava minha casa como um homem deveria, mas não tiranicamente. Oh, é claro, eu tinha alguns problemas de temperamento, mas Mollie não se importava com eles depois que se acostumou. Um homem tem o direito de ter uma briga com a esposa de vez em quando, não é? As mulheres se cansam de maridos monótonos. Além disso, eu sempre dava um anel ou um colar ou um pouco de alegria a ela depois que me acalmava. Não havia uma mulher em Summerside com joias mais bonitas. Devo entregá-las a Sibyl.

Anne ficou irônica.

– E os poemas de Milton?

– Os poemas de Milton? Ah, isso! Não eram os poemas de Milton... eram os de Tennyson. Eu reverencio Milton, mas não posso respeitar Alfred. Ele é muito doentio. Aquelas duas últimas linhas de Enoch Arden me deixaram tão bravo certa noite que atirei o livro pela janela, mas o peguei no dia seguinte por causa da Canção de Clarim. Perdoaria qualquer coisa por isso. Não caiu no lago de lírios de George Clarke... isso foi exagero da velha Prouty. Você já vai? Fique e jante com um velho solitário que teve a única filha roubada.

— Sinto muito, mas não posso, Sr. Westcott. Preciso comparecer a uma reunião da equipe hoje à noite.

— Bem, eu vou vê-la quando Sibyl voltar. Vou ter que arrumar uma festa para eles, sem dúvida. Meu Deus, que alívio isso está sendo para a minha mente. Você não tem ideia de como eu odiaria ter que recuar e dizer: "Leve-a". Agora, tudo o que tenho a fazer é fingir que estou com o coração partido e resignado e perdoá-la tristemente, pelo bem de sua pobre mãe. Eu farei isso lindamente... Jarvis nunca deve suspeitar. Não denuncie o plano.

— Não o farei — prometeu Anne.

Franklin Westcott a acompanhou com cortesia até a porta. O buldogue sentou-se nos quadris e choramingou atrás dela.

Na porta, Franklin Westcott tirou o cachimbo da boca e tocou os ombros de Anne.

— Lembre-se sempre — disse ele solenemente —, há mais de uma maneira de esfolar um gato. Isso pode ser feito de um jeito que o animal nunca saiba que perdeu a pele. Dê lembranças minhas a Rebecca Dew. Uma boa e velha gata, se for acariciada da maneira certa. E obrigado... obrigado.

Anne foi para casa, durante a noite suave e calma. A neblina havia desaparecido, o vento havia mudado e havia um traço de geada no céu verde pálido.

"As pessoas me disseram que eu não conhecia Franklin Westcott", refletiu Anne. "Elas estavam certas... Eu não conhecia. E eles também não conhecem."

— Como ele recebeu a notícia? — Rebecca Dew estava interessada em saber. Ela ficou muito agitada durante a ausência de Anne.

— Não tão mal, afinal — disse Anne confidencialmente. — Acho que ele perdoará Dovie em seu tempo.

– Nunca vi ninguém com essa sua habilidade, Srta. Shirley, de conversar com as pessoas – disse Rebecca Dew, admirada. – Você certamente tem um jeito especial.

– Uma tentativa e uma realização conquistam uma boa noite de descanso – disse Anne, cansada, enquanto subia os três degraus em sua cama naquela noite. – Mas espere só até a próxima pessoa pedir meu conselho sobre fugir!

··

9

(Trecho de uma carta para Gilbert.)

Fui convidada para jantar amanhã à noite com uma senhora de Summerside. Eu sei que você não vai acreditar em mim, Gilbert, quando disser que o nome dela é Tomgallon. Minerva Tomgallon. Você dirá que tenho lido Dickens tempo demais e muito tarde.

Querido, você não está feliz por seu nome ser Blythe? Tenho certeza de que nunca poderia me casar com você se fosse um Tomgallon. Imagine... Anne Tomgallon! Não, você não pode imaginar.

Esta é a maior honra que Summerside tem para conceder... Um convite para a Casa Tomgallon. Não tem outro nome. Nenhuma bobagem sobre Elmos ou Chestnuts ou Crofts para os Tomgallons.

Eu soube que eles eram a "Família Real" nos velhos tempos. Os Pringles são cogumelos comparados a eles. E agora resta apenas a Srta. Minerva, a única sobrevivente de seis gerações de Tomgallons. Ela mora sozinha em uma casa enorme na Queen Street... uma casa com grandes chaminés, persianas verdes e o único vitral de uma casa particular da cidade. É grande o suficiente para quatro famílias, mas ocupada apenas pela Srta. Minerva, a cozinheira e a empregada. É muito bem preservada, mas, de alguma forma, sempre que passo por ela sinto que é um lugar que a vida esqueceu.

A Srta. Minerva sai muito pouco, exceto para a igreja anglicana, e eu nunca a havia conhecido até algumas semanas atrás, quando ela veio a uma reunião de funcionários e administradores para fazer uma doação formal da valiosa biblioteca de seu pai para a escola. Ela parece exatamente como você esperaria que uma Minerva Tomgallon parecesse... alta e magra, rosto branco comprido e estreito, nariz longo e fino e boca grande e fina. Isso não parece muito atraente, mas a Srta. Minerva é muito bonita em um estilo imponente e aristocrático e está sempre vestida com uma elegância excelente, embora um tanto antiquada. Ela era uma beldade quando era jovem, disse Rebecca Dew, e seus grandes olhos negros ainda estão cheios de fogo e brilho. Ela não sofre de falta de palavras e acho que nunca conheci alguém que gostasse mais de fazer um discurso de apresentação.

A Srta. Minerva foi especialmente gentil comigo, e ontem recebi um bilhete formal dela, convidando-me para jantar. Quando contei a Rebecca Dew, ela arregalou os olhos exageradamente, como se eu tivesse sido convidada para o Palácio de Buckingham.

– É uma grande honra ser convidada para a Casa Tomgallon – disse ela em tom bastante impressionado. – Nunca ouvi falar da Srta. Minerva convidando qualquer um dos diretores da escola antes. De qualquer forma, eles eram todos homens, então acho que dificilmente teria sido adequado. Bem, espero que ela não fale até a morte, Srta. Shirley.

Os Tomgallons poderiam falar por horas a fio. E eles gostam de estar à frente das coisas. Algumas pessoas pensam que o motivo de a Srta. Minerva viver tão isolada é, agora que está velha, não poder assumir a liderança como costumava fazer e não aceitar ser a segunda em nada. O que vai vestir, Srta. Shirley? Gostaria de vê-la usar aquele seu vestido de seda creme com laços de veludo preto. É tão elegante.

– Acho que seria elegante demais para uma noite tranquila – disse. – A Srta. Minerva gostaria, eu acho. Todos os Tomgallons gostam que sua companhia esteja bem arrumada. Dizem que o avô da Srta. Minerva certa vez fechou a porta no rosto de uma mulher que havia sido convidada para um baile só porque ela foi com seu segundo melhor vestido. Ele disse que seu melhor não era bom o bastante para os Tomgallons. No entanto, acho que usarei meu *voile* verde, e os fantasmas dos Tomgallons precisarão se conformar.

Confessarei algo que fiz na semana passada, Gilbert. Suponho que você pense que estou me intrometendo novamente nos assuntos de outras pessoas. Mas tive que fazer alguma coisa. Não estarei em Summerside no próximo ano e não consigo suportar a ideia de deixar a pequena Elizabeth à mercê daquelas duas velhas indiferentes que se tornam cada vez mais amargas e fechadas a cada ano. Que tipo de adolescência ela terá com elas naquele lugar sombrio e velho?

– Eu me pergunto – ela me disse melancolicamente, não muito tempo atrás – como seria ter uma avó da qual você não tenha medo.

Foi isso que eu fiz: escrevi para o pai dela. Ele mora em Paris, e eu não sabia o endereço dele, mas Rebecca Dew ouvira e se lembrava do nome da firma cuja filial ele dirigia por lá, então arrisquei. Eu escrevi uma carta o mais diplomática possível, mas disse claramente que ele deveria buscar

Elizabeth. Eu contei como ela anseia e sonha com ele, e que a Sra. Campbell era realmente muito severa. Talvez nada aconteça, mas, se eu não tivesse escrito, ficaria para sempre assombrada com a convicção de que deveria ter feito.

    O que me fez pensar nisso foi Elizabeth me dizendo muito seriamente um dia que ela havia "escrito uma carta para Deus", pedindo a Ele que trouxesse seu pai de volta para ela e o fizesse amá-la. Ela disse que havia parado no caminho de casa voltando da escola, no meio de um terreno baldio, e lido a carta, olhando para o céu. Eu sabia que ela havia feito algo estranho, porque a Srta. Prouty tinha visto o acontecido e me contou quando veio costurar para as viúvas. Ela pensou que Elizabeth estava ficando "esquisita"... "conversando com o céu daquele jeito".

    Perguntei a Elizabeth sobre isso e ela me contou.

    – Pensei que Deus pudesse prestar mais atenção a uma carta do que a uma oração – disse ela. – Eu rezei tanto tempo. Ele deve receber muitas orações.

    Naquela noite, escrevi para o pai dela.

    Antes de encerrar, devo falar sobre Dusty Miller. Há algum tempo, tia Kate me disse que achava que deveria encontrar outro lar para ele, porque Rebecca Dew continuava reclamando dele, de modo que sentia que realmente não aguentaria mais. Em uma noite da semana passada, quando cheguei em casa da escola, não havia Dusty Miller. A tia Chatty disse que o entregaram à Sra. Edmonds, que mora do lado oposto de Summerside, saindo de Windy Poplars. Eu senti muito, pois Dusty Miller e eu éramos excelentes amigos. "Mas, pelo menos", pensei, "Rebecca Dew será uma mulher feliz".

    Rebecca ficou fora o dia todo, depois de ter ido ao interior ajudar uns parentes. Quando ela voltou, ao anoitecer, nada foi dito, mas, na hora de dormir, quando ela estava chamando Dusty Miller da varanda dos fundos, tia Kate disse calmamente:

— Você não precisa chamar Dusty Miller, Rebecca. Ele não está aqui. Encontramos um lar para ele em outro lugar. Você não se incomodará mais com ele.

Se Rebecca Dew pudesse empalidecer, ela o faria.

— Não está aqui? Encontrou um lar para ele? Minha nossa! Este não é o lar dele?

— Nós o entregamos à Sra. Edmonds. Ela está muito sozinha desde que a filha se casou e pensou que um bom gato seria uma companhia.

Rebecca Dew entrou e fechou a porta. Ela parecia muito nervosa.

— Essa foi a gota d'água — disse ela. E, de fato, parecia ser. Nunca vi os olhos de Rebecca Dew emitirem tanto brilho de raiva. — Vou embora no final do mês, Sra. MacComber, ou antes, se puder.

— Mas, Rebecca — disse tia Kate, perplexa —, eu não entendo. Você nunca gostou de Dusty Miller. Na semana passada você disse...

— Está certo — disse Rebecca amargamente. — Jogue as coisas para mim! Não tenha consideração pelos meus sentimentos! Aquele pobre e querido gato! Eu o servi, mimei e levantei durante as noites para deixá-lo entrar. E agora ele foi espantado pelas minhas costas sem nem mesmo uma conversa. E ainda para Sarah Edmonds, que não compraria um pouco de fígado para a pobre criatura nem se ele estivesse morrendo de vontade! A única companhia que eu tinha na cozinha!

— Mas, Rebecca, você sempre...

– Oh, continue... continue! Não me deixe falar nada, Sra. MacComber. Eu criei esse gato... eu cuidei de sua saúde e de sua moral. E para quê? Para Jane Edmonds ter um gato bem treinado como companhia. Eu espero que ela saia no gelo à noite, como eu fiz, chamando esse gato por horas, em vez de deixá-lo lá fora para congelar, mas duvido... duvido seriamente. Bem, Sra. MacComber, tudo o que espero é que sua consciência não a incomode na próxima vez que estiver dez graus abaixo de zero. Eu sei que não vou dormir nada quando acontecer, mas é claro que isso não importa para ninguém.

– Rebecca, se você quiser...

– Senhora MacComber, eu não sou um verme, e nem um capacho. Bem, esta foi uma lição para mim... Uma lição valiosa! Nunca mais permitirei que afetos se entrelacem em torno de um animal de qualquer espécie ou descrição. Se você tivesse conversado comigo... mas pelas minhas costas... tirando vantagem de mim assim! Eu nunca ouvi falar de algo tão sujo! Mas quem sou eu para esperar que meus sentimentos sejam considerados?

– Rebecca – disse tia Kate desesperadamente –, se você quiser Dusty Miller de volta, podemos recuperá-lo.

– Bem, e por que você não disse isso antes? – perguntou Rebecca Dew. – E eu duvido. Jane Edmonds está com suas garras nele. Você acha que ela vai abrir mão dele?

– Acho que vai – disse tia Kate, que aparentemente havia derretido. – E se ele voltar, você não vai nos deixar, vai, Rebecca?

– Eu posso pensar a respeito – disse Rebecca, com o ar de alguém fazendo uma tremenda concessão.

No dia seguinte, tia Chatty trouxe Dusty Miller para casa em uma cesta coberta. Eu peguei um olhar trocado entre ela e tia Kate, depois que Rebecca levou Dusty Miller para a cozinha e fechou a porta. Eu me pergunto: teria sido alguma trama por parte das viúvas, ajudada e incentivada por Jane Edmonds?

Rebecca nunca mais pronunciou uma palavra de queixa sobre Dusty Miller desde então e há um verdadeiro som de vitória em sua voz quando ela grita por ele na hora de dormir. Parece que ela queria que toda Summerside soubesse que Dusty Miller está de volta ao lugar a que pertence. E que ela mais uma vez venceu as viúvas!

10

Foi em uma noite escura e tempestuosa de março, quando até as nuvens que corriam pelo céu pareciam apressadas, que Anne subiu rapidamente o lance triplo de degraus largos e rasos, ladeados por urnas de pedra e leões pedregosos, que levavam à enorme porta da frente da Casa Tomgallon. Geralmente, quando ela passava lá depois do anoitecer, era sombria e sóbria, com um brilho fraco de luz em uma ou duas janelas. Mas agora a residência reluzia brilhantemente, até as alas de ambos os lados estavam iluminadas, como se a Srta. Minerva estivesse entretendo a cidade inteira. Tal iluminação em sua homenagem emocionou Anne. Ela quase desejou ter colocado o vestido creme.

No entanto, ela parecia muito encantadora em seu *voile* verde, e talvez a Srta. Minerva, encontrando-a no corredor, pensasse isso também, pois seu rosto e sua voz eram muito cordiais. A própria Srta. Minerva estava majestosa usando um vestido de veludo preto, um pente de diamantes nas mechas pesadas dos cabelos grisalhos e um camafeu enorme cercado por uma trança de alguns cabelos de Tomgallons que haviam partido. Todo o traje era um pouco antiquado, mas a Srta. Minerva usava-o com um ar tão grandioso que parecia tão atemporal quanto o da realeza.

– Bem-vinda à Casa Tomgallon, minha querida – saudou ela, estendendo a Anne uma mão ossuda, igualmente cravejada de diamantes. – Estou muito feliz por tê-la aqui como minha convidada.

– Eu estou...

– A Casa Tomgallon sempre foi um *resort* de beleza e juventude nos velhos tempos. Costumávamos fazer muitas festas e divertir todas as celebridades visitantes – disse a Srta. Minerva, levando Anne à grande escadaria sobre um tapete de veludo vermelho desbotado. – Mas tudo mudou agora. Eu quase não recebo visitas. Sou a última dos Tomgallons. Talvez seja melhor assim. Nossa família, minha querida, está amaldiçoada.

A Srta. Minerva usou um tom tão horrível de mistério e horror em sua fala que Anne quase estremeceu. A maldição dos Tomgallons! Que título para uma história!

– Esta é a escada em que meu bisavô Tomgallon caiu e quebrou o pescoço na noite em que uma festa foi dada para comemorar a conclusão de seu novo lar. Esta casa foi consagrada por sangue humano. Ele caiu lá... – Minerva apontou o dedo longo e branco para um tapete de pele de tigre no corredor de maneira tão dramática que Anne quase viu o Tomgallon morrendo nele.

Anne realmente não sabia o que dizer, então disse apenas:

– Oh!

A Srta. Minerva conduziu-a por um corredor repleto de retratos e fotografias de beleza desbotada, com a famosa janela de vitral no final, até um grande quarto de hóspedes com pé direito alto e imponente. A cama de nogueira alta, com sua enorme cabeceira, estava coberta com uma colcha de seda tão linda que Anne sentiu que era uma profanação colocar o casaco e o chapéu nela.

– Você tem cabelos muito bonitos, minha querida – disse Srta. Minerva com admiração. – Eu sempre gostei de cabelos ruivos. Minha tia Lydia era ruiva... Ela foi a única Tomgallon ruiva. Uma noite, quando ela estava escovando os cabelos no quarto norte, eles pegaram fogo por causa de uma vela e ela correu gritando pelo corredor, envolta em chamas. Tudo parte da maldição, minha querida... tudo parte da maldição.

– Ela...

– Não, ela não se queimou até a morte, mas perdeu toda a sua beleza. Ela era muito bonita e vaidosa. Daquela noite até o dia de sua morte ela nunca mais saiu de casa, e deixou instruções para que o caixão ficasse fechado, para que ninguém pudesse ver seu rosto cheio de cicatrizes. Por que você não se senta para tirar as galochas, minha querida? Esta é uma cadeira muito confortável. Minha irmã morreu de derrame nela. Ela era viúva e voltou para casa após a morte do marido. Sua filhinha foi escaldada em nossa cozinha com uma panela de água fervente. Não foi uma maneira trágica de uma criança morrer?

– Oh, que...

– Mas pelo menos sabemos como ela morreu. Minha meia-tia Eliza... Bem, ela teria sido minha meia-tia, se tivesse vivido... Simplesmente desapareceu aos seis anos de idade. Ninguém nunca soube o que aconteceu com ela.

– Mas seguramente...

– Todas as buscas foram feitas, mas nada foi descoberto. Dizia-se que sua mãe... Minha madrasta... Fora muito cruel com uma sobrinha órfã do meu avô que estava sendo educada aqui. Ela a trancou no armário sob a escada, como castigo, em um dia quente de verão, e quando foi soltá-la, encontrou-a... morta. Algumas pessoas acreditavam que o desaparecimento de sua própria filha fora um julgamento para ela. Mas acho que foi apenas a nossa maldição.

– Quem colocou...?

– Como é alto o dorso do seu pé, minha querida! O dorso do meu pé também era assim. Dizia-se que uma corrente de água podia correr sob meu pé... o teste de um aristocrata.

A Srta. Minerva afastou a barra da saia de veludo e retirou modestamente um dos sapatos sem salto, revelando o que era, sem dúvida, um pé muito bonito.

– Certamente...

– Você gostaria de ver a casa, minha querida, antes de jantarmos? Costumava ser o orgulho de Summerside. Suponho que tudo esteja muito antiquado agora, mas talvez haja algumas coisas interessantes. Essa espada pendurada ao pé da escada pertencia ao meu trisavô, oficial do exército britânico, que recebeu uma concessão de terras na ilha de Príncipe Eduardo pelos seus serviços. Ele nunca morou nesta casa, mas minha trisavó sim, por algumas semanas. Ela não sobreviveu à morte trágica do filho.

Minerva caminhava com passos firmes, levando impiedosamente Anne consigo casarão adentro, com amplas salas... salão de festas, jardim de inverno, salão de bilhar, três salas de estar, sala de café da manhã, uma infinidade de quartos e um enorme sótão. Todos os cômodos eram esplêndidos e sombrios.

— Esses eram meu tio Ronald e meu tio Reuben — disse a Srta. Minerva, apontando dois dignos cavalheiros que pareciam se encarar de lados opostos de uma lareira. Eles eram gêmeos e se odiavam amargamente desde o nascimento. A casa tremia com as brigas. Isso obscureceu a vida da mãe deles. E durante a briga final nesta sala, enquanto uma tempestade acontecia, Reuben foi morto por um relâmpago. Ronald nunca superou isso. Ele foi um homem assombrado a partir daquele dia. Sua esposa — acrescentou a Srta. Minerva com nostalgia — engoliu a aliança de casamento.

— Que es...

— Ronald achou que tinha sido apenas um descuido e não fez nada. Um emético administrado imediatamente poderia... mas nunca mais se ouviu falar nela. Estragou sua vida. Ela sempre se sentiu descasada sem um anel de casamento.

— Que bela...

— Oh, sim, essa era minha tia Emilia... Não era realmente minha tia, é claro. Apenas a esposa do tio Alexander. Ela era conhecida por seu olhar espiritual, mas envenenou o marido com um ensopado de cogumelos... venenosos. Sempre fingimos que foi um acidente, porque um assassinato é uma coisa tão terrível para se ter em uma família, mas todos sabíamos a verdade. É claro que ela se casou com ele contra a vontade. Ela era uma jovem alegre e ele era velho demais para ela. Dezembro e maio, minha querida. Ainda assim, isso realmente não justifica os cogumelos. Ela entrou em declínio logo depois. Eles estão enterrados juntos em Charlottetown... Todos os Tomgallons estão enterrados em Charlottetown. Esta era minha tia Louise. Ela bebeu láudano. O médico o retirou e a salvou, mas todos sentimos que nunca mais poderíamos confiar nela. Foi realmente um alívio quando ela morreu respeitosamente de pneumonia.

Claro, alguns de nós não a culpamos muito. Imagine que terrível, minha querida, o marido dela a espancava.

– Espancava...

– Exatamente. Há realmente algumas coisas que nenhum cavalheiro deve fazer, minha querida, e uma delas é espancar a esposa. Empurrá-la... possivelmente... mas espancá-la, nunca! Eu gostaria – disse a Srta. Minerva muito majestosamente – de ver o homem que ousaria me bater.

Anne sentiu que também gostaria de vê-lo. Ela percebeu que existem limites para a imaginação, afinal. De maneira alguma ela conseguia imaginar um marido espancando a Srta. Minerva Tomgallon.

– Este é o salão de baile. É claro que nunca é usado agora. Mas houve um grande número de bailes por aqui. Os bailes de Tomgallon eram famosos. Pessoas vinham de toda a ilha para participar. Aquele lustre custou ao meu pai quinhentos dólares. A tia-avó Patience caiu morta enquanto dançava aqui certa noite... bem ali naquele canto. Ela andava se preocupando demais com um homem que a decepcionara. Não consigo imaginar como pode uma garota se deixar ficar com o coração partido por causa de um homem. Homens – disse a Srta. Minerva, olhando para uma fotografia de seu pai... Um homem com costeletas e nariz de falcão... – sempre me pareceram criaturas tão triviais.

11

A sala de jantar estava de acordo com o restante da casa. Havia outro lustre ornamentado, um espelho igualmente ornamentado sobre a lareira e uma mesa lindamente decorada com prata e cristal e um antigo Crown Derby. A ceia, servida por uma empregada bastante desagradável e idosa, era abundante e extremamente saborosa, e o saudável apetite jovem de Anne lhe fazia plena justiça. A Srta. Minerva ficou em silêncio por um tempo e Anne não se atreveu a dizer nada, com receio de que tivesse início outra avalanche de tragédias. Então, um gato preto grande e elegante entrou na sala e sentou-se ao lado da Srta. Minerva com um miado rouco. A Srta. Minerva serviu um pires de creme e colocou-o diante do bichano. Ela pareceu muito mais humana depois disso, e Anne perdeu muito de seu respeito pela última dos Tomgallons.

– Sirva-se de mais alguns pêssegos, minha querida. Você não comeu nada... praticamente nada.

– Oh, Srta. Tomgallon, eu apreciei...

– Os Tomgallons sempre servem uma boa mesa – disse a Srta. Minerva com complacência. – Minha tia Sophia faz o melhor pão de ló que já provei. Acho que a única pessoa que meu pai realmente odiou ver entrar em nossa casa era sua irmã Mary, porque ela tinha um apetite muito ruim. Ela apenas beliscava e provava a comida. Ele entendeu isso como um insulto pessoal. Meu pai era um homem muito implacável. Ele nunca perdoou meu irmão Richard por ele ter se casado contra a sua vontade. Ele ordenou que meu irmão saísse de casa, e nunca mais pôde pôr os pés aqui. Meu pai sempre repetia o Pai Nosso no momento de oração familiar todas as manhãs, mas depois que Richard o desprezou, ele sempre deixava de fora a frase: "Perdoai as nossas ofensas, assim como nós perdoamos a quem nos tem ofendido". Eu posso vê-lo – disse a Srta. Minerva sonhadoramente – ajoelhado ali, deixando a frase de fora.

Depois do jantar, elas foram para a menor das três salas de estar... que ainda era bastante grande e sombria... e passaram a noite diante da grande lareira... um fogo agradável e aconchegante o suficiente. Anne fez crochê em um conjunto de guardanapos e a Srta. Minerva tricotou um xale e manteve o que era praticamente um monólogo, composto em grande parte pela história colorida e terrível dos Tomgallons.

– Esta é uma casa de memórias trágicas, minha querida.

– Srta. Tomgallon, alguma coisa agradável já aconteceu nesta casa? – perguntou Anne, conseguindo uma frase completa por mero acaso. Minerva precisou parar de falar por um tempo, para assoar o nariz.

– Oh, suponho que sim – disse a Srta. Minerva, como se odiasse admitir. – Sim, é claro, costumávamos ter momentos alegres aqui quando eu era menina. Ouvi dizer que você está escrevendo um livro sobre todos em Summerside, minha querida.

– Eu não estou... Não há uma palavra de verdade nisso...

– Oh! – Minerva ficou evidentemente um pouco decepcionada. – Bem, se algum dia for escrever, você tem a liberdade de usar algumas de nossas histórias de que gostar, talvez com os nomes modificados. E agora, o que você me diz sobre um jogo de gamão?

– Receio que esteja na hora de eu ir embora...

– Oh, minha querida, você não pode ir para casa hoje à noite. Está chovendo muito... Ouça só como está ventando forte. Eu não tenho mais carruagem... teria pouca utilidade para mim atualmente... e você não pode andar 800 metros naquele dilúvio. Você deve ficar hospedada aqui esta noite.

Anne não tinha certeza se queria passar uma noite na Casa Tomgallon. Mas ela também não queria caminhar até Windy Poplars sob uma tempestade de março. Então elas jogaram gamão... Minerva estava tão envolvida que se esqueceu de falar de horrores... e depois fizeram um "lanche antes de dormir". Elas comeram torradas de canela e beberam chocolate nas antigas xícaras Tomgallon de maravilhosa fineza e beleza.

    Por fim, a Srta. Minerva a conduziu até um quarto de hóspedes, e Anne ficou contente ao ver que não teria que ficar naquele em que a irmã da Srta. Minerva morrera de derrame.

    – Este é o quarto da tia Annabella – disse a Srta. Minerva, acendendo as velas nos castiçais de prata em uma bonita penteadeira verde e desligando o lampião. Matthew Tomgallon explodiu o lampião certa noite... e então se foi Matthew Tomgallon. Annabella era a mais bela de todos os Tomgallons. Essa é a foto dela acima do espelho. Você consegue perceber, pela maneira como posiciona os lábios, que demonstra orgulho de si? Ela fez essa colcha louca que está na cama. Espero que você fique confortável, minha querida. Mary arejou a cama e colocou dois tijolos quentes para você. E ela separou esta camisola... – disse a Srta. Minerva, apontando para uma ampla peça de flanela pendurada em uma cadeira, cheirando fortemente a naftalina. – Espero que lhe sirva. Não foi mais usada desde que minha pobre mãe morreu, vestida com ela. Ah, quase me esqueci de lhe contar... – Minerva voltou-se para a porta... – Este é o quarto em que Oscar Tomgallon voltou à vida depois de ter sido considerado morto por dois dias. Eles não queriam que ele voltasse, sabe; essa foi a tragédia. Espero que você durma bem, minha querida.

    Anne não sabia se conseguiria dormir. De repente, algo parecia estranho no quarto... algo um pouco hostil. Mas não há sempre algo estranho em um espaço que tenha sido ocupado por gerações? A morte espreitou ali... o amor foi rosado ali... nascimentos aconteceram ali... todas as paixões... todas as esperanças. É um lugar cheio de ira.

Mas aquele era realmente um casarão velho e terrível, cheio de fantasmas de ódios passados e corações partidos, repleto de atos obscuros que nunca haviam sido arrastados para a luz e ainda apodreciam nos cantos e buracos escondidos. Muitas mulheres devem ter chorado ali. O vento soprava assustadoramente nos abetos vermelhos perto da janela. Por um momento, Anne sentiu vontade de sair correndo, com ou sem tempestade.

Então ela se controlou e retomou o bom senso. Se coisas trágicas e terríveis aconteceram ali, muitos anos atrás, coisas divertidas e amáveis também devem ter acontecido ali. Garotas alegres e bonitas dançaram ali e conversavam sobre seus segredos encantadores; bebês com covinhas nasceram ali; houve casamentos, bailes, música e risadas. A dama do pão de ló deve ter sido uma criatura agradável e o imperdoável Richard, um amante galante.

"Vou para a cama pensando nessas coisas. Que colcha é essa sob a qual vou ter de dormir! Gostaria de saber se, ao acordar pela manhã, estarei tão louca quanto esta colcha. E este é um quarto de hóspedes! Nunca esquecerei a emoção que costumava sentir ao dormir no quarto de hóspedes".

Anne desenrolou e escovou os cabelos sob o nariz de Annabella Tomgallon, que a encarou com uma expressão de orgulho e vaidade, e algo da insolência de quem é dotado de grande beleza. Anne se sentiu um pouco assustada quando se olhou no espelho. Quem saberia que rostos poderiam surgir dele? Talvez todas as mulheres trágicas e mal-assombradas que alguma vez se olharam nele. Ela abriu corajosamente a porta do armário, na expectativa de que um esqueleto caísse de lá, e pendurou o vestido. Ela se sentou calmamente em uma cadeira dura, que parecia ficar insultada se alguém se sentasse nela, e tirou os sapatos. Depois vestiu a camisola de flanela, soprou as velas e deitou-se na cama, agradavelmente quente com os tijolos que Mary havia trazido. Por um momento, a chuva que batia nos vidros e o uivar do vento em torno dos beirais antigos a impediram de dormir. Então ela esqueceu todas as tragédias de Tomgallon em um sono sem sonhos, até que se viu olhando ramos de abeto escuros contra o amanhecer avermelhado.

– Gostei muito de recebê-la aqui, minha querida – disse a Srta. Minerva quando Anne se despediu, depois do café da manhã. – Tivemos uma visita realmente animada, não é? Embora eu tenha vivido tanto tempo sozinha, quase me esqueci de como falar. E não preciso dizer que prazer é conhecer uma jovem realmente charmosa e íntegra nesta era frívola. Eu não lhe disse ontem, mas era o meu aniversário, e foi muito agradável ter um pouco de juventude em casa. Não há ninguém para se lembrar do meu aniversário agora. – Minerva soltou um leve suspiro... – E há muito tempo houve muitas pessoas..

– Bem, suponho que você tenha ouvido crônicas bastante sombrias – disse tia Chatty naquela noite.

– Todas essas coisas que a Srta. Minerva me disse realmente aconteceram, tia Chatty?

– Bem, o estranho é que aconteceram mesmo – disse tia Chatty. – É curioso, Srta. Shirley, mas muitas coisas terríveis aconteceram com os Tomgallons.

– Não sei se houve muito mais do que ocorre em qualquer família numerosa ao longo de seis gerações – disse tia Kate.

– Ah, acho que sim. Eles realmente pareciam amaldiçoados. Muitos deles tiveram mortes repentinas ou violentas. É claro que há uma certa insanidade neles... Isso é algo que todo mundo sabe, e já era maldição o suficiente... mas ouvi uma história antiga... Não me lembro dos detalhes... sobre o carpinteiro que construiu a casa, amaldiçoando-a. Algo sobre o contrato... o velho Paul Tomgallon o segurou e isso o arruinou, custou muito mais do que ele imaginara.

– A Srta. Minerva parece bastante orgulhosa da maldição – comentou Anne.

– Coitadinha, é tudo o que ela tem – disse Rebecca Dew.

Anne sorriu ao pensar que a Srta. Minerva era referida como uma pobre coitada. Ela foi para o quarto da torre e escreveu para Gilbert:

"Eu pensei que Tomgallon House era um lugar velho e sonolento, onde nada acontecera. Bem, talvez as coisas não aconteçam agora, mas evidentemente aconteciam. A pequena Elizabeth está sempre falando do Amanhã. Mas a antiga casa dos Tomgallon é o Ontem. Fico feliz por não morar no Ontem... e que o Amanhã ainda é meu amigo."

"É claro que acho que a Srta. Minerva tem todo o gosto de Tomgallon pelos holofotes e não tem satisfação em suas tragédias. Elas são para ela o que marido e filhos são para outras mulheres. Mas, oh, Gilbert, não importa quantos anos tenhamos, nunca vamos ver a vida como uma tragédia e nos deleitar com isso. Eu acho que odiaria uma casa com 120 anos. Eu espero que nossa casa dos sonhos seja nova, sem fantasmas e sem tradição, ou, se não puder ser assim, que pelo menos tenha sido ocupada por pessoas razoavelmente felizes. Eu nunca esquecerei minha noite na Casa Tomgallon. Pela primeira vez na vida eu encontrei uma pessoa que me venceu no debate.

12

A pequena Elizabeth Grayson havia nascido esperando que as coisas acontecessem. O fato de elas raramente acontecerem sob os olhares atentos da avó e da Mulher nunca aumentou suas expectativas. As coisas estavam prestes a acontecer... se não hoje, amanhã.

Quando a Srta. Shirley foi morar em Windy Poplars, Elizabeth sentiu que o Amanhã devia estar muito próximo, e sua visita a Green Gables foi como uma prévia dele. Mas agora, em junho do terceiro e último ano da Srta. Shirley em Summerside, o coração da pequena Elizabeth desceu para as belas botas abotoadas que a avó sempre comprava para ela. Muitas crianças na escola que ela frequentava invejavam a pequena Elizabeth e aquelas lindas botas abotoadas. Mas a pequena Elizabeth não se importava com botas abotoadas, já que não conseguia trilhar o caminho da liberdade com elas. E agora a adorada Srta. Shirley estava se afastando dela para sempre. No fim de junho, ela deixaria Summerside e voltaria à bela Green Gables. A pequena Elizabeth simplesmente não suportava pensar nisso. Não adiantou a Srta. Shirley prometer que a levaria a Green Gables no verão, antes de se casar. A pequena Elizabeth sabia de alguma forma que a avó não a deixaria ir novamente. A pequena Elizabeth sabia que a avó nunca havia realmente aprovado sua intimidade com a Srta. Shirley.

– Será o fim de tudo, Srta. Shirley – soluçou ela.

– Vamos esperar, querida, que seja apenas um novo começo – disse Anne alegremente.

Mas ela mesma se sentia abatida. Nenhuma resposta jamais veio do pai da pequena Elizabeth. Ou a carta que enviara nunca chegou até ele ou ele não se importou. E, se ele não se importava, o que seria de Elizabeth? Já era ruim o suficiente na infância, mas o que seria mais tarde?

– Aquelas duas velhas damas vão mandar nela até a morte – disse Rebecca Dew.

Anne sentiu que havia mais verdade do que elegância nessa observação.

Elizabeth sabia que ela era "mandada", e se ressentia particularmente por ser mandada pela Mulher. Ela não gostava da avó, é claro, mas admitiu com relutância que talvez uma avó tivesse o direito de mandar nela. Mas que direito tinha a Mulher? Elizabeth sempre quis perguntar isso a ela. Ela faria isso em algum momento… quando o Amanhã chegasse. E, oh, como ela apreciaria o olhar no rosto da mulher!

A avó nunca deixava a pequena Elizabeth sair sozinha… por medo, argumentara ela, de que a neta fosse sequestrada por ciganos. Uma criança tinha sido sequestrada uma vez, quarenta anos antes. Raramente os ciganos chegavam à ilha, e a pequena Elizabeth achava que era apenas uma desculpa. Mas por que a avó deveria se importar se ela seria sequestrada ou não? Elizabeth sabia que a avó e a Mulher não a amavam. Ora, elas jamais se referiam a ela pelo nome, se pudessem evitar. Sempre foi "a criança". Como Elizabeth odiava ser chamada de "a criança", da mesma forma que elas poderiam falar "o cachorro" ou "o gato", se houvesse um. Mas quando Elizabeth se arriscou a protestar, o rosto da avó ficou sombrio e zangado, e a pequena Elizabeth foi punida por impertinência, enquanto a Mulher observava, bem contente. A pequena Elizabeth frequentemente se perguntava por que a Mulher a odiava. Como alguém poderia odiar alguém tão pequeno? Poderia valer a pena odiar? A pequena Elizabeth não sabia que a mãe cuja vida ela havia custado tinha sido o amor daquela velha amarga e, se ela soubesse, não teria entendido que formas perversas o amor frustrado pode assumir.

 A pequena Elizabeth odiava a sombria e esplêndida Evergreens, onde tudo lhe parecia pouco familiar, embora ela tivesse vivido ali a vida toda. Mas depois que a Srta. Shirley chegou a Windy Poplars, tudo mudou magicamente. A pequena Elizabeth viveu em um mundo de romance após a chegada da Srta. Shirley. Havia beleza onde quer que ela olhasse. Felizmente, a avó e a Mulher não puderam impedi-la de olhar, embora Elizabeth não tivesse dúvida de que o fariam, se pudessem. As pequenas caminhadas pela mágica estrada de terra do porto, que ela raramente podia compartilhar com a Srta. Shirley, eram os pontos altos de sua vida sombria. Ela amava tudo o que via... o distante farol pintado em estranhos anéis vermelhos e brancos... as margens azuis distantes e escuras... as pequenas ondas azuis prateadas... as luzes que brilhavam através dos crepúsculos violetas... tudo lhe dava tanto prazer que até doía. E o porto com suas ilhas enevoadas e o pôr do sol brilhante! Elizabeth sempre subia a uma janela no telhado da mansão para observá-lo através das copas das árvores... e os navios que navegavam sob o nascer da lua. Navios que voltavam... navios que nunca voltavam. Elizabeth ansiava por entrar em um deles um dia... e fazer uma viagem à Ilha da Felicidade. Os navios que nunca voltaram ficaram lá, onde era sempre Amanhã.

 Aquela misteriosa estrada de terra parecia infinita, e seus pés coçavam de vontade de seguir por ela. Para onde levaria? Às vezes, Elizabeth pensava que explodiria se não descobrisse. Quando o Amanhã chegasse, ela sairia caminhando por ela, e talvez encontrasse uma ilha própria, onde ela e a Srta. Shirley pudessem morar sozinhas, e a avó e a Mulher nunca pudessem entrar. As duas odiavam água, e não entrariam em um barco por nada. A pequena Elizabeth gostava de se imaginar de pé em sua ilha, zombando delas, enquanto as duas ficavam na costa continental, olhando furiosamente para ela sem poder fazer nada.

"Esse é o Amanhã", ela as provocava. "Vocês não podem mais me pegar. Vocês estão apenas no Hoje".

Que divertido seria! Como ela apreciaria o olhar no rosto da Mulher!

Então certa noite, no fim de junho, aconteceu uma coisa incrível. A Srta. Shirley havia dito à Sra. Campbell que no dia seguinte tinha uma missão no Flying Cloud. Precisava ir falar com uma certa Sra. Thompson, a organizadora do comitê de bebidas da Liga Feminina, e perguntou se poderia levar Elizabeth consigo. A avó concordara, com sua amargura habitual... Elizabeth nunca conseguiu entender por que ela concordara, já que ignorava completamente o horror Pringle de uma certa informação que a Srta. Shirley possuía... mas ela concordou.

– Vamos direto para a foz do porto – sussurrou Anne – depois de cumprir minha missão no Flying Cloud.

A pequena Elizabeth foi para a cama tomada por tamanha emoção que não esperava conseguir dormir naquela noite. Por fim, ela responderia ao chamado da estrada, que havia durado tanto tempo. Apesar de sua empolgação, ela fez um esforço e realizou seu pequeno ritual antes de dormir. Dobrou as roupas, escovou os dentes e penteou os cabelos dourados. Ela achava que tinha cabelos muito bonitos, embora, é claro, não fossem os adoráveis vermelho-dourados da Srta. Shirley, graciosamente ondulados e com a trança fininha[8] que se enrolava ao redor da orelha esquerda. A pequena

---

8. No original "lovelocks", um estilo de penteado que surgiu no fim do século 16 – um tufo de cabelo, geralmente de outra pessoa, trançado, que era preso na lateral esquerda da cabeça, para que caísse ao longo do lado esquerdo (o lado do coração), em sinal de devoção a alguém. (N E.).

Elizabeth daria qualquer coisa para ter cabelos como os da Srta. Shirley.

Antes de se deitar, a pequena Elizabeth abriu uma das gavetas da antiga cômoda laqueada preta e tirou uma foto cuidadosamente escondida debaixo de uma pilha de lenços... uma foto da Srta. Shirley, que ela havia recortado de uma edição especial do *Weekly Courier*, que reproduzia uma fotografia da equipe da escola.

– Boa noite, querida Srta. Shirley.

Elizabeth beijou a foto e a devolveu ao seu esconderijo. Então subiu na cama e se aconchegou debaixo dos cobertores... pois a noite de junho era fria e a brisa do porto soprava. Na verdade, era mais do que uma brisa naquela noite. O vento assobiava e soprava intenso, causando impacto em tudo o que estava sob seu domínio, e Elizabeth sabia que o porto seria uma extensão de ondas sob o luar. Que divertido seria ficar perto dele sob o luar! Mas somente no Amanhã alguém conseguiria fazer isso.

Onde ficaria Flying Cloud? Que nome! Vindo do Amanhã novamente. Era enlouquecedor estar tão perto do Amanhã e não poder entrar nele. Mas e se o vento soprar a chuva para o Amanhã? Elizabeth sabia que nunca poderia ir a lugar algum se estivesse chovendo.

Ela sentou-se na cama e uniu as mãos em oração.

"Querido Deus", disse ela, "eu não gosto de me intrometer, mas você poderia dar um jeito para que ficasse tudo bem amanhã? Por favor, querido Deus".

A tarde seguinte foi gloriosa. A pequena Elizabeth sentiu como se tivesse se libertado de alguns grilhões invisíveis quando ela e a Srta. Shirley se afastaram daquela casa sombria. Ela respirou fundo, tomando um enorme fôlego de liberdade, mesmo sabendo que a Mulher as espreitava com azedume atrás do vidro vermelho da grande porta da frente. Como era maravilhoso andar por aquele mundo adorável com a Srta. Shirley! Era sempre tão maravilhoso estar sozinha com a Srta. Shirley. O que ela faria quando a Srta. Shirley se fosse? Mas a pequena Elizabeth afastou o pensamento com firmeza. Ela não estragaria o dia pensando nisso. Talvez... e que lindo talvez... ela e a Srta. Shirley entrariam no Amanhã naquela tarde e nunca mais se separariam. A pequena Elizabeth só queria caminhar calmamente em direção a esse azul no fim do mundo, bebendo a beleza ao seu redor. Cada curva e obstáculo da estrada revelava novos encantos... e seguia suas direções interminavelmente, acompanhando a sinuosidade de um pequeno rio que parecia ter surgido do nada.

Por todos os lados havia campos de botões de flores e trevos onde as abelhas zumbiam. De vez em quando, elas passavam por um caminho esbranquiçado de margaridas. Lá longe, o estreito ria delas em ondas de ponta de prata. O porto era como seda líquida. A pequena Elizabeth gostava mais desse jeito do que quando era como cetim azul-claro. Elas beberam o vento. Era um vento muito suave, que sussurrava sobre elas e pareceu persuadi-las.

– Não é agradável andar com o vento assim? – disse a pequena Elizabeth.

– Um vento agradável, benéfico e aromático – disse Anne, mais para si do que para Elizabeth. – Era assim que eu imaginava que seria um mistral. Mistral soa assim. Que decepção quando descobri que era um vento áspero e desagradável!

Elizabeth não entendeu direito... ela nunca tinha ouvido falar do mistral... mas a música da voz daquela jovem que tanto amava era suficiente para ela. O próprio céu estava feliz. Um marinheiro com argolas de ouro nas orelhas... o tipo de pessoa que alguém encontraria no Amanhã... sorriu quando passou por elas. Elizabeth pensou em um versículo que aprendera na escola dominical... "As pequenas colinas se alegram de todos os lados". O homem que escreveu isso já tinha visto montanhas como aquelas azuis sobre o porto?

— Acho que este caminho leva direto para Deus — disse ela, sonhadora.

— Talvez — disse Anne. — Talvez todas as estradas o façam, pequena Elizabeth. Nós paramos aqui agora. Precisamos ir até aquela ilha... aquela é a Flying Cloud.

A Flying Cloud era uma ilhota longa e delgada, a cerca de um quarto de milha da costa. Havia árvores e uma casa. A pequena Elizabeth sempre desejara ter uma ilha própria, com uma pequena baía de areia prateada.

— Como chegaremos lá?

— Vamos remar neste barco — disse a Srta. Shirley, pegando os remos em um pequeno barco amarrado a uma árvore inclinada.

A Srta. Shirley sabia remar. Havia algo que a Srta. Shirley não pudesse fazer? A ilha provou ser um lugar fascinante, onde tudo poderia acontecer. Claro que era no Amanhã. Ilhas como aquela não existiam, exceto no Amanhã. Elas não tinham parte ou espaço no monótono Hoje.

Uma criada que as encontrou na porta da casa disse a Anne que ela poderia encontrar a Sra. Thompson no outro extremo da ilha, colhendo morangos silvestres. Imagine só uma ilha onde cresciam morangos silvestres!

Anne foi procurar a Sra. Thompson, mas primeiro perguntou se a pequena Elizabeth poderia ficar esperando na sala de estar. Anne achava que a pequena Elizabeth parecia bastante cansada depois da longa caminhada inusitada e precisava descansar. A pequena Elizabeth achava o contrário, mas o mais leve desejo da Srta. Shirley era lei.

Era uma sala bonita, com flores por toda parte e uma agradável brisa marítima. Elizabeth gostava do espelho sobre a lareira, que refletia a sala tão lindamente, e através da janela aberta vislumbrava o porto, a colina e o estreito.

De repente, um homem entrou pela porta. Elizabeth sentiu um momento de consternação e terror. Seria um cigano? Ele não tinha as características que ela imaginava que definiam os ciganos, mas também nunca tinha visto um. Ele podia ser um cigano... e então, num rápido momento de intuição, Elizabeth decidiu que não se importaria se ele a sequestrasse. Ela gostava dos olhos castanhos e aveludados, dos cabelos castanho-amarelados, do queixo quadrado e do sorriso daquele homem. Pois ele estava sorrindo.

– Então, quem é você? – perguntou ele.

– Eu sou... eu sou eu – vacilou Elizabeth, ainda um pouco confusa.

– Ah, com certeza... Você. Surgiu do mar, suponho... Subiu das dunas... Não tem nenhum nome conhecido entre os mortais.

Elizabeth sentiu que estava sendo um pouco ridicularizada. Mas ela não se importava. Na verdade, ela gostava daquilo. Mas ela respondeu de modo um pouco impassível.

– Meu nome é Elizabeth Grayson.

Houve um silêncio... um silêncio muito estranho. O homem olhou para ela por um momento sem dizer nada. Então ele educadamente pediu a ela que se sentasse.

– Estou esperando a Srta. Shirley – explicou ela. – Ela foi ver a Sra. Thompson, para conversar a respeito da ceia organizada pela Liga Feminina. Quando ela voltar, nós vamos até o fim do mundo. Agora, se você tem alguma intenção de me sequestrar, Sr. Homem!

– É claro. Mas, enquanto isso, você deve ficar confortável. E eu devo fazer as honras. Gostaria de alguma coisa para se refrescar? O gato da Sra. Thompson provavelmente trouxe algo.

Elizabeth sentou-se. Ela se sentia estranhamente feliz e em casa.

– Posso pedir exatamente o que eu gosto?

– Certamente.

– Então – disse Elizabeth triunfante –, eu gostaria de um sorvete com geleia de morango.

O homem tocou uma campainha e deu uma ordem. Sim, isso deve ser Amanhã... Nenhuma dúvida a respeito. Sorvete e geleia de morango não apareceriam daquela maneira mágica no Hoje, com ou sem gatos.

– Vamos deixar um pouco para a Srta. Shirley – disse o homem.

Eles ficaram bons amigos imediatamente. O homem não falava muito, mas fixava os olhos em Elizabeth com muita frequência. Havia certa ternura em seu rosto... uma ternura que ela nunca tinha visto no rosto de ninguém, nem mesmo no da Srta. Shirley. Ela sentiu que ele gostava dela. E ela sabia que gostava dele.

Finalmente, ele olhou pela janela e se levantou.

– Preciso ir agora – disse ele. – Vejo que a Srta. Shirley vem vindo pela trilha, então você não ficará sozinha.

– Por que você não espera para conhecer a Srta. Shirley? – perguntou Elizabeth, lambendo a colher para obter o último vestígio da geleia. A avó e a Mulher teriam morrido de horror se a tivessem visto.

– Não desta vez – disse o homem.

Elizabeth sabia que ele não tinha a menor intenção de sequestrá-la, e ela sentiu a sensação mais estranha e inexplicável de decepção.

– Adeus e obrigada – disse ela educadamente. – É muito legal aqui no Amanhã.

– Amanhã?

– Este é o Amanhã – explicou Elizabeth. – Eu sempre quis entrar no Amanhã, e agora estou aqui.

– Oh, entendo. Bem, desculpe-me por dizer que não me importo muito com o Amanhã. Gostaria de voltar para o Ontem.

A pequena Elizabeth teve compaixão por ele. Como aquele homem poderia ser infeliz? Como alguém que vive no Amanhã pode ser infeliz?

Elizabeth olhou ansiosamente para Flying Cloud e viu as mulheres remando de volta. No momento em que elas atravessavam a vegetação rasteira que cercava a praia, ela se virou para outro olhar de despedida. Um grupo de cavalos desgovernados presos a uma carroça girou em torno da curva, evidentemente fora do controle do condutor.

Elizabeth ouviu a Srta. Shirley gritar....

13

A sala girava estranhamente. Os móveis balançavam e sacudiam. A cama... como ela tinha ido parar naquela cama? Alguém com um chapéu branco saía pela porta naquele momento. Que porta? Que engraçada a cabeça dela estava! Havia vozes em algum lugar... vozes baixas. Ela não conseguia ver quem estava falando, mas de alguma forma sabia que era a Srta. Shirley e o homem.

O que eles estavam dizendo? Elizabeth ouviu frases entrecortadas, saindo de uma confusão de murmúrios.

– Você é realmente...? – a voz da Srta. Shirley parecia tão animada...

– Sim... Sua carta... ver por mim mesmo... antes de abordar a Sra. Campbell... Flying Cloud é a casa de veraneio de nosso gerente-geral...

Se aquele quarto ficasse parado! Realmente, as coisas se comportavam de maneira estranha no Amanhã. Se ela pudesse apenas virar a cabeça e ver quem estava falando... Elizabeth deu um longo suspiro.

Então eles se aproximaram da cama em que ela estava... A Srta. Shirley e o homem. A Srta. Shirley, alta e alva, como um lírio, parecendo que tinha passado por uma experiência terrível, mas com um brilho interior reluzindo por trás de tudo... um brilho que parecia parte da luz dourada do pôr do sol que subitamente inundou a sala. O homem sorria para ela. Elizabeth sentiu que ele a amava muito e que havia algum segredo, terno e precioso, entre eles, do qual ela ficaria sabendo assim que aprendesse a língua falada no Amanhã.

– Você está se sentindo melhor, querida? – perguntou a Srta. Shirley.

– Eu estive doente?

– Você foi derrubada por um grupo de cavalos em fuga na estrada para o continente – explicou a Srta. Shirley. – Eu... Não fui rápida o suficiente. Pensei que você tivesse morrido. Trouxe você de volta para dentro da casa e seu... este senhor telefonou para um médico e uma enfermeira.

– Eu vou morrer? – perguntou a pequena Elizabeth.

– Não, querida. Você só ficou atordoada e logo ficará bem. E, Elizabeth querida, este é seu pai.

– Papai está na França. Também estou na França?

Elizabeth não teria ficado surpresa com isso. Não era Amanhã? Além disso, as coisas ainda estavam um pouco instáveis.

– O papai está bem aqui, meu amor. – Ele tinha uma voz tão deliciosa... Seria fácil amá-lo apenas por causa da voz. Ele se inclinou e a beijou. – Eu vim por você. Nós nunca mais vamos nos separar.

A mulher de chapéu branco entrava novamente no quarto. De alguma forma, Elizabeth sabia que tudo o que ela tinha a dizer deveria ser dito antes que ela entrasse.

– Vamos morar juntos?

– Para sempre – disse o pai.

– E a avó e a Mulher vão morar conosco?

– Elas não vão – disse o pai.

O pôr do sol dourado desaparecia, e a enfermeira estava olhando para ela. Mas Elizabeth não se importou.

– Encontrei o Amanhã – disse ela, enquanto a enfermeira olhava para o pai e para a Srta. Shirley.

– Encontrei um tesouro que não sabia que possuía – disse o pai, enquanto a enfermeira fechava a porta. – E eu nunca poderei agradecer o suficiente a sua carta, Srta. Shirley.

"E, assim", escreveu Anne a Gilbert naquela noite, "o caminho de mistério da pequena Elizabeth levou à felicidade e ao fim de seu velho mundo".

14

Windy Poplars,
Spook's Lane
(pela última vez),
27 de junho.

QUERIDO:

Cheguei a outra curva na estrada. Escrevi muitas cartas para você neste velho quarto da torre nos últimos três anos. Suponho que esta seja a última que vou lhe escrever em muito, muito tempo. Porque, depois disso, não haverá necessidade de cartas. Em apenas algumas semanas, pertenceremos um ao outro para sempre... estaremos juntos. Pense nisso... estar juntos... conversando, andando, comendo, sonhando, planejando juntos... compartilhando momentos maravilhosos um com o outro... fazendo um lar de nossa casa dos sonhos. Nossa casa! Isso não soa místico e maravilhoso, Gilbert? Venho construindo casas de sonho a vida toda, e agora uma delas se tornará realidade. Quanto a com quem eu realmente quero compartilhar minha casa dos sonhos... bem, eu vou lhe dizer isso às quatro horas, no ano que vem.

Três anos pareciam intermináveis no começo, Gilbert. E agora eles se foram como um relógio à noite. Foram anos muito felizes... exceto pelos primeiros meses com os Pringles. Depois disso, a vida pareceu fluir como um agradável rio dourado, e minha antiga rivalidade com os Pringles parece um sonho. Eles gostam de mim agora por quem eu sou... e se esqueceram que me odiavam. Cora Pringle, uma das filhas da viúva Pringle, me trouxe um buquê de rosas; e entre as hastes havia um bilhete: "Para a professora mais doce do mundo inteiro". Imagine isso para um Pringle!

Jen está com o coração partido porque vou embora. Observarei a carreira de Jen com interesse. Ela é brilhante e bastante imprevisível. Uma coisa é certa... Ela não terá uma existência comum. Ela não pode se parecer tanto com Becky Sharp por nada.

Lewis Allen está indo para McGill. Sophy Sinclair está indo para a Queen's. Então ela pretende ensinar até economizar dinheiro suficiente para ir para a Escola de Expressão Dramática em Kingsport. Myra Pringle vai "entrar para a sociedade" no outono. Ela é tão bonita que não fará diferença alguma se não reconhecer um particípio passado se o encontrar na rua.

E não há mais uma pequena vizinha do outro lado do portão coberto por trepadeiras. A pequena Elizabeth foi embora para sempre daquela casa sem sol... entrou em seu Amanhã. Se eu fosse ficar em Summerside, ficaria de coração partido, sentindo a falta dela. Mas como estou indo embora, fico feliz. Pierce Grayson a levou embora. Ele não vai voltar para Paris, ficará morando em Boston. Elizabeth chorou amargamente em nossa despedida, mas ela está tão feliz com o pai que tenho certeza de que as lágrimas dela logo secarão. A Sra. Campbell e a Mulher ficaram muito irritadas com os acontecimentos e puseram toda a culpa em mim... e eu a aceito com alegria e sem arrependimento.

– Ela tinha uma boa casa aqui – disse a Sra. Campbell majestosamente.

"Onde ela nunca ouviu uma única palavra de afeto", pensei, mas não disse.

– Acho que vou ser Betty o tempo todo agora, querida Srta. Shirley – foram as últimas palavras de Elizabeth.

– Exceto – continuou – quando eu estiver com saudade de você, então serei Lizzie.
– Não se atreva a ser Lizzie, aconteça o que acontecer – eu disse.

Nós lançamos beijos uma para a outra durante todo o tempo em que conseguimos nos ver, e eu vim para a minha torre com lágrimas nos olhos. Ela tem sido tão doce, a queridinha dourada. Ela sempre me pareceu uma harpa eólia, tão sensível ao menor suspiro de afeição que lhe encontrava. Foi uma aventura ter sido amiga dela. Espero que Pierce Grayson perceba a filha que ele tem... e acho que vai, sim. Ele parecia muito agradecido e arrependido.

– Eu não me dei conta de que ela não era mais um bebê – disse ele – nem o quão terrível era o ambiente dela. Obrigado mil vezes por tudo o que você fez por ela.

Enquadrei nosso mapa do mundo das fadas e entreguei à pequena Elizabeth como lembrança de despedida.

Sinto muito por deixar Windy Poplars. Claro, estou realmente um pouco cansada de morar em um porta-malas, mas adorei aqui... adorei minhas horas frescas da manhã na minha janela... amei minha cama na qual subi todas as noites... amei minha almofada de rosquinha azul... amei todos os ventos que sopraram. Receio que nunca mais seja tão amiga dos ventos como fui aqui. Será que terei novamente um quarto do qual possa ver o sol nascer e o pôr do sol?

Eu encerrei meu relacionamento com Windy Poplars e com os anos que estão relacionados a ela. E mantive a lealdade. Nunca entreguei o esconderijo secreto da tia Chatty para tia Kate ou o segredo do leitelho de cada uma para a outra.

Acho que todos estão tristes com a minha partida... E fico feliz com isso. Seria terrível pensar que estariam contentes por eu estar indo embora... Ou que ninguém sentiria a minha falta. Rebecca Dew está fazendo todos os meus pratos favoritos há uma semana... ela até dedicou dez ovos para o pão de ló duas vezes... e usando a porcelana das "visitas". E os olhos castanhos e meigos da tia Chatty ficam marejados sempre que menciona minha partida. Até Dusty Miller parece me olhar com reprovação quando se senta em seus pequenos quadris.

Recebi uma longa carta de Katherine na semana passada. Ela tem dom para escrever cartas. Ela está trabalhando como assistente particular de um parlamentar que viaja o mundo. Que frase fascinante é "viaja o mundo"! Uma pessoa que diria "Vamos para o Egito" como quem diz "Vamos para Charlottetown"... e ir! Essa vida vai se encaixar perfeitamente a Katherine.

Ela insiste em atribuir-me todas as suas perspectivas e visões modificadas. "Gostaria de poder contar o que você trouxe para a minha vida", escreveu ela. Suponho que ajudei. E não foi fácil a princípio. Ela raramente me falava algo sem usar tom ácido ou provocativo e ouvia qualquer sugestão minha em relação ao trabalho da escola com desdém divertido. Mas, de alguma forma, relevei tudo. Era apenas sua amargura secreta contra a vida.

Todos estão me convidando para jantar... Até Pauline Gibson. A velha Sra. Gibson morreu há alguns meses, então Pauline se atreveu a fazê-lo. E eu estive na Casa Tomgallon para outra ceia com a Srta. Minerva. Mas me diverti muito, apreciando a deliciosa refeição que a Srta. Minerva ofereceu, e ela se divertiu ao narrar mais algumas tragédias. Ela não conseguia esconder o fato de que sentia muito por alguém que não fosse um Tomgallon, mas ela me prestou vários elogios e me deu um lindo anel com uma água-marinha... uma mistura de azul e verde ao luar... que seu pai lhe dera no décimo oitavo aniversário... "Quando eu era jovem e bonita, querida... bastante bonita. Posso dizer isso agora, suponho". Fiquei feliz porque o anel pertencera à Srta. Minerva, e não à esposa do tio Alexander. Tenho certeza de que nunca poderia usá-lo se tivesse sido dela. É muito bonito. Há um encanto misterioso nas joias do mar.

A Casa Tomgallon é certamente muito esplêndida, especialmente agora que há flores e plantas em toda a propriedade. Mas eu não trocaria minha casa dos sonhos ainda não encontrada pela Tomgallon e seus terrenos com fantasmas.

Não, mas admito que um fantasma pode ser um tipo agradável e aristocrático de se ter por aí. Minha única briga com Spook's Lane é que não há fantasmas.

Eu fui ao antigo cemitério ontem à noite para uma última caminhada... Andei por toda a volta e me perguntei se Herbert Pringle ocasionalmente ria para si mesmo em seu túmulo. E estou me despedindo hoje à noite do velho Rei da Tempestade, com o pôr do sol na testa e meu pequeno vale cheio de entardecer.

Estou um pouco cansada depois de um mês de provas, despedidas e últimas tarefas. Por uma semana, depois de voltar para Green Gables, ficarei descansando... não farei absolutamente nada, a não ser correr livremente em um mundo coberto pelo belo verde do verão. Sonharei com a bolha do dríade no crepúsculo ou com o lago das águas brilhantes em uma chalupa em formato de meia-lua... ou no campo do Sr. Barry, se ainda não for temporada das chalupas de meia-lua. Eu reunirei flores estelares e sinos de junho na Floresta Assombrada. Encontrarei morangos silvestres no pasto do Sr. Harrison. Eu vou me juntar à dança dos vaga-lumes em Lover's Lane e visitar o velho e esquecido jardim de Hester

Gray... e sentar-me à porta dos fundos, sob as estrelas, para ouvir o mar falando enquanto dorme.

E quando a semana terminar, você estará em casa... E eu não vou querer mais nada.

Quando chegou a hora de Anne se despedir dos moradores de Windy Poplars, Rebecca Dew não estava presente. Em vez disso, tia Kate, com a expressão grave, entregou uma carta a Anne.

Querida Srta. Shirley,

Estou escrevendo isto para me despedir, porque não posso confiar em mim mesma. Há três anos que você está sob o nosso teto. A afortunada possuidora de um espírito alegre e de um gosto natural pelas alegrias da juventude, você nunca se rendeu aos prazeres vãos da multidão vertiginosa e volúvel. Você conduziu-se em todas as ocasiões e a todos, especialmente àquela que escreve estas linhas, com a mais refinada delicadeza.

Você sempre foi muito atenciosa com meus sentimentos, e sinto uma profunda tristeza ao pensar em sua partida, mas não devemos discordar do que a Providência ordenou (1 Samuel, 29 e 18). Todos em Summerside que tiveram o privilégio de conhecê-la vão lamentar a sua partida, e todas as homenagens de um coração fiel, embora humilde, serão sempre suas, e minhas orações serão sempre pela sua felicidade e bem-estar neste mundo, e sua eterna felicidade naquele mundo que está por vir.

Algo sussurra para mim que você não será a Srta. Shirley por muito tempo, mas que, em breve, estará ligada em uma união de almas com aquele escolhido pelo seu coração, que, pelo que ouvi, é um jovem muito excepcional. Quem escreve, dona de poucos encantos pessoais e começando a sentir a idade (mas ainda vou durar alguns bons anos), nunca se permitiu valorizar quaisquer aspirações matrimoniais, mas não se nega o prazer de se interessar pelas núpcias de suas amigas, e posso expressar um desejo fervoroso de que sua vida de casada seja uma felicidade contínua e ininterrupta (apenas não espere muito de um homem).

Minha estima e, posso dizer, minha afeição por você nunca diminuirão e, de vez em quando, quando você não tiver nada melhor para fazer, lembre-se gentilmente de que existe uma pessoa como esta

Sua obediente serva,
REBECCA DEW.
P.S. Deus a abençoe.

Os olhos de Anne estavam enevoados quando ela dobrou a carta. Embora suspeitasse fortemente de que Rebecca Dew tivesse tirado a maioria das frases de seu Livro de Etiqueta favorito, isso não as tornava menos sinceras, e o P.S. certamente vinha diretamente do coração afetuoso de Rebecca Dew.

– Diga à querida Rebecca Dew que nunca vou esquecê-la e que voltarei para vê-las todo verão.

– Temos lembranças suas que nada poderá apagar – soluçou tia Chatty.

– Nada – disse tia Kate, enfaticamente.

Mas, enquanto Anne se afastava de Windy Poplars, a última mensagem foi uma grande toalha de banho branca flutuando freneticamente da janela da torre. Rebecca Dew estava acenando.

grupo novo século

Compartilhando propósitos e conectando pessoas

Visite nosso site e fique por dentro dos nossos lançamentos:
www.novoseculo.com.br

<ns

- facebook/novoseculoeditora
- @novoseculoeditora
- @NovoSeculo
- novo século editora

gruponovoseculo.com.br

Edição: 1
Fonte: Southern e Base 900